# 도전과 열정으로
# 자유 대한민국을

**도전과 열정으로 자유 대한민국을**

© 정송학, 2019

1판 1쇄 인쇄 __ 2019년 11월 10일
1판 1쇄 발행 __ 2019년 11월 19일

**지은이** __ 정송학
**펴낸이** __ 이종엽

**펴낸곳** __ 글모아출판
　　　　등록 __ 제324-2005-42호

**공급처** __ (주)글로벌콘텐츠출판그룹
　　　　**대표** __ 홍정표 **이사** __ 김미미 **편집** __ 김봄 이예진 권군오 이상민 홍명지 **기획·마케팅** __ 노경민 이종훈
　　　　**주소** __ 서울특별시 강동구 풍성로 87-6 **전화** __ 02-488-3280 **팩스** __ 02-488-3281
　　　　**홈페이지** __ www.gcbook.co.kr

**값** 18,000원
ISBN 978-89-94626-80-2 03810

정송학 자전에세이

# 도전과
# 열정으로
# 자유 대한민국을

**정송학** 지음

글모아출판

# 격려해주시고 사랑해주신 모든 분께 큰절을 올립니다

4차 산업혁명이라는 화두 아래 세상은 하루가 다르게 변해가고 있다. 그런 가운데 북한을 마주하고 있는 우리 대한민국은 더더욱 긴장의 끈을 놓지 못하고, 급변하는 국제정세 속에서 촉각을 곤두세우며 온 국민이 단합하여 살기 좋은 나라를 만들기 위해서 노력하고 있다. 그러나 곳곳에서 벌어지고 있는 안보와 경제에 대한 불안한 일들은 국민들을 불안하게 만드는 것이 어쩔 수 없는 현실이다.

나는 지금도 내 정치의 고향이자 내가 거주하고 있는 광나루에서 나비를 보게 되면 고향 함평이 생각난다.
함평의 나비축제 때문만은 아니다.

그곳에서 태어나고 성장한 나로서는 그곳에 추억이 있기 때문이다. 지금도 그곳에는 고향집이 있고 그 고향집은 항상 나에게는 따뜻한 어머니 품이었다. 조부모님과 부모님과 함께 살았던 고향집의 추억은 나에게 넉넉한 마음으로 세상을 살아가는 법을 가르쳐 준 곳이다.

그리고 광주에서의 학창 생활과 태안사 성기암에서의 사법고시 준비를 위한 노력들.

코리아제록스(주)에 입사한 이래 열심히 일해서 최고경영자가 되었고, 어려서부터 꿈꿔온 공직의 꿈을 이루기 위해서 민선4기 구청장에 도전하게 된 과정들.

민선4기 구청장에 당선되어 오로지 구민만족 행복광진이라는 일념으로 밤낮없이 노력하던 시절.

두 번의 국회의원 낙선과 그 때의 좌절을 씻고 다시 일어설 수 있도록 힘을 북돋아 주신 우리 광진구민들에 대한 고마움.

그런 이야기들을 담아 제1부를 썼다.


그리고 제2부에서는 자유 대한민국을 수호하기 위한 안보와 시장경제 체제를 통한 경제 활성화를 위한 제언, 그리고 4차 산업혁명 시대에 대

한민국이 나아갈 길과 북한의 핵문제를 어떻게 풀어나가며 저출산 문제
는 또 어떻게 해결할 것인지 등에 관한 현실문제에 대한 나의 생각들을
정리하여 제언하였다.

북한은 연일 미사일을 발사하고, 문재인 정부는 소득주도 경제성장
이라는 기치로 나가던 경제지표는 연일 하락세에다가 이제는 디플레이
션 징후마저 보인다고 학자들은 걱정하고 있다. 과연 우리는 이런 문제
에 얼마나 현명하게 대처하고 있는지 전문경영인이었던 나의 시각을 펼
친 것이다.

기업의 TQC(total quality control; 종합적 품질 관리) 즉 설계, 제조,
판매, 사후관리 혹은 고객관리라는 측면에서 회사의 전원이 QC를 이해
하고 조직적으로 제품의 질을 높이려고 노력하는 방식과 PDCA(plan-
do-check-act) 즉 사업 활동에서 생산 및 품질 등을 관리하는 방법으
로 Plan(계획)-Do(실행)-Check(평가)-Act(개선)의 4단계를 반복하여
업무를 지속적으로 개선하는 것이 정치에서도 이루어짐으로써 모든 공
직자와 정치인들이 고객인 국민 만족을 이루어야 한다는 것에 대한 나
의 견해를 밝힌 것이다.

일일이 호명하는 것이 오히려 결례가 될 정도로 많은 분들이 내 곁에서 나를 지지하고 성원해 주셨기에 이 글이 나올 수 있었다. 아낌없이 격려해 주시고 사랑을 베풀어주신 모든 분들께 감사의 큰절을 올리며 서문을 갈음하고자 한다.

2019년 10월
아차산 자락에서
정송학 올림

# 제2부 우리 같이 분석하고 대책을 생각해 봅시다

# 제1부

# 나의
# 정치 고향은
# 광진구입니다

■ ■ ■

내가 어릴 적.

고향 함평에서는 나비가 그리도 많이 날았다. 노랑나비, 흰나비, 호랑나비 등등 그저 눈에 보이는 색깔대로 이름을 붙인 나비들이다.

동네 친구들과 함께 놀이를 나갔다가 들에 핀 꽃 위에 나비가 앉아 있으면, 발뒤꿈치를 들고 살금살금 발가락 걸음을 걸어 겹쳐진 나비의 두 날개를 엄지와 검지 두 손가락으로 살그머니 잡는다. 나비를 잡는데 실패하는 경우도 있지만 잡는 경우도 있다. 두 손가락으로 나비를 잡으면 나비는 가냘픈 발을 파르르 떠는 것인지 아니면 비비는 것인지 불안함을 역력히 드러낸다. 그 모습을 보면 안쓰러운 생각이 들어 얼른 나비를 놓아준다. 손가락을 벗어난 나비는 얼마나 기쁜지 이내 하늘 높이 날아가고 우리들은 그 모습을 지켜본다.

내 고향 함평에는 우리가 어릴 적에도 나비가 참 많았던 것 같다.

함평에서 1999년에 시작되어 해마다 4월 말일 전후로 열리는 '함평 나비대축제'는 어느덧 대한민국의 지방자치 행사 중 없어서는 안 될 행사로 자리매김을 했다. 나는 그 축제를 홍보하는 영상이나 혹은 홍보자료 등을 보면 항상 어릴 적 우리들이 나비와 함께 지냈던 봄을 생각한다. 그리고 이내 그 나비처럼 날고 싶어 하던 나를 생각한다.

흔히 어릴 적에는 새처럼 날고 싶다고 한다는데 나는 왜 하필 나비처럼 날고 싶었을까를 생각해 본다. 아마도 새는 너무나도 창공 높이 난다는 생각에, 사람들 가까이에서 날며 사람들과 함께 하는 나비를 더 선호했던 것 같다.

비록 몸집은 작지만 사람들 가까이에서 살면서도 자유롭게 날 수 있는 나비.

그리고 누구든지 보면 흉하다거나 싫다는 생각은 전혀 하지 않고 그냥 좋은 나비.

사람들에게 긴 겨울이 끝나고 봄이 왔다는 것을 알려줌으로써 희망과 약동할 힘을 선사하는 나비가 더 좋았던 것일 게다.


그렇게 사람 가까이에서 사람들과 호흡하는 것을 좋아하던 나는 지금 주민들 곁에서 그분들과 호흡하며 살고 있다. 학창시절부터 지금 이 순간까지 기쁘고 자랑스러운 순간들과 힘들고 어려운 일도 많이 겪었다. 하지만 그 모든 것은 지금의 내가 있기 위한, 그리고 내일의 나를 만들기 위한 준비라는 생각이다. 어제의 준비가 있었기에 지금이 있고, 지금이 있다는 것은 내일이 다가올 것이기 때문이다. 그러나 그 모든 것이 '나' 혼자라면 무슨 의미가 있겠는가? '나'와 '이웃'이 있어서 '우리'라는 공동체가 형성되고 그분들과 함께 호흡할 수 있어서 행복한 것이다.

유명한 철학자 소크라테스가 자신의 제자들과 아테네 근교의 산으로 산행을 했는데, 그 경치를 보고 놀라는 투로 말했다.

"정말 아름답구나."

그 말을 들은 제자 중 한 사람이 깜짝 놀라며 소크라테스에게 물었다.

"스승님. 아직 이 경치를 보신 적이 없으십니까? 어째 그리도 감탄을 하시는지요."

"그래. 처음이란다. 물론 자연의 아름다움도 좋지만 사람은 사람 가운데서 사는 것이 더 아름답거든."

자연을 찾아 떠나지 말라는 이야기도 아니고 산행을 하지 말라는 이야기는 더더욱 아니라는 것은 독자들도 이미 아실 것이다. 사람이 사는 진정한 멋은 사람 가운데에서 찾아야 한다는 성현의 말씀인 것이다.

앞서 말한 바와 같이 함평이 고향인 나는 함평의 나비처럼 날아 지금은 광진구에 살면서 구민들과 함께 즐거운 호흡을 나누고 있다. 자유한 국당 광진(갑) 위원장으로 주민들의 즐거움은 함께 나누고 주민들의 아픔은 함께 아파하면서, 아픔을 치유할 방안을 찾아 고심하며 노력하고 있다. 내가 해결해 줄 수 있는 문제라면 얼마든지 해결해 주려고 노력하고 실제로 그리 하고 있다.

사람이 좋아서 사람 가운데 살며 그분들과 함께 호흡하는 것이 내가 살아있는 진정한 보람이라는 것을 나는 누구보다 잘 안다. 그리고 지금의 내가 이렇게 존재할 수 있게 해주신 모든 분들에게 항상 감사드린다.

한 가지 덧붙이자면, 광진구는 유독 내 고향 함평과 지형이 너무나도 많이 닮아 더 많은 애착이 간다. 아차산이 내가 어릴 적 뛰놀던 내 고향 뒷산이라면, 한강은 내 고향의 젖줄인 영산강 무안천이다. 내가 어렸을 때는 뒷동산이 아차산처럼 높고 커다랗게 보였고, 무안천이 한강처럼 넓어 보였으니 가히 그럴 만도 하다. 혹자께서는 내가 아직도 어린 꿈속에 산다고 하실 수도 있을지 모르지만, 부모님이 나를 낳아 주시고 형제들과 함께 부대끼며 살던 고향이라는 존재는 언제 어느 곳에 가더라도 눈에 밟히는 법이다. 그래서 나는 광진구에 사는 내가 아직도 고향에서 살고 있다는 기분을 느끼는 지도 모른다. 물론 정말 고향처럼 광진구가 편안한 이유는 광진구에 사시는 주민들이 항상 따뜻한 마음으로 나를 대해주시기 때문이라는 것은 잘 알고 있다.

대학졸업 후 외국인 투자 기업에서 28년이라는 세월을 근무하며 남다르게 두각을 나타내 보이다가, 기업정신으로 정치를 하겠다고 나섰다. 그때 광진 구민들께서는 나를 민선4기 구청장으로 당선시켜 주셨다. 함평에서 태어난 나는 광진구에서 정치인으로 다시 태어난 것이다.

그 이후 정말 좋은 나라를 만들어 보고 싶은 큰 꿈을 품고 국회에 도전했으나, 두 번을 모두 낙선하는 쓴 잔을 마셨다. 그때는 정말 힘들었다. 그러나 그때마다 다시 내게 희망을 안겨 주시는 분들이 계셨다. 바로 광진구 주민 여러분들이다. 마치 초등학교 때 아버지를 여의고 슬퍼하는 나에게 보여주시던 이웃 어르신들의 모습을 연상하게 하는 배려였다. 광진구 구민들께서 나에게 보내주신 격려와 위로는 어릴적 나를 감싸주시며 다독여 주시던 내 고향 이웃 아주머니와 아저씨의 그것이었다. 학창시절에 일류 고등학교와 일류 대학의 입시에 실패해, 두 번의 입시 실패를 경험하고 괴로워할 때 나를 위로해 주시던 바로 그 따뜻함이었다. 적어도 내가 겪은 바에 의하면 함평과 광진은 자연환경뿐만 아니라 정서와 인정이 너무나도 닮았다. 인간미 넘치는 그 따뜻함이 너무나도 비슷했다. 그래서 나는 광진구 주민들 모두가 고향의 이웃들처럼 따뜻하고 친밀하게 여겨지기에, 모든 주민 분들에게 항상 감사하는 마음을 간직하며 살아가고 있다. 그 덕분에 함평 나비가 광나루에 앉아 이웃들과 함께 우리 고장 광진구와 우리나라의 발전과 미래에 대한 해답을 구하면서 보람 있는 나날을 보내고 있다. 그 보람과 감사의 마음을 실어서, 내가 태어나서 지금 이 순간을 가지게 되기까지의 이야기들을 적어본다.

# 1

# 어린 시절을 돌아보며

'진달래 먹고, 물장구치고, 다람쥐 쫓던 어린 시절에…'

지금도 이용복 가수가 부르는 어린 시절이라는 노래를 들으면, 나도 모르게, 어느새 그 노래 가사처럼 노닐고 있는 나를 그려보곤 한다. 마치 내가 어린 시절의 모습 그대로 고향에 와 있는 것이 아닌가 하는 착각에 빠질 때도 있다.

도회지에서 태어나 도회지 생활만 하던 사람들은 모를 수도 있는 이야기지만, 같은 도회지라고 해도, 적어도 광진에서 태어나고 자란 분들이라면 이해할 수 있는 노래일 것이다.

어린 시절에는 아차산보다 더 커 보이던 뒷동산과 무안천이 내게는 진달래 먹고 물장구치던 어린 시절의 소중함을 간직하게 해 주었다.

보릿고개가 막바지에 달하는 계절이 오면, 봄을 알리는 진달래가 핀다. 진달래의 아름다운 빛과 그 향기에 취해 산에 오르다 보면 어느새 그

꽃잎을 따 먹고 있다. 요즈음 같으면 오염이니 어쩌니 해 가면서 상상도 못할 일이지만, 내 고향 엄다들판에 자리 잡은 뒷동산에서는 그런 걱정이 필요가 없던 시절이다. 정말로 진달래 먹고 살았던 것이다. 그리고 여름이 오면 어김없이 개천에서 물장구를 친다. 또래 친구들과 함께 어울려서 물장구를 치다 보면 어느새 더위는 멀리 사라지고 혹시 구름이라도 끼어 날씨가 조금 흐리면 추워서 입술이 파랗게 변한다. 맑고 시원한 물에서 치던 물장구는 지금의 에어컨보다 몇 배는 시원했었던 것 같다.

여름이 지나고 가을이 오면 오곡백과가 마을 사방에 그 결실을 맺고, 가을걷이가 끝나고 나면 오곡백과가 자라던 그 터는 우리들의 놀이터로 변한다. 보리 등의 겨울작물을 심는 곳이야 어쩔 수 없지만, 그렇지 않은 곳은 추수가 끝나고 나면 우리들의 여러 가지 경기장으로 변하는 것이다.
　우리들이 주로 하던 놀이는 술래잡기, 자치기, 딱지치기, 나이 먹기 등이었다.

　나이 먹기 놀이라고 하면, 그 놀이를 아는 분은 알겠지만 잘 모르는 사람들은 얼핏 듣기에 쉽게 이해가 안 될 것이다.
　나이 먹기 게임은 두 편으로 나뉘어 하는 단체 놀이로 야산에서 즐기기가 좋다. 왜냐하면 근거지로 삼을 것을 손쉽게 구할 수 있기 때문이다. 예를 들자면 큰 나무 두 그루가 가까운 곳에 서 있다면 두 편이 하나씩을 자신들의 근거로 삼는다. 그래서 무덤 앞의 양옆에 하나씩 세우는 돌로 만든 기둥인 망주석(望柱石)이 있는 산소가 최적의 장소다. 산소 앞의 잔

디로 된 공간 역시 놀이하기에는 더 없이 좋은 곳이기 때문이다.

나이 먹기 놀이는 우선 참여한 인원을 두 편으로 나눈다. 예를 들어서 10명이 그날 놀이에 참여를 했다면 5명씩 편을 나누는 것이다. 그런 후 각각 자신들의 근거지, 산소라고 가정하면, 망주석 하나씩을 자신들의 근거지로 삼고 거기에서 모여 시작을 한다. 5명이 망주석을 잡고 있다가 시작을 하면 먼저 상대의 망주석을 찍는 사람이 10점을 획득하는 것이다. 만일 중간에 상대를 자기들의 망주석으로 가지 못하게 하려면 힘겨루기를 하는 수밖에 없다. 이 때 세 명씩 마주쳤다고 하면 그 사람들의 나이를 모두 더해서 나이가 많은 쪽이 또 10점을 획득한다. 따라서 초반에 나이를 확보하는 것이 중요하다. 왜냐하면 처음에는 양측 모두 나이를 0으로 시작하기 때문에, 첫 시작과 동시에 민첩하게 상대의 방해를 피해서 상대방의 망주석을 찍음으로써 나이를 확보하고 그 나이를 가지고 이어나가야 한다. 물론 중간에 상대가 민첩하게 행동을 함으로써 역전이 되는 경우도 있어서, 서로 날래게 행동하고 부지런히 뛰어서 상대의 망주석을 찍어야 하는 것은 물론 상대가 우리 망주석을 찍지 못하게 방어를 하기도 해야하므로 힘겨루기는 물론 날째야 한다. 그리고 자기 팀의 나이를 잘 계산하고 있어야 한다. 중간에 힘겨루기를 하다가 나이 합산을 하게 될 경우를 대비해서다.

이런 나이 먹기 게임을 하다 보면 저절로 운동이 되는 것은 물론 자기편의 나이도 외워야 하기 때문에 은연중에 정신을 집중하는 버릇이 생긴다. 또 힘겨루기 중에 나이를 합산해서 상대의 나이가 많으면 10점을 잃기 때문에, 무의식중에 나보다 나이가 많으면 일단 힘이 세고 적고를 떠나서 그 사람을 우러러보고, 그 사람을 존중할 줄 아는 것을 배운다. 즉, 삼강오륜 중에서 윗사람과 아랫사람 사이에는 엄격한 차례와 질서가 있다는 것을 가르치는 장유유서(長幼有序)의 정신을 저절로 습득하게 되는 놀이였다.

그 외에 자치기나 술래잡기 등의 놀이에 대해서는 모두가 잘 아실 것이다.

자치기는 작은 나무를 '알'로 삼고 기다란 나무를 '채'로 삼아, '알'을 튀어 오르게 한 다음 '채'로 그것을 쳐서 멀리 보내고 그 거리를 '채'로 재어 그것을 '자'라고 한다. '채'의 길이 하나가 '한자'가 되는 것이다. 처음 시작할 때 몇자 나기를 정하기 때문에, 이런 방법으로 공수 교대를 하면서 반복해서 처음에 정한 '자'에 먼저 다다르는 사람이 이기는 놀이다.

'알'을 '채'로 쳐야하기 때문에 민첩성과 정확성이 따르는 놀이로서 멀리 쳐내는 힘도 동반하는 놀이다.

술래잡기는 설명할 필요도 없이 술래가 정해진 곳에 머리를 대고 숫자를 세는 동안 나머지는 술래가 찾기 힘든 곳에 숨었다가 술래가 그들을 찾으러 자리를 비운 사이에 와서 술래가 머리를 대고 숫자를 세던 자리를 치면 그는 다음번 술래를 면하게 된다. 또한 술래가 찾아낸 아이의 몸에 손을 대면 그 아이는 다음번 술래가 되는 것이다. 설령 술래가 보았더라도 술래가 몸에 손을 대기 전에 잽싸게 술래가 숫자를 세던 곳으로 가서 먼저 손을 대면 그는 술래를 면한다.

이 놀이 역시 술래를 면하기 위해서는 술래가 찾기 힘든 곳을 스스로 판단해서 찾아내야 한다. 술래가 방심할 수 있는 의외의 장소를 찾아 숨는 것이다. 당연히 판단력을 키울 수 있는 놀이다. 그리고 술래의 눈에 띄더라도 그 손을 피해 먼저 자신이 술래가 숫자를 세던 지정된 장소를 치기 위해서는 날렵해야 한다. 여러 가지로 운동이 되는 것이다.

처음에 열거했던 놀이 중에서 이미 서술한 놀이와 약간의 성격차이가 있는 놀이가 바로 딱지치기다. 지금까지 설명한 놀이들은 일단 소유에 대한 변동은 없는 놀이다. 하지만 딱지치기 같은 경우에는 비록 종이로 접은 딱지지만 그 주인이 바뀌는 놀이다. 승자와 패자가 확연히 구분되고 그 결과는 순간적인 것이 아니라 그대로 흔적을 남기는 놀이다. 따라서 딱지치기가 끝이 나고 나면 진 아이, 즉 딱지를 잃은 아이는 기분이 나쁘다. 그저 한두 개를 잃으면 모를까 많은 양을 잃으면 때로는 화가 나기도 한다.

물론 지금처럼 종이가 흔한 시절이 아닌 이유도 있었다. 지금은 박스를 비롯한 모든 폐지류들이 한낱 재활용 쓰레기에 지나지 않는다. 하지만 그 시절에는 그렇지 않았다. 지금은 이면지도 잘 활용을 안 해서 이면지 쓰기 운동도 하고 그러지만 당시에는 백지가 눈에 보이면 그것은 무조건 연습장으로 썼다. 신문도 그리 흔하던 시절이 아니었다. 지금의 화장지라고 하는 휴지는 구경하지도 못했던 종이다. 당시에는 부드러운 종이나 아니면 종이를 비벼서 부드럽게 만든 후에 화장지로 사용했다. 그리고 그 시절에는 대부분 집에서 불을 지펴서 음식을 조리했기 때문에 종이는 최고의 불쏘시개였다. 그런 상황이니 종이가 쓸모없는 것은 아니었다. 제 가치를 톡톡히 하던 시절이었다.

그러나 딱지를 많이 잃고 나서 기분이 나쁜 이유가 단지 종이의 가치 때문은 아니다. 당시에는 비료도 포대에 담았었기 때문에 광에서 잘 찾아보면 비료포대라도 찾아내어 또 접으면 된다. 혹시 엄마가 종이만 보이면 딱지를 접는다고 잠깐 한 말씀 하시는 한이 있더라도 그만이다. 비료포대는 힘이 있는 종이라서 딱지 접기에도 안성맞춤이다. 하지만 그것은 나중 문제고 지금 자신이 놀이에서 졌기 때문에 화가 나는 것이다. 그렇다고 놀이에서 진 것을 아무에게도 화풀이 하지는 않는다. 자신이 놀이에서 잘 못한 것을 인정하며 내일을 기약한다. 내일은 반드시 따고 말리라고 결심하면서 조용히 그 자리를 떠난다.

놀이의 결과에 승복하고, 패자는 내일을 기약하는 정신을 기르게 되는 놀이 중 하나였다.

이렇게 우리들만의 놀이를 하였지만, 그 놀이들에는 우리들만의 원칙이 있었다. 그 중에서 특별히 소개하고 싶은 것은 편을 갈라서 하는 놀이에서는 편 가르기에 대한 규칙을 존중하고 정해진 것에 대해서 이의를 제기하지 않았다.

놀이를 하기 위해서 편을 가를 때 무작정 가르는 것이 아니다. 친한 사람끼리 편을 한다거나, 잘 하는 사람끼리 한다거나 그런 식으로 사전에 정해 놓는 것은 없다. 놀이에 참여하고자 하는 사람들 중에서 그래도 힘이 세고 놀이를 잘하는 고학년에 드는 사람들부터 둘 씩 짝을 짓는다. 그리고 지어진 짝끼리, 어느 짝이 먼저가 아니라 모든 짝이 동시에 가위·바위·보 중에서 가위와 바위 둘 중 하나를 내도록한다. 또는 손바닥을 손

등이 위로 가게 엎어서 내거나 손 등이 아래로 가게 젖혀서 내는 두 가지 중 하나를 택하는 방법을 쓰기도 한다. 우리들끼리는 누가 잘하고 못하고가 이미 알려진 터이라 잘하는 사람들은 잘하는 사람들끼리, 뒤처지는 사람들은 뒤처지는 사람들끼리 편을 가름으로써 양 편의 균형을 맞추기 위한 것이다. 따라서 편을 가르기 위한 짝을 짓는데 자신을 과소평가 한다거나 하는 식으로 불만을 제기하는 사람은 거의 없다.

가위나 바위를 선택하는 방법을 쓰거나, 손바닥을 젖히거나 뒤집는 방법을 쓰거나 편 가르는 방식은 마찬가지다. 예를 들어서 손바닥을 젖히거나 뒤집는 방법을 썼을 때는 일제히 "엎어라 젖혀라"라고 외치면서 자신이 정한 방법대로 손바닥을 앞으로 내민다. 우연히 두 사람이 같이 내게 되면 다시 한다. 이렇게 해서 손바닥을 젖혀서 낸 사람끼리는 그대로 편이 되고, 손바닥을 엎어서 내는 사람들끼리는 그대로 편이 되는 것이다.

만일 어제 다툰 사이라 서먹서먹한데 같은 편이 되었으니 바꿔야 한다거나, 짝을 지어서 나누느라고 나누었지만 희한하게도 짝을 지었던 사람들 중 약한 사람끼리 한 편이 되어서 누가 보아도 객관적인 전력차이가 나니 다시 편을 갈라야 한다는 등의 이의제기는 일절 하지 않았다. 그리고 더 희한한 것은 어제 다툰 사람끼리 같은 편이 되었을 경우에는 놀이를 하다 보면 같은 편이기 때문에 협력을 하지 않을 수 없고 그리하다 보면 화해하지 않아도 저절로 화해가 되어서, 놀이가 끝날 때는 본래의 친구로 되돌아가 있다는 것이다. 뿐만 아니라 편 가르기의 결과만 놓고 보면 누가 보아도 약한 팀으로 구성되었다고 했지만, 막상 놀이를 해 보면 약하다고 평가했던 그 편이 이기는 경우가 허다하다는 것이다.

우리가 했던 놀이의 편 가르기는, 스스로 결정한 선택에 대해서 모두가 존중하는 것은 물론 자신이 속한 편에서 최선을 다하다 보면 절대 강자도 절대 약자도 없다는 것을 스스로 깨우치게 해 주는 것이었다.

지금 생각해보면 그 때 우리들의 놀이는, 그냥 놀이를 한 것이 아니라, 가장 민주적인 방법으로 편을 선택하고, 자신이 택한 편에서 열심히 하다보면 승리할 수 있다는 자신감을 듬뿍 심어주는 놀이들이었다는 생각이다.

이런 당시의 생각을 하다보면 요즈음 학교에서 벌어지는 집단 따돌림 행위인 소위 '왕따'나 혹은 집단폭행 사건들은 이런 아름다운 자신들만의 규율과 원칙이 없어서 벌어지는 현상이 아닌가 하는 생각도 해본다. 무한 경쟁시대라는 어른들의 사고방식 아래 자신들만의 시간이나 여유는 갖지 못하고 어른들이 만들어 놓은 계획과 일정에 의해 움직이다 보니, 어린이들 스스로 자신들만의 규율과 원칙을 만들어 소외당하거나 뒤처지는 사람 없이 함께 즐길 수 있는 법을 터득하는 것을 몰라서 그럴 수도 있다.

뉴스나 미디어는 훈훈한 이야기를 보도하는 것 보다는 자극적인 이야기를 보도함으로써 시청률을 올리기 위해서 안간힘을 쓴다. 그러다 보니 사람이 사람을 서로의 경쟁상대로 몰 뿐이지 이웃으로 만들어 가야 한다는 생각과는 거리가 멀어지게 한다. 보도되는 사건들은 대개가 이웃을 불신하게 만드는 사건이나 행위에 관한 이야기들이다. 자연히 사람이 사람을 믿지 못하게 되고 자기 자신만의 벽을 만들어 지금 곁에 있는 이들이 아니면 배타적으로 대하게 된다. 그것은 또 다른 배타적인 사고를 부르고 서로가 배타적이 되다 보면 결국 충돌하게 되는 것이다.

아름다운 자연과 호흡하며 우리라는 세상을 만들어 가는 것은 고사하고 자신의 존재와 반드시 공존해야 하는 이웃의 가치를 느낄 조그만 틈조차 갖지 못하기에, 현실을 조화롭게 사는 방법을 터득할 여유가 없다. 세상이 살기 편해진 만큼 사람의 마음도 넓어지는 것이 아니라 물질문명의 발달로 인해서 사람들의 삶이 편리해지는 것과 사람들의 가슴 속에 자리 잡은 이해심은 반비례하는 것 같아서 아쉬울 뿐이다. 일상생활이 편리해지면 그만큼의 여유가 생겨야 하는데 여유는 커녕 오히려 더 바빠서 절절맨다. 자기 자신도 돌볼 여유가 없어지면서 이웃은 안중에도 없게 되는 것이다.

우리네 삶이라는 것이 물질문명의 발달로 인해서 편리해진 것은 확실하지만 편안해진 것은 아니라는 생각이 든다. 겉으로는 삶의 질이 향상된 것 같아 보이지만 실제 삶의 질이 향상되었는지는 깊이 생각해 볼 문제가 아닌가 싶다.

다시 어린 시절로 돌아가 보면, 가을이 지나고 겨울이 깊어지면 방학이다.

겨울방학을 맞이해서 제일 먼저 하는 일은 우선 썰매를 만든다. 물이 고인 논이나 작은 저수지에 물이 얼었던 아니든 그건 나중 문제다. 썰매를 타고 안타는 일도 나중 문제다. 우선 썰매를 만들고 물이 꽁꽁 얼기를 기다렸다가 물이 얼면 그 위에서 타면 되는 것이다. 썰매를 타는 놀이는 어쩌면 당시의 겨울 놀이 중에서 가장 즐겁고 재미있던 놀이였을지도 모른다. 그것은 나만의 문제가 아니라 우리 또래의 어린이들은 모두 그랬다.

그리고 동네 큰 마당이나 추수를 끝낸 논에서 벌어지는 자치기와 팽이치기, 딱지치기는 그야말로 우리 어린이들의 겨울 축제였다. 요즈음처럼 어른들과 동행하는 축제도 아니고, 누가 마련해주어서 즐기는 축제도 아니고, 우리들 스스로 기획하고 연출해서 즐기는 축제였지만 그 시절의 우리들만의 축제는 그 나름대로 너무나도 재미있고 아름다웠다. 우리들은 그 재미에 빠져서 시간 가는 줄도 모르고 놀다가, 저녁 먹으러 들어오라는 엄마의 부름을 받고서야 겨우 집으로 들어가곤 했었다.

집에 들어서면 집안의 훈기가 확 다가오면서, 꽁꽁 얼었던 손은 감각조차 없는 것 같고 양 볼과 귀는 얼었던 것이 녹으면서 발그스레해진다. 그러면서 이내 노출되었던 부분에 찬 기운이 잠시 돌다가 확 사라지면서 훈훈한 기운이 돌아온다. 그 때 느끼는 그 따뜻함은 집안이라는 행복을 느낄 수 있는 바로 그것이었다.

그리고 엄마가 정성스럽게 차려 놓으신 밥상에 다가가 앉으면 코로 스미는 구수한 냄새들은 지금도 잊을 수 없다. 비록 반찬 가지 수도 많지 않고 지금처럼 생선이나 고기가 놓여진 밥상도 아니지만, 온 식구가 함께 저녁식사를 하면서 느낄 수 있는 다정함과 행복함은 무어라 표현할 수 없는 기쁨이었다.

그런 면에서 요즈음 어린이들을 보면, 나는 어른 중 한 사람으로 미안한 마음까지 든다.

무한 경쟁시대라고 불리는 현실 앞에서 어린이들마저 그 경쟁에 지지 않게 한다는 명목에 의해 방학 때에도 여러 개의 학원을 다녀야 하기에,

어린 시절이 아름다운 추억을 만드는 시절이 아니라, 경쟁을 이기는 법을 배우는 시절로 변했기 때문이다. 물론 그런 어린이들이 한편으로는 대견하지만 한편으로는 안쓰럽다. 그리고 어린이들을 그렇게 만들고 있는 우리 어른들 중 한사람으로서 미안하다는 것이다.

함평군 엄다면에서 태어난 나는, 어린 시절에 정말로 진달래 먹고 물장구를 치던 아름다운 추억과 함께 성장했다. 그렇다고 마냥 아름다운 어릴 적 추억만 있었던 것은 아니다.

초등학교 1학년 시절 가족사진(앞줄 한가운데)

나는 전남 함평군 엄다면 송로리 송촌마을에서, 이곳에 나주 정씨 집성촌을 이루고 살았던 나주 정씨 가문에서 우리 집안의 6대 장손으로 태어났다.

송촌 마을은 마을 주변이 소나무로 무성한 숲을 이루며 아름다운 자태를 뽐내고 있고, 끝없이 펼쳐진 무안평야가 미지의 저 먼 세상에 다한 아름다운 꿈을 꾸게 하는가 하면, 영산강 줄기인 무안천위를 나는 물새들의 울음소리가 미래를 동경하는 소년·소녀들의 마음마저 부풀게 하는 천혜의 아름다운 자연 조건을 갖춘 곳이다.

그렇게 아름다운 곳에서 우리 집안의 6대 장손으로 태어났으니 할아버지와 할머니의 사랑을 한 몸에 받은 것은 사실이다. 물론 아버지와 어머니의 사랑 역시 더 말할 나위 없지만, 사람에게 있어서의 행복이라는 것이 어느 한 사람에게만 무한하게 주어지는 행복은 허락되지 않는 것인지도 모른다.

내가 9살 때, 그러니까 초등학교 2학년 때, 겉으로 표현은 안 하셨지만 항상 그 눈빛에서 사랑을 느낄 수 있던 아버지께서 갑자기 불의의 사고로 돌아가셨다. 서른다섯의 젊은 나이에 서른 두 살인 어머니와 나, 나보다 두 살이 어려서 아직 초등학교 입학도 안한 동생을 남겨두고 돌아가신 것이다.

그 때 우리 집안 형편은 조부님 덕에 천석꾼은 아니더라도, 송로리에서는 제일 부자라는 소리를 들으며, 삯을 받고 집안일을 거들어 주는 분들이 두 세분 있는 정도의 생활을 하고 있었기에 생활이 넉넉했다. 하지만 마을 둠벙으로 낚시를 가실때면 꼭 나를 데리고 다니시던 아버지셨다. 나는 낚시를 하시는 아버지 옆에서 붕어나 다른 물고기가 잡히면 그것들을 넣어 놓은 그릇을 들여다보며 물고기들이 움직이는 모습을 신기해하며 즐거워하던 그 기억이 생생했다. 내가 학교에서 공부도 잘하고 매사에 솔선수범하며 어른들에게 인사도 잘한다고 칭찬을 받을 때, 비록 나를 안아 주시거나 칭찬은 해 주시지 않았지만 그윽한 눈빛으로 나를 바라보시며 대견해 하시던 그 눈빛을 나는 잊지 못했다. 그리고 동생과 다툴 때면 두 손을 들고 무릎을 꿇게 하시고는 "사내가 큰 꿈을 꾸며 넓은 것을 봐야지 그렇게 옹졸해서 어찌할 것이냐?"고 훈계하시던 그 목소리가 그리웠다.

사람의 죽음에 대해서 이렇다 할 의미도 부여하지 못할 어린 나이였음에도 불구하고 나는 아버지의 빈자리를 고스란히 느끼고 있었다. 그렇게 공허한 마음 한구석을 간직한 나에게 있어서, 다행이라면 다행인 것은 아버지의 빈자리를 할아버지께서 메워 주셨다는 것이다.

할아버지께서는 아버지께서 돌아가신 관계로 행여 내가 동네 어른들이나 혹은 학교에서 기가 죽어서 지내거나, 아버지가 없어서 버릇이 없다는 말을 듣고 상처를 받을까봐 걱정하셨다. 그런 연유로 내게는 더 할 것 없이 자상하게 대해주시면서 내가 원하는 것은 무엇이든 들어주셨다. 하지만 내가 하는 일이 도리에 어긋나거나 철이 없어서 하는 짓일 경우에, 엄하게 이르실 것은 반드시 일러주신 분이시다.

할아버지께서 내게 해 주신 교육방식은 '하지 마'가 아니라, 해도 될 일을 알려 주시거나 혹은 우리가 닮아야 할 모범이 되는 분들의 이야기를 들려주심으로써 스스로 어떻게 하는 것이 옳은 것인지를 깨우치게 해주시는 것이었다. 우리 선열들 중에서 영웅호걸로 일컬어지는 분들의 이야기를 들려주시면서, "사내라면 큰 꿈을 갖고 그 일을 이루려고 노력하다 보면 모든 것을 할 수 있게 되는 것"이라는 말씀을 종종해 주셨다. 큰 꿈을 갖고 열심히 노력하면 하고 싶은 것을 할 수 있다는 그 말씀은, 무엇을 해서는 안 된다는 '하지 마'가 아니라 무엇이든 할 수 있다는 자신감 가득 찬 호연지기를 길러주시던 말씀이다. 그 말씀은 그 이후 내 삶에 커다란 영향을 끼친 말씀이다.

특히 할아버지 스스로 나를 위해서 10개의 지킬 사항, 말하자면 훈육 10조를 만들어 내가 잊을 만하면 들려주신 덕분에 귀에 못이 박힐 정도였고, 나는 당연히 지켜야 할 사항으로 받아들였다. 그런데 할아버지께서 10조 훈육을 말씀하시기 전에 꼭 하시는 말씀이 있었다.

"네 6대조 할아버지 산소가 광주와 목포 1호선 국도에서는 제일 명당이라고 소문이 나있고, 실제로도 그렇다. 네가 노력만 하면 큰일을 반드시 할 수 있다. 조상님들이 너를 잘 보살펴 주실 것이니 무엇을 하든지 간에 항상 자신을 갖고 공부해라."

지금에 와서 할아버지의 이 말씀을 곧이곧대로 믿지는 않지만 당시에 이 말씀을 들으면 나도 모르게 내 안에 자신감이 생겼던 것은 사실이다. 아마 할아버지께서도 바로 그 점을 노리셨을 것이다. 어린 나이에 아버지를 여읜 나에게 자신감을 심어주시고 싶었는데 마침 6대조 할아버지의 산소가 명당이라고 소문이 나 있으니 그 점을 십분 활용하신 것이리라. 그리고 이어지는 말씀은 항상 10조 훈육이었다.

1) 정직하라.(거짓말하지 말라)
2) 도둑질하지 마라.
3) 거지가 오면 쌀은 못 줘도 보리쌀이라도 줘라.
4) 어느 구름에서 비올지 모르니 모두에게 잘 해라.
5) 원수는 외나무다리에서 만난다. 원수지지 마라.

6) 열길 물속은 알아도 한길 사람속은 모른다.

7) 접시는 밖으로 내 돌리면 깨진다.

8) 이 우물 다시는 안 먹는다고 우물에 침 뱉지 마라. 언제 또 먹을지 모르는 게 인생이다.

9) 비단이 곱다 해도 사람의 말처럼 고울 수는 없다.

10) 애비 없는 호래자식 소리 듣지 마라.

이 이야기를 듣던 어린 나이에는 잘 몰랐지만, 지금 생각해 보면 마지막 10번에서 나를 위해서 하신 말씀을 제외하고 나면 나머지는 정직하게 살며 자선을 베풀고 이웃과 사이좋게 지내야 한다는, 속담에도 많이 나오는 지극히 당연한 말씀이다. 사람이 살아가는 모습의 정도라는 것을 알면서도 살아가다 보면 이런저런 이유로 지키기 힘든 말씀들이다. 아마도 그 때 할아버지께서 어린 나에게 들려주고 싶은 말씀은 바로 '호래자식 소리 듣지 마라'는 그 말씀이 가장 중요하셨고, 나머지는 내가 나이를 먹어가면서 지켜야 할 사람 사는 도리를 미리 말씀해 주신 것이라고 생각한다. 아버지께서 살아 계시면 성장하는 나의 상황에 따라서 그때그때 해 주실 말씀을 당신이 미리 말씀해 주신 것일 게다. 할아버지는 자신의 연세를 생각하시면서 성장하는 나에게 그때그때 들려 줄 수 없다는 것을 아시기에, 귀에 못이 박히도록 미리 말씀해 주심으로써 6대 장손이 사람답게 살아가도록 만들어 주신 것이다. 지금도 그런 생각을 하며 항상 마음속에 간직하면서 가끔은 내가 그 말씀을 지키면서 살아가는지 되돌아보곤 한다.

특히 '비단이 곱다 해도 사람의 말처럼 고울 수는 없다'는 그 말씀은 종종 나를 반성하게 만드는 가장 큰 화두다.

내가 성격이 급하다 보니 무슨 이야기를 들으면 나도 모르게 그 자리에서 있는 그대로 그에 대한 반응을 내보이는 경우가 많다. 특히 내 속뜻은 그게 아니면서도 목소리가 크고 성격이 급한 관계로 상대방은 내가 화가 나서라든가, 아니면 그렇게 하지 말라는 이야기를 마치 그렇게 해서는 큰일이 난다는 것으로 말하는 것처럼 들리는 관계로, 나나 혹은 내가 한 말에 대해서 오해하시는 분들이 많다. 이 글을 통해서 사과를 드리기도 하지만 그보다는 내가 스스로 성질이 급한 것을 아는 이상 말을 더 곱게 해야겠다는 각오를 하게 되는 것이다.

안치환이라는 가수가 부른 노래에 '사람이 꽃보다 아름답다'는 가사가 나온다. 나는 그 노래를 들으면 나에게 '사람의 말이 비단보다 곱다'고 말씀해주시던 할아버지의 말씀이 생각난다. 꽃보다 아름답고 비단보다 고운 사람이다. 어떤 상황에 처해서 누가 뭐라고 하든 칭송받고 사랑받는 삶을 살아야 하는 것이 사람의 존엄성이다. 할아버지께서는 나에게 그런 사람의 존엄성을 일깨워 주신 것이라고 생각하며 한시도 그 말씀을 잊지 못한다.

그리고 할아버지께서는 명절 때 조상님들 성묘를 갈 때면 나를 꼭 데리고 다니셨다. 그리고 몇 대 할아버지가 무엇을 어떻게 하셨는지를 설명해 주시면서 우리 집안의 가풍과 전통에 대해서 많은 것을 알려 주셨다. 또 할아버지께서 광주의 작은 아버지, 즉 나에게는 삼촌이 되는 분의 집을 방문하실 때에도 변함없이 나를 데리고 다니시며 광주까지 가는 동안 눈에 펼쳐지는 그 고장에 대한 이야기들을 들려주시곤 하였다. 지금처럼 인터넷이 있던 시절도 아닌데 그런 지식을 습득하고 계신 할아버지의 폭 넓은 지식에 나는 지금도 가끔 감탄하곤 한다.

자녀를 교육하는 방법이 달라지고 그 지식 전파가 쉬운 요즈음에도 우리는 자녀들에게 걸핏하면 '하지 마'라는 말이 절로 나오는 세상이다. 그리고 자녀들에게 자신감을 심어주기 보다는 오히려 자녀들이 초조해할 정도로 성적을 중요시 생각하곤 한다. 호연지기를 길러주는 것이 아니라 지금 눈앞의 일에 전전긍긍하게 만들고 있는지도 모른다. 견문을 넓히는 여행보다는 책 한 줄 더 읽는 것이 도움이 된다고 생각하는 부모들이 대부분이다. 명절이 되면 할머니 댁에 가는 것보다는 공부하는 것이 도움이 된다고 할 정도인데, 조상님을 성묘하는 것은 그런 일이 있는 것인지도 모르는 아이들도 있을 것이다. 그렇게 하는 것이 오히려 자녀들에게 해가 될 수 있다는 것을 알면서도, 주변의 다른 아이들이 모두 그렇게 하는데 너만 여유를 부리다가는 내 자녀가 혼자 뒤쳐질 수 있다는 걱정에서 헤어나지 못하는 부모들의 마음을 모르는 것은 아니다. 진심으로 자녀들을 위한 것이라면, 당장 눈에 보이는 성적보다는, 그들이 조상의 은덕을 알고, 견문을 넓히고 자신감을 가짐으로써 자신의 앞날에 도전해볼 수 있도록 해주는 것이 좋다는 것을 알면서도 엄두를 못 낼 뿐인 부모들의 마음 역시 충분히 이해한다. 나 역시 그랬을 수도 있기 때문이다.

어릴적에 내가 본 조부님은 늘 책을 읽고 글을 쓰는 것만 기억이 난다. 할아버지께서는 스스로 터득하신 지혜에 의해서 내게 그런 교육을 시키셨던 것이다. 서당에서 배운 것들과 증조부님에게서 받은 교육이 살아있는 지혜가 되어 나를 이끌어 주셨던 것이다. 그리고 그 교육이 비록 일류 대학을 졸업하지는 않았지만, 오늘의 나를 만드는데 아주 커다란 밑거름이 되었다는 것을 나는 잘 알고 있다.

# 2

## 아쉬운 학창시절

인생에서 가장 아름다웠던 시절이 언제인가를 묻는다면 대개가 학창 시절을 떠 올릴 것이다. 그것도 중·고등학교 내지는 대학생활일 것이다. 물론 초등학교 시절을 떠올리는 사람도 있겠지만, 대부분 초등학교 시절은 어렸던 관계로 추억이라고 할 것은 많아도 아름답다고 느끼기에는 무언가 조금은 부족할 수 있다. 그에 반해서 중·고등학교 시절은 어느 정도 철이 나면서 세상을 보는 눈이 달라지기 시작하는 사춘기도 겪는 등, 사람으로서의 자신이 변하는 만큼 세상도 달라져 보이는 가운데에 짜증 나는 기억도 많은 만큼 아름다운 기억도 많은 것이 일반적이라고 생각한다. 또한 대학시절은 자신의 꿈을 위해서 한껏 도전해 보는 시기로, 그 꿈을 이루고 못 이루고의 성패 여부를 떠나서, 도전을 했다는 것 자체가 우리들의 기억 속에는 추억으로 자리 잡기에 충분한 것이니 많은 사람들이 학창시절을 가장 아름다운 시절이었다고 꼽을 것이다.

나 역시 내 인생에서 아름다운 기억이 많은 시기가 학창시절이었던 만

큰 아름다웠던 시절 역시 그 시절이라는 대답이 맞을 것이다. 하지만 내가 말하는 아름다움은 마냥 낭만에 젖는 그런 아름다움의 의미가 아니다.

내가 초등학교를 졸업하고 중학교에 갈 때만 해도 중학교 진학자가 많다고 할 수는 없는 환경이었다. 초등학교를 같이 졸업한 동기들 중에서도 약 2/3는 초등학교 졸업 후 곧바로 삶의 현장으로 뛰어들었다. 당시의 어려운 경제 환경에서는 한 푼이라도 벌어야 제 밥벌이라도 할 수 있었기에 어쩔 수 없는 일이었다. 심지어는 초등학교를 중도에 그만두고 가족들을 부양하기 위해서 어린 나이로 경제활동에 참여해야 하는 형편에 놓인 친구들도 적지 않았기 때문이다.

나머지 1/3이 중학교에 진학을 하는데 대부분은 이웃 학교면에 있는 학다리 중학교로 갔다. 그리고 세 명만이 소위 말하는 그 시대의 '유학'이라는 것을 했는데 광주로 남자 2명과 여자 1명이 진학을 했고, 목포로 두세 명이 진학하는 것이 고작이었다.

누구든지 자식을 좋은 곳으로 보내, 훌륭한 선생님을 스승으로 모시게 하여 좋은 환경에서 공부시키고자 하는 마음은 같을 것이다. 하지만 모두가 그리 할 수 없는 것이 현실이다 보니 어쩔 수 없는 상황도 있고, 또 당시에는 중학교도 입학시험이 있는지라 시골 초등학교를 졸업한 후 대도시의 중학교 입시에 합격하여 진학한다는 것이 그리 쉬운 일만은 아니었다. 따라서 당시 대도시로 진학한다는 것은 여러 가지 사정에 의해서 그리 녹녹한 일은 아니었다. 그런 점에서라도 나는 여러 가지로 감사드릴 일이 많은 사람임에는 틀림이 없다.

어쨌든 광주로 중학교 진학을 하게 된 나는 기쁠 수밖에 없었다. 그 시절에 우리 친구들이 모두 가고 싶어 하던 광주로 진학한 것만 해도 좋을 텐데, 전교 입학생 840명 중 4등으로 입학을 하게 되었으니 그 기쁨은 이루 말할 수 없었다. 더더욱 당시 한 학년이 16반이었던 학교에서 1등부터 60등까지는 특A반이라고 해서 전원 장학생으로 학교를 다닐 수 있었으니 광주로 진학시켜주신 조부모님과 어머니께도 학비 부담을 덜어드린 것이 자랑스럽고, 은근히 내가 내 체면을 세운 것 같아서 더 기뻤다. 그리고 그 기쁨은, 광주에 가면 꼭 열심히 공부해서 일류고등학교에 입학하리라고 굳게 다짐하는 단단한 각오로 변하고 있었다. 그러나 그 기쁨도 잠시였다.

입학을 며칠 앞둔 상황에서 뜻하지 않게 할아버지께서 돌아가신 것이다.

나에게 있어서의 할아버지는 아버지를 대신해 주신 아버지이자 할아버지셨다. 다정다감한 눈빛으로 바라보시며 나를 이끌어 주시다가도 때로는 엄하게 나를 꾸짖기도 하시면서 아버지께서 해 주실 모든 것을 거절 한 번 하지 않고, 내가 원하는 것이라면 그것이 그릇된 것만 아니라면 무엇이든 들어주시던 할아버지시다. 내가 전교 4등으로 합격했다는 소식을 접하시고는 누구보다 기뻐하시던 할아버지시다. 손으로 내 엉덩이를 두드리시며 "우리 장손은 조상님들이 돌보아 주실 것이다. 누구보다 6대조 할아버지의 산소가 명당이니 그 덕을 꼭 보게 될 것이다."라는 말씀을 몇 번이고 반복하셨던 분이시다.

그런 할아버지께서 입학의 기쁨을 코앞에 두고 돌아가셨으니 그 슬픔은 이루 말할 수 없었다. 하지만 그 당시 아직 어린 나이임에도 불구하고 나는 우리 집안의 6대 장손으로 할아버지의 장례를 치러야 한다는 의무감이 들었고, 장례 기간 내내 문상객을 맞으면서 거의 밤을 새우다시피 해서 장례를 치렀다.

장례를 치르는 동안, 문상객을 맞으며 옆에 동생이 앉아 있기는 하지만 이야기를 나눌 처지도 아니라 혼자 생각할 수 있는 시간이 많다보니 저절로 할아버지께서 나를 특별히 아껴서 어디를 가시든지 데리고 다니시던 생각들이 새록새록 떠올랐다. 그리고 내게 10가지 꼭 지켜야 할 사항을 일러주시면서 사나이는 큰 꿈을 가지고 열심히 노력하다 보면 반드시 무언가 일을 이룰 수 있다고 힘을 주시던 그 목소리가 들리는 듯 했다. 그 바람에 나는 나도 모르게 흐르는 눈물을 주체할 수 없어 몇 번인가 눈물을 훔쳐내곤 했다.

장례를 치르는 동안 할아버지에 대한 효심이 더 커지는 것을 느낄 수 있었다. 그리고 그 이후로도 내가 살아오면서 할아버지와 할머니를 잊어본 적이 없다. 지금도 고향에 가게 되면 나는 무엇보다 먼저 할아버지와 할머니 산소에 성묘하는 것을 챙긴다.

장례가 끝나고 나자 정말 할아버지께서 돌아가셨다는 것이 실감이 나면서 갑자기 내 어깨가 무거워지는 것을 느끼지 않을 수 없었다. 중학교에 입학하기 직전이니 아직 철이 나기는 이른 나이였지만, 당시의 상황으로는 초등학교 4학년인 동생을 제외하고는 집안에 남자라고는 없는 꼴이 되고 말았다. 할머니와 어머니 두 분을 남겨 둔 채 나는 광주로 떠나야 하는 것이다. 농사일을 비롯해서 집안 걱정을 안할 수 없는 형편이었다. 지금처럼 여성들의 사회생활이 보편화된 세상이라면 그렇게 큰 걱정을 하지 않아도 되었을지도 모른다. 하지만 당시의 상황은 그렇지 못했다는 것은 독자들께서도 잘 아시리라고 믿는다.

그런 상황에 놓이자 나는 누가 시킨 것도 아닌데 매주 토요일이면 광주에서 함평 집으로 향했다. 어머니와 할머님께서 농사일을 하시는 것을 생각하면 장손으로서 집안 걱정을 안할 수 없어서였다. 토요일에 고향집으로 갔다가 일요일 늦게 다시 광주로 돌아가는 것이다. 광주에서는 숙부님 집에 머물렀기 때문에, 내가 광주로 돌아갈 때는 할머님과 어머니께서 쌀이나 채소 같은 것들을 항상 싸 주셨고 나는 그것들을 가지고 완행버스로 두 시간이 걸리는 길을 가야했다. 그리고 그때마다 가슴 속에는 버스 정류장까지 나오셔서 당신들께서 머리에 이고 오신 것들을 버스에 실어주시고는 그래도 발걸음이 떨어지지 않아 버스 뒤에서 나를 향해서 손을 흔들며 서 계시던 할머니와 어머니의 잔영이 남지 않을 수 없었다.

"이번에 가면 토요일에 올 생각 말고 공부 하거라. 네가 안 와도 네 엄마랑 이 할미가 다 꾸려 나갈 수 있다. 장손이라 집안 걱정하는 것이야 왜 모르겠느냐만 그래도 할 일에는 때가 있는 법인데…"

할머님의 말씀은 미처 끝을 맺지 못하면 얼른 내가 그 말씀을 받아 대답을 했다.

"그런 걱정 마세요. 제가 토요일에 집에 오기 위해서 평소에 더 열심히 하니까 걱정 안하셔도 돼요."

"그래도 말이 그렇지 그게 어디 쉽냐?"

"이제 그만 얼른 들어가세요. 버스도 떠나야 되잖아요."

"그려. 장손이라고 이 할미랑 에미 걱정할까 봐 말이라도 그렇게 해주니 고맙기는 하다만, 그래도 그렇지 그게 아닌데…"

할머니는 말끝을 맺지 못하신다. 일요일마다 광주로 가는 버스를 기다리며 나누는 대화의 끝은 꼭 이랬다. 장손인 나에게 어린 나이에 너무 큰 부담을 안겨주고 있다는 생각에 할머니는 늘 마음을 쓰시면서 말끝을 맺지 못하는 그 자리에서는 늘 혼자 눈물을 삼키신 것이다. 그러나 할머니께서 눈물을 삼키실 때 삼킨 것은 비단 할머니 혼자가 아니었다. 옆에서 아무 말씀도 없이 서서 나를 바라보기만 하시던 어머니 역시 마음 깊이 눈물을 흘리고 계셨던 것이다. 그런 어머니와 할머니의 마음을 나는 알 수 있었다.

그 잔영을 생각하면 어린 나이에 할머니와 어머니를 떠나는 것이 슬퍼서가 아니라 일찍 하늘나라로 가신 아버지와 할아버지가 더 생각나서 눈물을 흘리곤 했었다. 내가 매주 주말이면, 밀린 공부를 더 하고 싶은데도 불구하고 고향집을 찾아야 하는 것이 고생스럽고 힘들어서가 아니라, 할아버지나 아버지께서 몇 년 만 더 오래 사셨다면 할머니와 어머니께서 저렇게 고생을 안 하셔도 되었을 것이라는 생각과 함께 교복을 입고 교모를 쓴 내 모습을 보셨을 것이라는 생각이 들어서였다. 나 나름대로는 그 당시 교복을 입고 교모를 쓴 내 모습이 의젓해 보였고, 나를 그리도 사랑하고 아껴주시던 할아버지와 아버지께서 이런 내 모습을 보시면 얼마나 자랑스럽고 대견해 하셨을까 하는 생각을 지울 수가 없었기 때문이다.

지금도 그 때를 생각하면 가슴이 찡하고 나도 모르게 콧등이 시큰거려온다. 더더욱 마음이 울적할 때 그 생각을 하면 나도 모르게 눈물이 흐르곤 한다.

그렇게 3년이라는 중학교 생활을 했지만, 당시 매달 1번씩 시험을 보고 전 학년의 성적을 성적순으로 공표를 할 때 10등 밖으로 밀려났던 기억은 거의 없는 것 같다. 주말에 다른 아이들처럼 밀린 과제와 공부를 하는 것이 아니라 고향집으로 가야했기에 평일의 내 시간은 너무나도 짧기만 했지만, 10등 안에 들기 위해서 각고의 노력을 기울여 공부를 했던 것이다. 어쩌다가 주변에서 이런 나의 사정을 알게 되는 친구들은 나에게 정말 장하다고 한마디씩 하고는 했다.

중학교를 졸업하면서 고등학교로 진학하기 위해서 입학시험을 보았다. 나는 당시 광주에서 일류고등학교로 정평이 나있는 학교에 자신 있게 입시 원서를 제출하고 시험에 응했다. 그런데 결과는 불합격이었다. 중학교 성적이나 기타 등등을 볼 때 당연히 합격할 것이라고 자신했던 나로서는 엄청난 충격이었다. 비단 나뿐만이 아니라 학교에서 내 성적에 대해서 알고 계시는 담임선생님을 비롯한 선생님들께서도 내가 불합격했다는 것에 대해서 납득하기가 힘들다는 분위기였다.

"정송학이 불합격을 했다니 믿을 수가 없네."

"그러게 말이야. 다른 학생들은 여타 과목 점수가 좋아서 평균이 높은 반면에 정송학이는 입시 배점이 높은 국·영·수 점수가 평균을 끌어 올리던 학생이라 당연히 합격할 것이라고 생각했는데 아까워. 여타 과목 공부할 시간이 부족하다는 말은 들었지만 이런 결과를 가져올 줄이야."

그 당시 학교 시험은 어느 과목이든 100점 만점이었지만, 고등학교 입시에서는 국어·영어·수학의 배점이 높은 반면에 나머지 과목은 배점이 달랐다. 그래서 학교 성적과 입시성적이 꼭 일치하지는 않았다. 그러나 나는 입시 배점이 높은 국·영·수 점수가 좋았던 터라 선생님들께서는 당연히 합격할 줄 알았는데 시간이 부족해서 나머지 과목들에 소홀할 수밖에 없던 내 사정을 안타까워하셨던 것이다.

그런 학교 사정과는 달리 내가 공부를 잘한다는 것만 아셨지 합격 가능성에 대해서는 잘 모르시는 할머니와 어머니께서는 단지 불합격이라는 사실에 대해 너무나도 안타까워하시며 크게 낙담하시면서도 나를 위로하셨다.

"걱정하지 마라. 하늘이 무너져도 솟아날 구멍이 있다고 했는데 고등학교 입시에 한 번 실패했다고 대수냐? 너는 할 만큼 했으니 방법이 생길 것이다."

말씀은 그렇게 하시면서도 오히려 두 분께서 더 아쉬워하셨다. 공부할 수 있는 시간을 충분히 주지 못해서 미안하다는 기색도 여지없이 드러내셨다. 숙부님 역시 함께 걱정해 주시면서 구체적인 방법까지 제시해 주셨다.

"어쩌겠니? 이미 벌어진 일이다. 그렇다고 네가 게을러서 그랬던 일도 아니니 어찌 할 수도 없는 것 아니겠니? 너무 상심하지 마라. 다른 방법을 찾자. 광주에서 후기 입학시험 보는 고등학교 중 하나에 가고, 정 그렇게 일류 고등학교 가는 것이 꿈이라면, 1학년 때 다시 서울 명문 고등학교 입학시험을 보는 방법도 있지 않겠느냐.”

당시 나에게는 숙부님의 말씀이 옳은 것으로 들렸다. 고등학교 다니면서 하는 공부 중 중학교의 그것과 일치하는 것도 있을 것이니 그렇게 어려운 일 같아 보이지 않았다. 그리고 실제로 준비를 했었다. 하지만 집안의 여러 가지 사정으로 포기하고 마음을 바꿨다. 내 인생의 목표가 고등학교가 아닌데 굳이 고등학교를 마치 인생의 마지막 관문이라도 되듯이 일류라는 그 틀에 얽매일 필요가 없다고 생각이 바뀐 것이다. 차라리 그 시간에 열심히 공부해서 일류대학교에 진학한다면 내가 생각하는 꿈을 이루기가 훨씬 수월할 것 같은 생각이 들어서였다.


어쨌든 고등학교 입시 실패는 내가 생애 최초로 실패라는 벽에 부딪친 크나큰 아픔이었고 어쩌면 최초의 시련이었다.

그러나 그 아픔은 내가 입시에 실패했다는 단순한 아픔이 아니었다. 토요일에 집으로 왔다가 일요일 늦게 돌아가는 완행버스에 바리바리 싸서 주시는 농산물을 차에 올려 실어까지 주시고도 모자라, 버스 뒤에서 버스가 보이지 않을 때까지 손을 흔들며 장손의 앞날을 기원해 주시던 할머님과 어머니의 기대에 대한 보답은커녕 아픔을 드린 것에 대한 아픔이었다. 둠벙에 낚시를 갈 때면 꼭 데리고 다니시며 기뻐하시던 아버지의 얼굴이 스쳐지나갔다. 명절이면 조상님들의 성묘에 꼭 동행하시면서 요소요소에서 그 고장에 대해 설명해 주시고, 조상님들의 업적을 자랑스럽게 이야기하시면서 6대조 할아버지 산소가 명당이라 내가 반드시 큰일을 하게 될 것이라고 말씀하시던 할아버지의 자랑스럽고 뿌듯해 하시던 얼굴이 떠나지를 않았다. 그리고 그분들의 그런 모습은 모두 아픔이 되어 내게 되돌아왔다. 아픔을 너무 어린 나이에 맞이한다는 기분이 들었다.

그러나 천부적으로 적극적인 사고방식을 갖고 살아오던 나였다. 아픔을 겪는 시간이 그리 길지 않았다. 얼마 지나지 않아서 이 상황을 스스로 정리하고 마음을 되잡아야겠다는 생각이 들었다.

"인생이라는 긴 여정에 어차피 실패를 경험하지 않을 수는 없다. 기왕 겪을 실패라면 일찍 해보는 것이 오히려 나을 수도 있다. 매도 먼저 맞는 놈이 덜 아프다고 했다. 더 커서 더 큰 실패를 경험하지 말라고 미리 겪게 해 주신 것이라고 생각하자. 앞으로 대학에도 갈 것이고, 또 사회에 나가면 더 큰 일을 하기 위해서 고등고시도 치를 내가 고등하교 입시에서 떨어진 것 가지고 찌질하게 굴지 말자. 비록 고등학교는 후기에 가더라도 고등학교에서 더 열심히 공부해서 나중에 일류대학에 들어가면 될 것 아닌가?

내가 힘들어 하면 할머님도 어머님도 더 힘들어 하실 것이다. 오히려 내가 이런 각오를 말씀드리고 후기 고등학교에 가겠다고 하면 두 분 모두 마음을 놓으실 것이다. 내가 입시에 실패하는 바람에, 그렇지 않아도 두 분이 마음고생이 많아 힘들어 하실 뿐만 아니라, 행여 내가 홧김에 뭔 일이라도 낼까봐 노심초사 하실 텐데 두 분 걱정을 덜어 드리기 위해서라도 하루라도 빨리 마음을 고쳐 잡자.

이건 누가 할 수 있는 일이 아니다. 나 스스로 결정하고 풀어야 되는 일이다. 아직 내게 주어진 시간은 많다. 그 많은 시간 중 아주 일부를 사용했을 뿐이다. 그리고 내게 주어진 기회도 많았지만 주어질 기회도 많다. 그 중 한 번의 기회를 놓쳤을 뿐이다. 한 번 실패면 족하다는 각오로 앞으로 더 열심히 노력하면 된다."

마음을 고쳐먹은 나는 이런 나의 마음을 어머니와 할머님께 말씀드리고 후기 지원서를 낸 후 조선대학교 부속고등학교에 입학했다. 그리고 3년을 장학생으로 거의 1등을 손에서 놓지 않았다. 당시 선생님의 말씀에 의하면 IQ테스트에서도 내가 가장 우수했다고 한다. 그리고 대입 모의고사에서도 1등을 했다. 후기고등학교라는 멍에로 주변에서는 좋지 않은 고등학교라고 했지만 나는 내가 주어진 그 자리에서 최선을 다하며 열심히 했던 것이다.

그렇다고 고등학교 시절에는 광주에서 공부만 했던 것은 아니다. 고등학교 시절에도 중학교 시절과 변함없이 주말이면 고향과 광주를 오가며

고등학교 1학년 때(맨 오른쪽)

집안일을 도우면서 최선을 다하는 모습으로 학창시절을 보냈다.

　고등학교 졸업이 다가오면서 당연히 대학 입시를 염두에 두지 않을 수 없었다. 예비고사를 마치고 나면 서울로 가서 마지막 총정리를 해 보고 싶었다. 어차피 서울의 대학에 입학하리라 마음먹고 있었던 터인지라 그런 생각은 더 간절했다. 게다가 입시에서는 이미 한 번 쓰라린 경험을 해 본 터인지라 더더욱 신경을 쓰지 않을 수 없었던 것이다.

　1970년 11월 중순이었다.

　예비고사를 치르고 나서 본고사 준비를 시작해야 하는 시점이었다. 마침 가을걷이도 끝나 집안일은 어느 정도 정리가 되었고, 동생도 이제 고등학교 1학년이니까 나름대로 제 몫을 다하는 관계로 내가 집안을 비워도 괜찮다는 생각이 들었다.

　"할머니. 제가 서울에 올라가서 두 달만 공부를 해 보고 싶습니다. 제가 듣기로는 서울의 학원이라는 곳에서는 마지막 총정리라고 해서 입시에 나올 만한 것들을 집중적으로 가르쳐 준다고 합니다. 저도 그것을 듣고 반드시 서울대학교에 합격해서 제 꿈을 이뤄보고 싶습니다. 염치없는 부탁이지만 들어 주십시오."

　"그래? 이 할미가 잘은 모르지만 아무래도 서울에 가서 공부를 하면 낫기는 낫겠지. 하지만 서울이라는 곳이 만만한 곳도 아니라고 하던데 어디 가서 먹고 자고 하냐?"

　나는 어렵게 말을 꺼냈는데 할머니는 의외로 선선히 대답을 하셨다. 다만 먹고 자고 할 곳이 마땅치 않다는 것만 걱정을 하시는 거였다. 나는 의외로 긍정적으로 대답하시는 할머니의 말씀에 용기를 얻었다.

"그건, 독서실이라고 낮이건 밤이건 공부하는 곳이 있는데, 그곳에서 자고 밥은 사먹고 하면 될 겁니다. 두 달이야 금방 가니까요."

"그게 그렇지가 않은 거여. 집 나가서 눕지도 못한 채 쪽잠이나 자고, 밥 사먹고 다니는 것도 하루 이틀이지 괜히 잘못하다가는 몸만 축난다. 그러니까 두어 달 가 있을 만한 곳을 알아봐야겠다."

할머니의 말씀은 이미 허락을 하신 것이나 마찬가지다. 마음이 찡했다. 저렇게 손자가 잘 되기를 바라시는 마음에 보답을 해야 하는데 과연 해 낼 수 있을지 걱정도 되었다. 그리고 반드시 해 낼 거라고 다시 한 번 각오를 다지는 그 순간에도, 내 건강이 염려되어 머무를 곳을 알아보시겠다는 그 말씀이 귓전을 떠나지 않았다.

할머니께서 여기저기 수소문을 하신 끝에 결국 작은 고모부의 외삼촌이 서울시 서대문구 철거민 아파트에 살고 계신다는 것을 알게 되었다. 우리에게는 사돈으로 먼 일가일 뿐이지 남이나 다름없는 집이었다. 그러나 고모부는 마치 자신의 아들이 가야 하는 것처럼 적극적으로 나섰다. 고모부에게는 외삼촌이니까 아주 가까운 사이인지라 부탁하기도 쉽다고 하면서, 서신을 통해서 내가 두 달 동안 머무는 것에 대해 허락을 받았다.

그 편지를 받는 날, 나는 서울로 향할 준비를 했고 할머니는 나에게 학원비로 예상되는 금액과 용돈을 포함해서 주시고, 고모부 외삼촌댁에 전해드리라고 하면서 쌀도 두 말을 챙겨 주셨다.

나는 할머니가 챙겨주신 용돈과 쌀 두 말 그리고 이불과 옷을 챙긴 가방 하나와 책가방 하나를 들고 광주로 향했다. 이번에 광주로 향하는 길에도 변함없이 할머니와 어머니께서는 버스 정류장까지 배웅을 나오셨다. 어머니는 손수 쌀을 머리에 이시고 낯선 곳 서울로 향하는 아들이 못내 걱정이 되시는지 생전 안하시던 말씀을 하셨다.

"서울은 눈 뜨고 있어도 코 베 간다고 하더라. 설마 그러기야 하겠냐만, 그만큼 살아가기가 어지럽다는 말 아니겠냐? 정신 똑바로 차리고, 사돈 집안에 이미 폐는 끼치고 있지만 더 큰 폐 끼치지 말고, 건강 조심하거라. 광주 삼촌댁하고는 또 다르다는 것 명심하고. 멀리 떨어져 있으니 눈으로 보지도 못하는데 걱정시키지 말거라. 하기야 네가 걱정시킬 사람은 아니지만 엄마는 걱정이 되는구나."

그러자 할머니께서 그 말을 받아 한마디 더 하셨다.

"에미, 네 말이 맞다. 송학이야 어디 내놔도 문제를 일으키지는 않겠지만 이제 겨울인데 감기라도 들면 걱정이구나. 그러니 특히 몸 조심하거라. 공부도 좋고 출세도 좋지만 건강해야 그 모든 걸 할 수 있단다. 그리고 매사에 조심하고. 내가 조심해야지 누가 해 주는 것 아니니까. 특히 서울이라는 곳을 나는 가 보지도 못했지만 남들 얘기를 듣자하니 사람도 많고 일도 많이 벌어지고 사고도 많이 나는 곳이라고 하더라. 특히 조심해라."

할머니의 그 말씀에는 일찍 아들을 여의고 할아버지마저 돌아가신 후에 유독 의지하시던 장손인 나에 대한 사랑이 애틋하게 묻어나 보였다. 유독 건강을 강조하시는 이유가 바로 그것이었을 것이다.

그리고 두 분은 항상 그렇게 하셨던 것처럼 버스 뒤에서 손을 흔들어 나를 배웅하셨다.

광주에서 완행열차를 타고 9시간 만에 서울에 도착했다.

KTX 시절인 요즈음으로서는 상상도 못할 일이다. 9시간이라는 긴 시간을 열차 안에서 꼬박 앉아 보낸다는 것이 여간 어려운 일이 아니다. 다행히 열차가 밤을 끼고 운행하는 덕분에 승객들 대부분이 깊은 잠을 자지 못할지라도 잠을 청해서 눈을 붙인다. 그때만 해도 기차 안에서 소주를 판매하던 시절인지라 몸이 피곤해도 기차 안이라는 특성상 잠을 자지 못하는 분들은 소주를 마시고 잠에 들기도 했다. 내가 탄 열차도 예외는 아니었다. 저녁 8시경에 기차가 출발하고 두어 시간 지나면서부터 출출해진 분들이 간식을 사시는가 싶더니 한 분 두 분 잠이 들고 자정이 다가오면서 대부분의 승객들이 눈을 붙이고 있었다. 하지만 나는 쌀자루가 기차 선반에 얹혀 머리 위에 있고, 그 안에는 학원비와 용돈으로 받은 돈이 들어 있는지라, 그걸 잊어버릴까 봐 걱정이 되어 도저히 눈도 붙일 수가 없었다. 내 미래를 책임질 쌀자루였던 것이다.

8시간에 걸쳐 새벽 5시경에 용산역에 내린 나는 아직 버스가 다니지 않는 시간인지라 포장마차에서 라면 하나를 주문해서 먹고, 버스를 기다리는 동안 나도 모르게 깜박 졸았다. 그리고 첫차를 이용해 사돈댁으로 가서 새벽에 들이닥친 꼴로 처음 입성을 하게 된 것이다. 도착해서 문을 두드리니 사돈 양반께서 주무시다가 나와 생전 처음 상면을 했다.

그리고 난 후 나는 학원을 다니는 것은 물론 독서실도 입실을 한 후 정말이지 열심히 공부했다. 학원 강의가 끝나고 나면 독서실에 가서 그날 들은 것들을 복습하고 내일 들을 것을 예습하다 보면 서대문으로 가는 마지막 버스가 끊길 시간이 되어 독서실 바닥에 신문 몇 장을 깔고 자는 날까지 생길 정도로 시간을 아끼면서 최선을 다했다. 그러나 공부를 하면 할수록 더 많은 것을 알아야 하겠다는 욕심이 생기고 더 많은 공부를 해야 한다는 필요성을 느끼게 되었다. 그 때 느낀 내 감정은 안타깝다는 것이었다. 진작 이렇게 공부를 했으면 얼마나 좋았을까 하는 생각이 들었다.

똑같은 3년을 공부했겠지만 이런 것들을 공부했을 학생들과 입시 경쟁을 해야 한다는 것이 조금은 두렵기조차 했다. 하지만 기죽을 것 없이 그만큼 더 열심히 하면 된다는 생각에 독서실에서 자는 날자가 늘어만 갔다.

그리고 그렇게도 원하던 S대학교의 정치학과에 응시해 입학시험을 치른 다음날, 책가방과 옷가방을 들고 고향으로 향했다.

다른 때 같으면 고향으로 향하는 마음이 참 편했을 텐데, 그 때는 왜 그리도 무겁기만 했던지, 지금 생각해도 그 무거운 마음의 기억이 생생하다. 그리고 대학 입학시험을 치른 후 1달여가 지나서 합격여부를 알아보기 위해 고향 우체국에서 학교로 전화를 했다. 아쉽게도 결과는 불합격이었다. 이미 내가 공부를 하면서 부족한 것들이 아쉬워 안타깝게 여기던 것들이 현실로 나타난 것뿐이라고 생각하기도 하며 나 스스로를 달래 보려고 노력했지만 정말이지 무어라 표현할 수 없이 너무나도 허탈하고 안타까웠다.

두 달의 서울 생활이 가슴 가득한 답답함과 무거움을 남긴 채 기억 속에 묻히고, 나는 후기였던 조선대 법학과에 응시했다. 그 당시 여러 가지 사정으로 재수를 해서라도 내가 가보고 싶은 학교에 갈 상황도 아니었고, 그렇다고 서울에 있는 후기 사립대학교에 갈 형편도 안 되고 차라리 광주에 있는 조선대 법대에 응시하는 게 좋겠다는 삼촌의 권유를 받아들였던 것이다.

삼촌의 권유에 의해서 응시를 하기는 했지만 솔직히 합격 여부는 궁금하지 않았다. 당연히 합격할 것임을 이미 알았다고 한다면 자만이라고 할지도 모르겠지만, 솔직히 합격을 장담한 상태에서, 일단 내년에도 다시 예비고사를 보아서 내가 원하는 대학교에 도전해 볼 심사로 응시했던 것이다.

결과는 예상했던바 그대로 1등 합격이었다. 그러나 이미 말한 바와 같이 나는 대학교에 다니면서도 대학 입시준비를 했다. 대학 1학년 때 예비고사를 치르고 다시 S대 정치학과에 응시했다. 결과는 불합격이었다. 그래도 집념이 강한 나로서는 멈출 수가 없어서, 대학 2학년 때도 예비고사를 치르기는 했지만 본고사 지원을 포기했다. 입시에만 전념해도 힘들던 공부가 대학생활과 병행하는데 좋은 결과를 가져 올 수는 없었다. 결국 나는 지금 내가 재학하는 대학교에서 사법고시 공부를 해서 승부를 보기로 다짐했다. 그래서 택한 곳이 첩첩산중 지리산 줄기에 전기도 들어오지 않고 사람이라고는 한 달에 한 명이 다녀갈까 말까 하는 곡성군 태안사 성기암이다.

내가 공부를 하기 위해서 그곳으로 떠나는 1974년 4월 초.

어머니께서는 머리에 짐을 이고 손에는 들고 나를 동행하여 배웅하러 나섰다. 그런데 이번 배웅은 버스정류장까지가 아니라 곡성군 성기암까지 직접 배웅을 하시겠다는 것이었다. 산골짜기로 꿈을 이루러 가는 아

태안사 성기암

들이 가여워서 혼자 보낼 수 없는 마음이셨던 것 같다. 새벽에 함평에서 완행버스로 출발해서 광주에서 곡성까지 직행버스를 타고 가서 11시경에 내린 후, 곡성에서 죽곡까지는 완행버스로 가서, 죽곡에서 태안사 입구까지 무려 6Km를 걸은 후, 그 무거운 짐들과 함께 다시 성기암까지 3Km를 산속으로 걸어서, 저녁 어둠이 산 그림자를 지고 이미 깔려서 깜깜해지는 오후 5시경에야 도착한 태안사 성기암에서, 주지 스님에게 사정하고 기거를 시작했다. 나는 다시 한 번 공부에 대한 집념을 불사르기 시작한 것이다. 그리고 이후 1년 6개월간을 태안사 성기암에서 오로지 공부에만 전념하며 지냈다. 산사에서 광주 혹은 함평에 2개월에 한 번 정도 왔을 뿐이다.

그러나 이번에도 사법고시 합격은 내 곁에 머물러주지 않았다.

원래는 1975년 10월 4일에 군 입대가 예정되어서 1976년 1월 사법고시에 응시 한 후 그 거취를 정하기 위해서 광주지방 병무청에 연기원을 제출해 놓은 상태라 공부에만 전념하고 있던 나에게 연기는 안 되고 군대는 가야 한다는, 군 입대 영장이 나왔다는 것이다. 당시 민주화 운동으로 인하여 사회 전반에 걸쳐 소요가 일어나던 상황이다 보니 졸업 후에는 군 입대 연기를 할 수 없게 만들었다는 것이다. 정말이지 나에게는 그 말이 내게는 모든 것이 무너져 내리는 것 같은 사형선고와 같았다.

대한민국의 아들이니 당연히 군에 가야 한다는 것은 부인하지도 않고 군대에 안 가겠다는 생각도 없는 나였다. 그렇다하더라도 그 때만큼은 아니라고 소리치며 통곡하고 싶었다. 내게 몇 달의 시간만 더 허락해 달라고 애걸이라도 해 보고 싶었다. 그러나 애걸할 곳도 없고 애걸을 해도 들어줄 사항도 아니었다.

어쩔 수 없는 상황에 처한 나는 1975년 9월 30일 태안사 성기암을 내려오고 말았다.

그 때 성기암까지 내 짐을 가져가야 한다고 나를 마중하러 오셨던 어머니의 모습이 아직 초가을 문턱임에도 불구하고 낙엽이 모두 떨어진 나무처럼 쓸쓸하게 보였다. 아마도 내 마음이 쓸쓸한 것이 어머니를 통해 보인 것이 아닌가 하는 생각이 들기도 한다. 하지만 그 때 어머니의 마음은 내 눈에 비친 그 쓸쓸한 모습보다 더 쓸쓸하셨으면 쓸쓸하고 낙담을 하셨으면 더했지 그에 못지않았을 것이다.

당장 아들이 군에 입대를 해야 한다는 그 자체도 당시로서는 걱정이 앞섰을 테지만, 꿈을 이루겠다고 지리산 골짜기에 자리 잡은 성기암까지 와서 매진하다가 그 결실은커녕 시도조차 해보지 못하고 군으로 향해야 하기에, 천 길 낭떠러지로 떨어지는 것 같은 아들의 마음을 헤아리고 계셨을 것이다. 두 번의 입시 실패 후에도 기가 죽거나 의욕이 없어진 것이 아니라 오히려 더 나은 삶을 위해서 불타는 투지로 새로운 도전에 임하던 아들이 은근히 대견하고 자랑스러워하던 어머니시다. 그런 아들이 지금 어쩔 수 없는 불가항력에 의해서 자신이 하고 싶고, 해야만 하는 일을 덮은 채 산을 내려가야 하니 그 마음이 오죽하겠냐 싶어 당신의 마음까지 후벼 파듯이 아파만 오고 있던 것이다.

그런 어머니의 마음이 얼굴에 그대로 나타나 초가을 문턱을 넘던 9월 마지막 날, 산사에서 뵈었던 어머니의 모습이 하염없이 쓸쓸하게 보였던 것이라는 생각이 날 때마다 나는 많이 울었다.

처음 올라올 때처럼 어머니는 머리에 짐을 이고 한 손에는 짐을 드신 채 내 뒤를 따라오고 계셨다. 그런 어머니의 모습을 보던 내게, 갑자기 언젠가 책에서 읽었던 글귀가 머릿속에 번개처럼 떠올랐다.

"인생은 항상 반 박자 빠른 걸음을 옮겨야 한다.

축구를 생각해보자. 공격수가 수비수와 같이 가거나 반 박자 늦으면 그것은 노골이다. 그렇다고 한 박자가 빨랐다가는 업사이드다.

그러나 적당한 박자, 즉 반 박자가 빠르면 그것은 업사이드도 아니고, 상대가 예측하지 못한 채 당할 수밖에 없는 골로 연결되는 것이다."

문득 떠오른 이 글귀를 되짚어 보았다.

그렇다면 내가 집안일을 돌보며 공부를 한다는 핑계로 반 박자 늦었다는 것인가? 그러나 그건 아닌 것 같았다. 나 나름대로 최선을 다했다는 것에는 부끄러울 것이 없었다.

그게 아니라면 내가 더 큰 세상의 인재들과는 접해보지도 못했으면서 내가 속해 있는 이곳이 전부인 것으로 착각하고, 공연히 나 잘난 맛에 한 박자가 빨라서 업사이드에 걸린 것일까? 그러나 그것은 추호도 아닌 것 같았다. 항상 나 자신이 더 큰 무대로 가면 부딪칠 수 있는 어렵고 힘든 길이 있을 것이라고 생각했지, 지금 잘한다고 칭찬받는 나에 대해서 만족해 본 적은 없었다.

그도 저도 아니면 무엇일까를 곰곰이 생각하던 나에게 문득 떠오르는 생각이 있었다. 항상 인생을 긍정적으로 끊임없이 도전하는 것이었다.

"이건 지난날에 대한 이야기가 아니다. 군에 입대하기 위해서 잠시 꿈을 접어야 하는 나에게 들려주는 미래의 목소리다. 남자가 군을 제대하면 진짜 사나이가 되니, 진짜 사나이가 되어 세상의 중심에 섰을 때 내가 살아나갈 방향을 제시해 주는 것이다.

'인생을 게으르게 살면 남들보다 뒤처지거나, 아니면 기껏해야 남들과 같이 가게 된다. 그러면 얻는 것이 없다. 부지런하게 반 박자 빠르게 살아야 한다. 그렇다고 혼자 잘났다고 한 박자 빠르게 가지도 마라. 공연히 얻을 것도 못 얻는다.'는 교훈을 내게 다시 한 번 일깨워주기 위한 것이다."

혼자의 생각이었지만 미래의 목소리가 내게 들려주는 것이라고 생각하며 산사를 내려오니 한결 마음이 편안해지면서 위안이 되었다.


내가 학창시절이 아쉬운 까닭은 소위 일류라고 하는 고등학교와 대학 입시에 실패하여 일류에 입학을 못하고 졸업을 못해서만은 아니다. 그런 아쉬움이 전혀 없다는 것은 아니지만, 정말 아쉬운 이유는 이미 말한 바와 같이 내 의사에 관계없는 일들로 인해서 하고 싶은 공부를 마음껏

2010년 2월 19일 한양대박사학위수여식 후 김종량총장님과 함께

못한 것이 아쉬운 것이다. 미래에 펼치고 싶은 꿈을 위해서 학창시절에 질리도록 공부를 해 보고 싶었음에도 불구하고, 핑계라고 해도 굳이 변명을 하고 싶지도 않지만, 나 자신의 의사와는 상관없이 그 공부라는 것을 내가 하고 싶은 대로 끝까지 못 해 본 것이 진정으로 아쉽다. 물론 그 학창시절의 그런 아쉬움으로 인해서, 훗날 늦깎이로 한양대학교에서 법학 박사학위를 취득했을지도 모른다. 하지만 지금 생각해도 아쉬운 것은 아쉬운 것이다.

그렇다고 학창시절이 마냥 아쉽기만 한 것도 아니다. 내게는 가장 귀한 보물을 얻은 것도 바로 학창시절이었기 때문이다.

# 3

# 내 인생의 반려자와 보물들

가끔 인생에서 가장 소중한 보물은 무엇일까 하는 생각이 들 때가 있다.

그것은 비단 내 인생에서 내가 소중하다고 생각하는 보물만이 아니라, 다른 사람들의 인생에서 그들이 소중하다고 생각하는 보물은 무엇인지에 대한 물음이다. 그런 생각을 한다는 것이 어쩌면 아무런 가치조차 없는 생각이라고 할 수 있지만, 반대로 누군가에 대해서 알기 위해서는 가장 중요할 수도 있다는 생각이 들어서다.

각자가 생각하는 보물이 물질이든 사람이던 아니면 자신만이 알고 있는 어떤 추억일 수도 있어서 다양하게 서로 다를 수는 있겠지만, 그것이 무엇인지 안다면 그 사람이 가지고 있는 삶의 가치기준을 알 수도 있겠다는 생각이 드는 것이다. 그러나 사람의 가치관이라는 것이 시시각각으로 변하는 것이다 보니 어느 순간에 보물이라고 생각하지 않던 것이 보물로 보이기도 하고, 어느 순간까지는 아주 귀중하게 여기던 것들이 하잘 것 없는 것으로 보이기도 하는 등 절대적인 기준이 없는 것만은 사실이다. 하지만 그것은 보는 사람의 관점이 그렇게 변하는 것이지 일정한 대상에게 주어진 절대가치가 변하는 것은 아니다. 따라서 대부분의 사람들은, 순간적으로 그 가치관의 혼돈을 일으키는 경우가 있을지라도, 자신이 소중하게 생각하고 아끼는 것에 대한 기준은 크게 변하지 않는다. 물론 자신이 허투루 보았던 것의 진정한 가치를 느낌으로써 새로운 마음으로 귀하게 대하는 경우도 있다. 하지만 본래 인간의 의식이라는 것은 어느 정도는 고정된 것이기 때문에 그 틀을 크게 벗어나지 못하는 것이 우리네 현실이다 보니 그 사람이 소중하게 여기는 것이 무엇인지를 안다는 것은 그 사람의 인생관을 알 수도 있다는 것이다.

자신의 가장 소중한 보물을 보석 중 하나로 꼽는 사람이든, 자신만이 소장하고 있는 귀한 물건을 내세우는 사람이든, 비록 눈에 보이지는 않을지라도 자신만의 소중한 추억을 꼽는 사람이든, 아니면 자신의 가장 소중한 보물은 누구라고 사람을 지목하는 사람이든 그들은 자신만의 가치관에 따라서 보물을 선정하고 내세우는 것이다. 그렇기에 자신만의 보물이라고 여기는 것이 무엇인가에 따라서 그 사람의 품성을 파악하는 데 많은 도움이 될 수 있다는 것이다.

이미 말한 바와 같이 나는 학창시절에 많은 아쉬움이 배어 있지만 내 삶의 보물을 바로 학창시절에 얻었기 때문에 그저 아쉽기만 한 것은 아니라고 했다.

대학교에 입학한지 얼마 지나지 않아, 무등산 전체가 봄꽃으로 뒤덮였다고 해도 누가 뭐랄 사람 없이 화창한 봄날이었다. 그 당시에는 카메라를 가진 사람이 많지 않은 관계로, 일요일이면 사진관에 신분증을 맡기고 일정한 대여료를 지불한 후 카메라를 빌려가지고 가서 사진을 찍고 그 필름을 그 사진관에 현상을 맡기는 풍경이 흔하던 시절이었다. 사진관은 일석이조의 장사를 하는 대신 고객은 내 카메라가 없어도 찍고 싶은 사진을 마음껏 찍어 추억을 간직할 수 있는, 그야말로 원원하던 시절이었다.

그렇게 봄이 오고 모두들 즐거운 봄나들이를 즐길 때였으나 나는 특별하게 갈 곳도 없지만, 그보다는 다시 대학시험에 도전해 보겠다는 마음을 먹고 있던지라 그저 도서관에서 책이나 보려고 하는 중에 아주 절친한 친구가 나에게 자기 자췻집에 가자고 했다. 그 친구 역시 특별한 일이 있어서 가자고 한 것은 아니고, 다만 그날 조카가 심부름을 위해서 다녀가기로 했으니, 자기 자췻집에 같이 가서 조카가 다녀간 뒤에 가까운 곳을 산책이라도 하든가 아니면 도서관을 가든가, 그도 저도 아니면 막걸리라도 한 잔 하자는, 그야말로 심심하고 무료한 자신을 위해서 시간을 내달라는 것이었다. 원래 절친한 사이이고 나 역시 화창한 봄날은 뒷전에 두고 날이면 날마다 도서관에 박혀 책과 씨름만 했던 터라 하루 시간을 내기로 했다.

"그래. 좋다. 네가 참 심심한가 본데 오늘은 내가 시간을 같이 보내주지."

친구는 이미 자신의 속마음을 읽고 있는 나를 보면서 씽긋 웃었다.

그러나 지금 생각해 보면, 그날 내가 친구와 같이 그의 자췻집에 간 것은 그의 무료한 시간을 함께 보내주기 위한 것이 아니라, 정말이지 운명의 여신이 나를 그의 집으로 이끌었던 것이다.

그날 나는 그 친구 집에 가서 그녀를 만난 것이다. 그날 그녀를 보자마자 내가 느낀 것은 어디서 본 듯한 인상이라는 것이었다. 그러나 어디서 그녀를 보았는지에 대한 생각은 그리 오래 할 필요가 없었다. 고등학교 때, 그 때도 바로 친구의 자췻집에 왔다가 그녀를 본 적이 있다는 기억이 바로 떠올랐다. 그 때 아주 잠깐 동안 스쳐 지나가듯 보았음에도 그녀를 어디선가 본 것 같다는 기억이 생존하고 있었던 것이다.

내가 고등학교 2학년 때 친구의 자췻집에 와서 고등학교 1학년인 그녀를 보았다. 아주 잠시 보았는데 내 눈이 머물렀던 그녀의 키는 크지 않고, 단아하면서도 아름다운 모습이었다. 그리고 무언가 모르게 당찰 것 같은 인상을 풍겼었다. 하지만 그 때는 오직 공부를 해서 좋은 대학에 가야 한다는 생각에 그렇게 보고 그렇게 생각했던 것이 전부였다. 다만 내가 지금 대학생이면서 저런 여학생을 만났으면 얼마나 좋았을까 하는 생각을 하며 그녀를 바라보았던 것은 사실이다.

그런데 절친한 친구의 자취하는 집에 놀러갔다가 우연히 마주친 그 여인이 바로 그 여학생이었다. 화순에 산다는 바로 그 여고 3학년생이었다.

"저 여고생은 누구니?"

"응, 저쪽은 내 조카. 그리고 그 옆에는 내 조카와 둘도 없는 친구래. 내 조카가 어제 화순 갔다가 왔는데, 우리 집에서 내게 전해주라고 조카 편으로 반찬 좀 싸 주었나봐."

당시 자취를 하는 학생들에게는 흔히 있는 풍경이었기에, 친구는 아무런 거리낌 없이 쉽게 상황설명을 했고, 친구의 조카라는 여학생과 그 친구는 돌아간다고 하면서 떠나 버렸다. 내가 고2때, 그러니까 그녀는 고1때 마주친 것이 아주 잠깐이지만, 바로 저렇게 둘이서 함께 있었던 것을 본 기억이 새롭게 났다.

나는 아쉬웠다.

그렇다고 처음 본다면 처음 보는 것이나 마찬가지인 그들에게, 내가 나서서 잠시만이라도 더 있다가 가라고 할 수도 없는 일이고 해서 일단 그날은 그냥 참았다.

그리고 며칠 후.

나는 그 친구에게 막걸리 한 잔 사겠다고 하면서 학교 앞 막걸리 집으로 함께 갔다.

"뭔 일 있냐?"

갑자기 막걸리를 마시러 가자고 하니 혹시 할 이야기라도 있을까 싶었는지, 첫잔을 마시고 잔을 내려놓으며 물었다.

"일은 무슨? 봄은 여름 오기 전에 자기를 반겨달라고 재촉하는데 그저 도서관 구석에만 박혀 있기도 그렇고 하니 우리도 친구끼리 봄나들이나 가볼까 하는 마음도 들고 해서 그냥."

"아니, 송학이 네가 웬일로? 대학 다시 도전한다고 공부해야 한다고 날이면 날마다 도서관 구석에 박혀 있는 네가 웬 바람이?"

"그건 그렇지만 언제는 다른 일 전혀 안하고 공부만 했냐? 가끔은 바람도 쏘이면서 즐기는 것도 공부에 도움이 되잖아."

"하긴, 당연히 그렇지. 그래. 우리 친구 셋이서 함께 가자."

당시 그 친구와 함께 셋이서 친하게 지내던 법대 동기와 셋이 가자는 것이었다. 그러나 나는 큰마음 먹고 내친김에 말을 받았다.

"우리 친구 셋이서 가면 재미가 덜하잖아?"

"그럼? 누구 또 같이 갈 사람이라도 있어?"

"아니, 그게 아니라 여학생도 셋이 같이 가면 더 재미있지 않을까 해서 하는 말이지."

"같이 갈 여학생은 있고?"

"내가 같이 갈 여학생이 어디 있어? 너라면 모를까."

"그래? 그럼 그건 내가 알아보지."

"근데 말이다. 그 여학생 있지?"

"그 여학생이라니?"

"네 조카랑 가장 친한 친구라는 그 화순 산다는 여고생…?"

"너, 너 그 여고생 때문에 가자고 한 거야?"

친구의 물음에 긍정도 부정도 하지 않은 채 아무 말 없는 나에게 친구 역시 더 이상 묻지 않았다.

"한마디로 필이 꽂혔다? 좋아. 언제? 어디로?"

자신도 내 마음을 이해할 수 있다는 듯이 고개만 끄덕이며 한마디 하면서 모든 결정권을 내게 준 것이다.

결국 우리는 1971년 4월 16일 선비의 고장이라고 일컬어지는 담양의 큰 방죽으로 낚싯대를 둘러메고 낚시를 떠났다.

어렸을 때 아버지께서 둠벙으로 낚시를 가실 때는 의례히 나를 데리고 다니신 덕분에, 나는 낚싯대 들고 낚시 줄을 머리 위에서 돌린 후 멋있게 낚시를 드리울 수 있었다. 그러나 사실 낚시에는 별 관심도 없었다. 오로지 그녀의 일거수일투족을 바라보고 싶었을 뿐이다. 그러나 그런 내 마음을 드러내기도 쑥스러워, 그저 곁눈질로 슬금슬금 바라볼 뿐 더 이상 어찌할 수가 없었다.

낚시는 어떻게 했는지도 모르게 끝이 나고 광주로 다시 돌아왔다.

"연락할테니 꼭 나와요!"

광주로 돌아온 후 그냥 헤어지기에는 너무나도 아쉬워서 남광주역 부근에서 영화감상을 하고 헤어지면서 내가 그녀에게 한 말은 이게 전부였다.

너무나도 당황스럽고 설렌 나머지 언제, 어디서, 몇 시에 만나자고 한 것이 아니라 그냥 꼭 나오라는 그 말을 하는 것이 중요하다고 생각했었다.

그런 서툰 나의 데이트 신청이 마음에 들었는지 그녀는 내 친구가 조카를 통해서 전달한 약속장소에 정확한 시간에 나타나 주었다. 혹시 안 나오면 어떻게 하나 마음을 조이던 나는 그녀의 얼굴이 보이는 순간 마음이 놓였다. 그리고 나를 향해서 걸어오는 여학생이 참 귀엽다고 생각했다.


앞에서 잠깐 언급한 바와 같이 나는 대학 2학년 때에도 서울대에 대한 꿈을 버리지 못해서 대입 공부를 병행했었다. 그 때 그녀는 고등학교를 졸업하고 전남대 병원 경리과에 근무 중이었다.

말을 안 해도 모두가 짐작할 수 있는 힘든 상황에 처한 나를 그녀는 늘 위로해주고 용기를 북돋아 주는 말을 해 주었다. 화려한 음식은 아니지만 자장면을 먹으면서 용기를 내고 최선을 다하라는 말을 자주 해 주었다. 단순히 용기를 북돋아 주는 것이 아니라 나는 확실히 이룰 수 있다는 확신을 주는 그런 말들을 해 준 것이다.

"어른들이 그러시는데 사람은 다 때가 있는 거랍니다. 자기가 무엇을 목표했다고 할 때, 할 수 있는 최선을 다해서 열심히 노력하고 있으면 그 때라는 것이 찾아온답니다. 송학씨는 공부도 잘하고 성실하고 열심히 노력하시는 분이시니 반드시 때가 올 겁니다. 기운내서 열심히 하세요. 반드시 좋은 결과가 나올 거라고 저는 믿습니다."

그런 그녀가 내게는 이 세상에서는 유일하게 여자로 보이는 여성이었다. 그러나 그녀의 그런 바람에 나는 보답할 수 없이 대학 2학년을 보내고 3학년을 맞았다.

내가 대학 3학년 때 시국은 어수선하기만 했다. 그동안 대학생활과 대입을 병행하느라고 쳐다보지 못했던, 그 어수선한 시국하에서 나는 더이상 서울에 있는 일류대학의 꿈은 접고 새로운 각오로 사법고시를 시작하리라고 마음을 먹은 후, 사법고시 공부를 시작했다. 그러나 고시공부를 하던 나 역시 시국을 좌시할 수만은 없었다.

대학 1학년 때부터 군사정부에 대한 민주화에 대하여 고민하던 나는 결국 대학 3학년 때 총 데모 주동자가 되어, 모 기관에 끌려가서 일주일여 동안 자술서를 수차례 쓴 후 돌아왔다.

모든 게 엉켜서 앞으로 나가지를 못했다. 나 자신이 자신과 엉키고 세상이 세상과 엉키고 그리고 적과 동지도 없이 서로가 엉킨 그런 판국이라는 생각이 자꾸만 들면서 나를 괴롭혔다. 정말 무엇이 나라를 위한 길이고, 무엇이 나를 위한 일이며, 누가 애국자고, 나는 무엇을 해야 하는

지, 그 시대의 젊은 우리들이 겪는 고통을 나 역시 끊임없이 겪고 있었다. 시대의 아픔과 내 자아의 소리 없는 방황이 함께 얽혀 나 스스로를 가늠하기 힘들 정도였다.

그렇게 방황하는 대학 3학년 1년 동안 가끔이나마 만나서 나를 위로해주고 내가 겪는 고통이 이 시대를 사는 젊은이들이 겪는 고통이라고 함께 이야기해주고 함께 괴로워해주면 내게 위안을 준 것 역시 그녀와 나의 친구였다. 물론 대학 친구들과 막걸리 잔을 기울이며 가슴 가득 들어찬 울분을 풀기도 했고, 서로가 서로에게 보다 나은 대학생활을 위한 충언도 해주고, 우리의 앞날을 위한 고민도 털어 놓고 그에 대한 해결책을 서로 논의하기도 했고 데모 총 주동자로 곤욕을 치른 적도 있었지만, 친구와 이야기하는 것과는 다르게 그녀는 내 가슴 속의 잔잔하고 세심한 아픔까지 달래주는 감미로운 목소리로 내게 아주 가까이 다가오고 있었다.

방황하던 대학 3학년이 지나고 4학년을 맞으면서 나는 오로지 고시공부에만 전념하기 시작했다. 지금 젊음이라는 특권 아래서 우리 세대

속리산 법주사 대학 졸업 여행(뒷줄 가운데)

가 겪어야 하는 이 모든 아픔은, 내가 고시에 합격해서 바르고 정의로운 세상을 만드는데 일조를 기하면 치유될 것이라고 확신했다.

내가 스스로 발전하기 위한 자신과의 투쟁인 정신적인 방황을 끝내고 이런 결정을 할 수 있던 것은, 착하게 사는 것은 쉽지만 정의롭게 사는 것은 어렵다는 내 지론에 맞는다고 생각했기 때문이다.

착하게 산다는 것은 나를 보고 있는 사람들 앞에서, 그들에게 해 끼치지 않고, 그들의 요구를 고분고분 들어주며 하자는 대로 따라서 하면 듣기 쉬운 말이다. 하지만 정의롭게 산다는 것은 누가 뭐래도 객관적인 진리 앞에서 떳떳이 자신의 소신을 밝히고, 비록 그 반대편이 수많은 군중이라고 해도 맞설 수 있는 용기가 있어야 한다. 정의롭게 산다는 것은 선을 행하는 것에서 그치지 않고 그 선이 이 세상 구석구석 퍼질 수 있는 기틀을 마련해 주어야 한다. 나 혼자만의 선행이 아니라 선행이 보편화될 수 있는 세상을 만드는 것이다. 다시 말하자면 이 세상의 악을 제거하여 사람들이 행하는 행동이 기본적으로 선행이 되는 세상이 정의로운 사회이며, 그런 사회를 만들기 위한 삶이 바로 정의로운 삶이요, 그런 삶으로 인해서 정의로운 세상이 온다는 것이다.

나 스스로 이렇게 결론을 내린 나는 세상의 악을 제거해 나가려면 무엇보다 사법고시 공부를 해서 검사가 되어야 한다고 결론을 내리고 사법고시 공부를 본격적으로 시작하게 된 것이다.

우리들이 대학교에 다닐 때는 4학년은 취업을 하든지 취업 준비를 하든지 등교를 하지 않아도 됐었다. 다만 중간시험과 기말시험은 반드시 치러야 했다.

나는 고시공부를 위해서 학교에 가도 도서관에만 틀어박혀 있었다. 그러다가 가끔 저녁에 퇴근하는 그녀를 만나곤 했다. 그녀는 항상 다정한 웃음으로 나를 맞아주었고, 내가 공부하느라고 고생한다고 하면서 나를 위로해 주었다.

"공부하기 힘들지요? 하루 종일 앉아서 책만 보는 게 여간 힘든 가요? 그냥 앉아 있어도 힘든 판인데 정신을 집중하면서 책 보며 앉아있는 게 여간 힘들겠어요? 하지만, 기왕 하는 공부이니 열심히 집중해서 최선을 다해서 하실 거라고 믿어요. 그러면 반드시 좋은 결과가 오겠지요. 바로 그 때가 찾아온다는 겁니다. 제가 본 송학씨는 언젠가는 그 때를 반드시 만날 분이라고 저는 믿으니까요."

어쩌다 만날 때는 대부분 자장면으로 저녁을 먹으면서 그녀는 나를 위로하고 용기를 북돋아 주었다. 그리고 내가 해낼 수 있다는 확신을 심어주기 위해서 노력했다. 정말이지 나만을 위해서 지상으로 내려와 나를 도와주는 천사 같았다.


1975년 1월 사법고시 시험을 한 번 본 후 불합격했다. 서울에 있는 시험장소를 향해 밤새도록 열차를 타고 새벽에 내려서 시험을 보아야 했던 당시의 열악한 환경을 생각하면 지금도 가슴이 메어진다.

비록 불합격했지만 사법고시가 이런 것이라는 방향을 잡을 수 있었다. 일단 방향을 잡았으니 그 방향에 맞게 사법시험 공부에 박차를 가하면서, 그 탄력이 막 붙어가던 그해 2월에 나는 대학을 졸업했다. 그리고 앞서 기술한 그대로, 1974년 4월 태안사 성기암에 입산했으나, 졸업 후에는 시험도 보지 못하고 군에 입대하는 운명에 놓이고 말았다.

산사에 입산해서 공부를 할 때는 그녀를 만나지 못했다. 그렇다고 그녀를 잊은 것이 아니다. 오로지 공부에 전념해야 하는 나를 그녀는 이해해 주었다. 1975년 9월 말 산사에서 내려와서 입대까지는 사흘이라는 시간 밖에 남지 않았지만, 눈에 선하게 그려지는 그녀를 군에 입대하기 직전이니 꼭 만나고 싶었다.

"남자가 군에 가는 거야 당연하니까 더 이상 이야기하지 않을게. 그리고 내가 고시 못 보고 군에 가는 것에 대해서도 말 안 할게. 이 모든 것은 군에 갔다가 와서 다시 할 수 있는 일들이니까 지금 이야기하지 않을 거야. 다만 지금 내가 하고 싶은 말은 내가 너를 두고 군에 간다는 그게 싫어. 싫어도 가야 한다는 것은 알지만 싫은 건 싫은 거야. 하지만 가야만 하는 길이니까 부탁 하나만 할게.

내가 군에 가 있는 동안 가끔 우리 고향에 가서 외롭고 나를 그리워하실 우리 엄마랑 할머니 찾아 뵐 수 있어?"

사법고시는 군에 갔다가 와서 다시 해도 되지만, 그 사이에 그녀가 다른 곳으로 가 버리면 되돌릴 수 없기에 그녀를 두고 군에 가기 싫다는 말을 하면서 고작 한다는 말이 고향의 엄마와 할머니를 가끔 찾아뵈어 달라는 것이었다.

왜 그녀가 우리 엄마랑 할머니를 찾아뵈어야 하는지는 빤한 이야기다. 내가 제대할 때까지 기다려 주면 결혼하겠다는 이야기를 직접 하기가 힘들어서 이렇게 에둘러 말할 수밖에 없었다. 직접 그렇게 말했다가 행여 거절이라도 당하면 나를 감당하기 힘들 것 같았다.

"먼 길 떠나는 사람이 무슨 말을 그렇게 어렵고 힘들게 해? 아무 걱정 말고 몸 건강히 다녀와. 나 송학씨 기다리고 있을게."

그런 내 마음을 그녀는 이미 알고 있었고, 내가 듣고 싶은 가장 이상적인 대답을 해주고 있었다. 이제까지 그녀가 천사라고 생각했던 내가 틀리지 않았다. 천사라는 것은 사람에게 기쁨과 희망을 주는 존재다. 그녀는 내게 기쁨과 희망을 줌으로써, 내가 군대생활을 마음 놓고 할 수 있는 힘의 원천을 제공해 주고 있었다.

그리고 그녀는 단순히 힘의 원천만을 제공해 준 것이 아니다. 내가 군에 있는 동안 '월간고시'라는 잡지를 매달 우송해주어 나로 하여금 고시에 관한 끈을 놓지 않도록 해 주었을 뿐만 아니라, 주말에는 우리 집에 가서 어머니와 할머니를 도와주기도 하였다.

첫 인상 그대로 단아하고 당찬 아름다운 나만의 여인 그대로였다.


강원도 거진 보병 88여단 인사처에서 이등병부터 병장까지 근무하면

야간중학교 학생들과
(앞줄 가운데)

서 저녁에는 야간중학교 사회선생으로 지역에 봉사하다가 1978년 4월 18일, 나는 육군에서 만기 전역했다.

군 3년 동안 편지와 휴가 기간에 사랑을 태워 가던 우리는 더 이상 결혼을 미룰 이유가 없다는 한 마음이 되어, 제대한 지 17일 만인 그해 5월 6일 결혼했다.

요즈음 젊은이들처럼 복잡한 절차 없이 결혼을 하고, 신혼여행도 가지 않고 신혼살림은 고향집에 차렸다. 사랑하는 사람이 함께 한다면 무엇이든 할 수 있다는 우리 둘만의 신념이 우리를 하나로 묶은 것이다. 그렇다고 우리의 신혼생활이 낭만적인 것은 아니었다. 서로 곁에 있고 싶은 마음과 부모님에 대한 효도 등을 생각하여 결혼을 했지만, 나는 당시 군에 가기 전, 대학 졸업 후에는 시험도 보지 못했던 사법고시에 대한 꿈을 접을 수가 없었다. 아내 또한 내가 군에 가기 전에 사법고시 공부를 할 때 나보다 더 확신에 찬 어조로 나를 격려해주던 여인이니 당연히 내가 공부를 계속하기를 희망했다.

"우리 아직 젊어요. 우리에게 주어진 시간이 많잖아요. 하지만 당신이 공부할 수 있는 시간은 마냥 허락되는 것이 아니잖아요. 당신 뜻대로 하세요."

아무래도 고시공부를 계속하기 위해서 서울로 가서 3개월 동안 고시학원에 가야겠다는 나의 제안에 대해서 이렇다 할 토한 마디도 달지 않고 아내는 내 뜻대로 하라고 했다. 엄밀히 말하면 미처 신혼의 단꿈을 꿔보기도 전인 9월부터는 태안사에 다시 가서 공부하기로 했던 것이다. 그러나 그 동안 바뀐 것도 있고 하니 그에 대한 대비로 3개월만 서울에 가서 학원에라도 다니면서 필요한 공부를 한 후 태안사로 다시 가기로 했다.

나는 고시학원을 다니기 위해서 서울로 향했다. 그리고 뒤에 다시 언급될 여러 가지 사연에 의해서 내가 외국인 투자법인인 코리아제록스(주)에 입사해서 2개월 간 교육을 마친 뒤에 광주로 내려가서야 겨우 제대로 된 신혼생활을 할 수 있었다.

그러나 인생에 있어서의 소중한 보물이 보이지 않는다고 해서 그 가치가 변하는 것은 아니다. 마찬가지로 신혼생활의 달콤함이 덜했다고 해서, 아니면 신혼 기간 동안 헤어져 있는 기간이 길다고 해서 달라지는 것은 아무 것도 없다. 다만 아쉬운 것뿐이다. 그리고 보물은 그와 유사한 보물을 동반하는 성격을 가진 것 같기도 하다. 왜냐하면 아내는 그 뒤로 2녀 1남의 귀중한 보물들을 낳아 우리 집안에 안겨주었다.

지금은 어엿한 엄마가 되어있는 큰 딸과 인터넷금융업 관리자인 아들, 쌍둥이의 엄마이자 초등학교 선생님인 작은 딸이 나의 소중한 보물들로 다시금 자리 잡게 해 준 것이다.


솔직히 나는 아이들에게 많은 시간을 투자하지는 못했다. 아이들 육아에 관한 일들은 대개 아내의 몫이었다. 그리고 교육 역시 크게 신경을 쓰지 못한 것도 사실이다. 그 역시 아내에게 맡겨 놓았다는 표현이 옳을 것이다.

다만 한 가지 내가 아이들을 위해서, 그리고 아이들을 교육시키는 아내에게 도움을 준 것이 있다면 아이들 초등학교 때부터 매일 우리 가훈을 낭송하고 실천하기를 독려하고, 매년 1년 목표를 정하도록 하여 실천

단란한 우리 가족

하고 결과에 대한 명확한 포상이었다. 우리 가훈은 휘충효덕(輝忠孝德),
즉 '충성과 효도로 덕을 쌓아 가문을 빛내라'는 것이다. 아이들은 매일
이 가문을 낭송하고 그 의미를 되새기며 성장해 나갔다. 또한 매년 1월
1일 아이들이 각자 자신의 1년 목표를 정한다. 그러면 그것을 가족회의
에서 토의를 통해 성취 가능성 있게 조정하고, 그 조정안을 각자의 1년
목표로 최종 확정한다. 그리고 1년 동안 아이들은 각자 자신의 1년 목표
를 달성하기 위해서 노력하고 연말에 검토한 후, 새해를 맞는 1월 1일에
목표를 성공한 사람에게는 상금을 전달하고 그해 목표를 다시 정하는
것이다. 그렇다고 이런 일들을 아이들만 하도록 한 것이 아니다. 나 역시

72 _ 도전과 열정으로 자유 대한민국을

1년 목표를 정하고 그것에 대한 성과를 아이들 앞에서 함께 체크함으로써 아이들의 모범을 보여 왔다.

지금도 나는 해마다 연초에 1년 계획을 세워, 그것을 책상 위 유리 밑에 끼워 놓고 자주 보면서, 내가 정한 목표를 이룩하는 생활을 하기 위해서 노력하고 있다. 이러한 버릇은 내가 대학원에서 공부할 당시 '성공학'이라는 강의에서 '목표관리'라는 교육을 받은 적이 있는데, 목표를 설정하고 그것을 이루기 위한 삶이 인생에서 얼마나 중요한 것인지를 스스로 느끼게 해주는 교육이었다. 길게는 내 인생의 목표이고, 짧게는 1년의 목표, 심지어는 오늘 하루의 목표를 정하고 그 목표를 이루기 위해서 짜임새 있는 삶을 살며 노력하는 사람과 그냥 막연하게 먼 훗날의 목표라고 하면서 형식적으로 목표라는 것을 정하거나, 혹은 목표도 없이 사는 사람과는 그 인생의 나날이 확연하게 다르다는 것이고, 실제로도 그렇다.

나는 내가 경험한 이 좋은 경험을 아이들에게 반드시 물려주고 싶었다. 그리고 그 외에는 남편이자 아버지인 가장으로서 당연히 해야 할 일을 제외하고는, 아내나 아이들에게 특별히 기여한 것이 별로 없는 것 같아 미안할 뿐이다.

힘들고 어려울 때 가장 기대기 좋은 곳은 가족이라고 한다.

하지만 가장 가까이에 있기에 그 진정한 가치를 모르고 지나치기 쉬운 것 역시 가족이라고 한다.

솔직히 나는 너무나도 바쁘게 세상을 살다보니, 아내를 위해서 무엇인가를 제대로 챙겨 준 기억이 별로 없다. 그렇다고 아이들에게 시간을 할

애해서 특별하게 무엇을 해 준 기억도 셀만큼 적다.

그런 생각을 하면 미안하다. 그러나 나는 그런 일로 미안한 것이라면, 미안하면 미안할수록 아내와 자녀들을 더 사랑하고 아껴야 한다고 스스로에게 말한다.

"사랑은 결코 미안하다고 말하는 것이 아니래요."

우리들 시대에 전 세계 연인들의 마음을 사로잡았던 유명한 영화 '러브 스토리'에 나오는 불후의 명대사다. 정말 사랑하는 사람끼리 서로가 좋아서 한 일이라면, 설령 죽음이 앞에 닥친다고 해도 서로에게 미안하다고 말하지 말라는 뜻으로 한 말이다. 서로 사랑해서 한 일은 모두가 서로에게 아름다운 추억으로 간직되는 것이니 미안해할 필요가 없다는 뜻이다.

나는 아내와 아이들에게 미안한 마음이 들 때마다 이 대사를 떠올리며 나 스스로를 위로한다. 그렇다고 사랑은 미안하다고 말하지 않는 것이라니까 미안할 필요가 없다는 것은 결코 아니다. 서로 사랑하는 사이에서, 내가 처한 어쩔 수 없는 환경 때문에 시간이 허락하지 않아서 소홀했던 것이니 미안해하지 않아도 된다는 의미는 더더욱 아니다.

그런 의미에서는 나 역시도 내가 우리 가족들에게 소홀했던 점을 솔직히 인정하고자 한다. 그러나 핑계 같지만 내가 사랑을 제대로 표현하지 못한 가장 큰 이유는, 나를 위해서 모든 것을 희생하시던 조모님과 어머님께 고시에 합격하여 보답하겠던 그 마음을 실행하지 못한 채 결혼을 하여, 할머니와 어머니에게 불효한 것 같은 마음의 부담 때문에 섬세한 사랑을 표현할 수 없었던 것이 버릇이 된 것 같다. 물론 핑계라고 할 수도 있지만 지금도 마음은 있지만 가정뿐만 아니라 직원들에게도 그렇게 하지 못하는 것을 보면 그런 마음이 든다.

어쨌든 영화가 우리에게 던져주는 메시지는 '정말 사랑하고 아끼는 존재라면 미안할 일은 하지 않았어야 한다'는 것을 뜻하는 말이라는 것을 알면서도 나를 위로하는 도구로 쓰고 있을 뿐이다. 왜냐하면 이 대사는 또 한 가지 메시지를 우리들에게 전해주고 있는데, 그게 바로 '사랑하는 이에게 미안한 마음이 있다면 지금보다 더 아끼고 사랑하라'는 것이라고 한다.

사랑하는 사람에게 무언가 해 주고는 싶은데도 시간이나 기타 등등 자신에게 주어진 여러 가지 환경으로 인해서 마음먹은 대로 실행하지 못해서 정말 미안하다면, 지금보다 더 아끼고 더 잘해주라는 그 말이 나를 위로해 주기 때문이다. 비록 바삐 산다는 이유 하나 때문에 표현은 못했지만, 아내와 자녀들은 이 세상에서 가장 소중한 보물로 늘 내 마음 속에 자리 잡고 있다. 그 보물들을 더 애틋하게 사랑하고 아끼라는 그 말이 내가 해야 할 일들을 가르쳐 주고 있다는 생각이 든다. 영원히 아내와 자녀들을 사랑하고 아끼라는 어길 수 없는 충언으로 들리는 것이다.

가끔 그런 생각이 들 때 아내의 얼굴을 떠 올리면 내가 힘들어 할 때 내 옆에서 나를 감싸주던 그 모습이 떠오른다.

군에 입대하는 나에게 아무 걱정하지 말고 건강하게 다녀오면 기다리고 있겠다고 말하던 그 때처럼, 항상 내 마음을 먼저 알고 이해해주는 모습 그대로다.

신혼의 단꿈을 뒤로하고, 당신이 하고 싶은 뜻대로 하라고 하면서, 서울로 공부하러 가라고 하던 그 모습 그대로 내 곁에 묵묵히 서 있다.

아내는 자신을 희생하며 어엿하게 키워놓은 세 자녀와 함께, 나의 소중한 보물이요 재산으로, 인생이라는 여정의 길을 함께 걷는 반려자다.

민선4기 광진구청장 취임식날의 가족 사진(왼쪽부터 아들, 큰딸, 나, 어머니, 부인, 작은딸

# 4

# 사회 첫 발이자 마지막 직장,
# 코리아제록스(주)

결혼을 하고 불과 20일 남짓 지난 78년 5월 하순.

군 입대 전부터 해 오던 고시공부를 하기 위해서 신혼의 꿈이라는 말이 무색하게, 아내는 고향집에 어머니와 할머니를 모시고 살게 하고는 나 홀로 서울로 향했다.

대학교 입학시험을 보기 위해서 서울에 단 두 달을 머물며 공부를 했을 때, 진작 그런 공부를 해 보지 못한 것을 얼마나 아쉬워했는지 기억이 생생했다. 그 때의 경험을 바탕으로, 경쟁하는 사람들 속에서 고시학원에 다니면서 정보도 공유하며 공부를 하는 것이 훨씬 낫다는 판단이었다.

그날도 나는 광주에서 완행열차에 몸을 실었다. 열차에 몸을 맡기고 나니, 1970년 11월 대학입학 공부를 하기 위해서 처음으로 서울로 가던 생각이 났다.

함평군 엄다면 송촌마을의 고3 학생. 혹시 누가 촌놈이라고 해도 그에 대항할 근거가 없는 고등학생이 쌀자루 속에 있는 돈과 쌀자루가 불안해서 잠도 못 이룬 채 기차와 함께 흔들리며 꼬박 9시간을 달려왔던 그날이 생각났다.

"서울 가더라도 밥 잘 챙겨 먹어라. 사람은 그저 건강한 게 최고다. 피붙이 하나 없는 객지에 가서 몸 아프면 누가 챙겨 주겠니? 그러니까 절대 무리하지 말고 밥 꼬박꼬박 챙겨먹어야 한다. 알았지?"

오늘 떠나올 때 할머니와 어머니는 똑같은 말씀을 하셨다. 그리고 그 말씀은 고등학교 때 서울로 향할 때도 똑같이 하시던 말씀이었다. 공부한다고 새색시를 남겨두고 떠나는 나에게 두 분은 모두 공부 열심히 하라는 말씀은 한마디도 하지 않고 오히려 무리하지 말 것을 당부하셨다. 그것은 그만큼 나를 믿고 계시다는 것이다. 제 할 일은 무슨 일이 있어도 하고야 만다는 것을 두 분은 잘 알고 계시기에 그저 건강하라고만 당부하신 것이다.

그 말씀을 되뇌니 마음이 아파왔다.

일류 고등학교, 일류 대학을 나와 고시에 합격해서 32살에 혼자되신 어머니와 나를 위해서라면 무엇이든 해 주시던 할머니를 호강시켜드리겠다고 해 놓고는 아직 아무것도 이룬 게 없는 내가 스스로에게 조차 미안했다. 그리고 그 미안함 뒤에 투영되어 보이는 것은 아내가 나와 헤어질 때의 모습이었다.

"조급해하지 마세요. 아직 시간이 있다고 생각하면서 차분히 이뤄나가세요. 너무 서두르지 마시고요. 게으른 사람은 나에게 다가오는 때를 마중하지 못해서 못 만나지만, 공연히 너무 급하게 서두르다 보면 내 앞에 다가오는 그 때를 미처 알아보지 못하고 스쳐 지나간다잖아요. 당신은 부지런하고 성실하니까 차분히 하다 보면 반드시 때가 올 겁니다. 단지 제 걱정은 집안 걱정하느라고 너무 조급해하시고 서두르실 것 같아서 그게 걱정입니다."

엊그제라고 해도 과언이 아닌 결혼식을 치르자마자, 곧바로 고향집에 남겨놓고 공부하러 떠나는 남편에게 아내는 조급해하지 말라고 했다. 그리고 어머니와 할머니가 말씀하신 것처럼 너무 무리하지 말 것을 부탁했다.

내가 말을 안 해도 집안 식구들 모두가 어머니와 할머니에 대한 내 마음을 알고 있었다. 그럼에도 불구하고 나는 마음뿐이지 행동으로 옮기지 못하고 있으니 그저 답답하기만 할 뿐이었다.

차창 밖으로는 짙은 어둠 속에서 어쩌다가 불빛이 스치다가 역사가 가까워지면 환하게 밝아진다. 그렇게 변하는 바깥 풍경을 바라보면서 나도 저 밖의 어두움처럼 꽉 막힌 것 같은 현실이 언젠가는 역사가 가까운 곳에 도착하면 밝아지듯이 밝아질 것이라고 스스로 위로도 해 보았다. 무슨 역인지는 모르지만 역마다 정차하는 완행열차이다 보니 차창 밖의 어둠이 지속되는 시간도 일정한 시간이 지나면 밝아지게 되었다. 그렇게 몇 번을 반복하는 동안 그 풍경을 보다가 어느새 잠이 들었다.

처음 서울을 향했을 때 보다는 꽤 여유가 생겼던 것 같다.


종로에 있는 사법고시학원에서 고시과목 3개월을 수강신청한 후 모든 것을 잊고 공부에만 전념하고 있을 때, 내가 아내를 만나서 결혼을 할 수 있게 해 준 친구인 이점수가 찾아왔다. 그 당시 이점수는 서울에서 잘 나가는 건설회사에 다니고 있던 중이었다.

"공부는 잘 되냐?"

다방에 앉아 커피를 시키고 의례히 묻는 첫 질문이려니 하는데 점수의 목소리가 정말로 건성으로 하는 말 같지 않았다. 원래 친하게 지내는 친구인지라 그가 하는 행동이나 목소리의 변화만 들어도 무슨 일이 있구나 하는 감을 잡을 수 있는 친구다. 그날 점수를 만났을 때 내게 오는 감은 단순히 보고 싶어서만은 아닐 것 같다는 생각이 들었다.

"네가 나를 잘 알면서 무얼 묻냐?"

내가 최선을 다하고 있을 것이라는 것에 대해서는 그도 의심의 여지가 없다고 생각할 것이다. 나는 그것으로 대답을 대신했던 것이다.

"아내는 보고 싶지 않고?"

"그 얘기는 왜 꺼내냐? 참고 공부해서 더 밝은 내일을 살자는 것이지. 걱정마라. 마누라도 다 이해하니까."

아내와 친한 친구의 당숙이자 나와 아내의 중매 역할을 했던 이점수가 아내 이야기를 꺼내는 것은 어찌 보면 당연한 일인지도 모르지만, 그렇지 않아도 보고 싶고 걱정되는 아내 이야기를 꺼낸 것이 조금은 못 마땅해서 그리 대답했던 것이다.

"그럼 말이다…."

이점수는 무언가 말을 하려다가 중간에서 삼키고 말았다.

"뭔 말인데 그래? 네가 나한테 못할 말이 다 있냐?"

"좋다. 네가 그렇게 말하니까 말 한다만, 공연히 자존심 상하느니 어쩌니 하지 마라."

이점수는 다시 한 번 다짐을 받고서야 주머니에서 무언가 꺼내 놓았다. 그것은 동아일보에 게재된 신문 광고였다. 생전 처음 들어보는 다국적 기업이라는 코리아제록스(주) 사원모집 광고였다.

"고시 합격하는 길만이 할머니와 어머니께 효도하는 길은 아니잖니. 합격을 하면야 더 좋은 일이 어디 있겠느냐 만은 지금 고향에서 너 하나만 바라보고 계시는 두 분, 아니지, 이제는 네 아내까지 하면 세 사람이야. 그분들 생각도 해야 되는 것 아니냐?

정 고시에 미련이 남는다면 회사에 다니면서도 공부할 수 있는 거 아니냐?

자, 여기 원서 챙겨 왔으니까 작성만 해라. 졸업증명서나 기타 필요한 서류 내가 준비해서 접수까지 내가 할 테니까 너는 서류 작성만 해. 그것까지 내가 하면 얼마나 좋겠냐만 내가 너는 잘 알지만 너네 집안까지 세세히 알지 못해서 미처 모르는 부분이 있어서 하는 말이다."

원서까지 챙겨온 점수는 나에게 원서를 건네주면서 다국적 기업에 대해 설명도 하고, 또 앞으로 인류는 글로벌 시대를 맞이할 것이며 다국적 기업이 그 중추적인 역할을 할 것이기 때문에 다국적 기업에 입사하는 것은 미래를 내다보는 중요한 도전이라는 말까지 했다.

"말은 고맙지만 한 번 생각해 보자."

"그래, 아직 원서 마감까지 시간이 있으니까 생각해 보는 것은 좋은데 긍정적인 생각을 해라. 네가 정말 고시를 포기할 수 없는 것이라면 회사에 다니면서 공부할 수도 있는 것이고, 회사를 다니다가 그만두고 공부할 수도 있는 것 아니냐? 내 말은 일단 들어가 보고 결정하는 것이 옳다는 거다. 입사해 보니 의외로 너랑 잘 맞는 직장이 될 수도 있는 것이고, 그리 되면 코리아제록스 귀신이 될 수도 있는 거 아니냐?"

그러나 나는 선뜻 결정할 수가 없었다. 그것은 이점수의 말이 틀리다거나 그의 말을 믿지 못해서가 아니었다. 사법고시에 대한 내 집념이 너무나 강했기에 차마 그 선에서 길을 바꿔본다는 엄두를 내지 못했을 뿐이다. 이점수의 말이 옳을 수도 있다는 것을 알면서도 나 스스로가 스스로에게 허락을 하지 않고 있었던 것이다.

코리아제록스(주) 문대원 회장님과
민선4기 구청장 취임식장 앞에서

다음날, 이점수는 다시 나를 찾아와서 어제와 비슷한 이야기를 했다. 그리고 내 결정을 촉구했다. 그리고 그 다음날도 찾아 와서 같은 말을 반복했다.

처음에는 깊이 생각하지 않았지만 그런 상황이 되다 보니 정말 이점수가 하는 말이 맞는 말 같았다. 나 하나만 바라보고 고향에서 고생하시는 할머니와 어머니는 물론 이제 갓 결혼한 아내를 위해서라도 점수의 말을 들어볼 필요가 있다는 생각이 들었다.

결국 나는 일단 회사에 입사를 하

고 난 후에도 계속 사법고시 공부를 하겠다는 생각으로 입사원서를 작성해서 이점수에게 넘겨주었다. 솔직히 나는 그 때만 해도 입사원서를 작성한 것이 내 인생의 축을 180도 돌려놓을 것이라고는 미처 생각하지 못했었다.

그리고 코리아제록스(주) 전국 공채 1기로 1978년 7월에 입사했다.


입사 첫날.

오리엔테이션 시간에 부서를 배치하는데 나는 내가 법학을 전공했으니 의례히 법무팀이나 총무팀 같은 곳으로 발령을 받을 줄 알았다. 그런데 의외로 비즈 파트에 배속되었다. 기대하던 부서가 아니라는 것에 여간 실망하지 않을 수 없었다.

그리고 다음날 교육을 받기위해서 출근을 하니 하숙비 명목으로 독방을 쓰는 하숙비 2개월 치를 선 지불해 주는 것이었다. 교육기간 동안 하숙비를 회사가 부담하는 것이다. 나도 일단 수령했다. 그러나 머리 한 구석에서는 그만 두는 게 낫겠다는 생각을 지울 수 없었다. 내 전공과는 아무 관련도 없는 생소한 일을 하고 싶은 마음도 없었다.

다음날 나는 총무과장을 찾아가서 상황을 이야기하면서 그만두겠다고 했다.

"말씀드린 바와 같이 저는 법무팀이나 총무팀 같은 곳으로 배속될 줄 알았는데 그것도 아니고 하니 지불해 주신 하숙비 반납하고 그만두겠다는 겁니다."

그러자 총무과장은 난감한 표정을 지으며 말했다.

"신입사원이 교육 중에 그만두고 아니고의 문제는 내 관할이 아닙니다. 내가 상무이사님을 소개해 드릴 테니 면담을 해 보시죠."

그 당시 상무이사는 왕회장님의 처남이었다.

총무과장의 안내로 만난 상무이사는 한참 나에게 회사의 장래에 대한 이야기를 했다. 그리고 마지막으로 한 마디를 덧 붙였다.

"자네를 단지 세일즈맨으로 만들 거라고 생각했나? 자네는 교육이 끝나면 광주영업소로 발령을 받을 걸세. 그리고 그곳에서 조금만 있으면 소장도 되는 거야. 잘 생각해 보고 다시 한번 시간을 내어 이야기하도록 하지."

상무이사가 광주영업소 운운했지만 솔직히 마음이 썩 내키지는 않았다. 그런데 내 입사 동기 중에는 은행에 다니다가 공채를 통해서 입사한 사람이 있었다. 나보다 나이도 세 살이 많았다. 그 사람이 내 이야기를 듣더니 아주 쉽게 대답했다.

"그래? 그럼 일단 두 달은 다녀봐. 자네 같은 경우는 밑져야 본전이네.

하숙비 대주지, 봉급은 봉급대로 나오니 저녁에 고시학원 다녀도 되겠구먼. 안 그런가?

게다가 우리 교육을 영어로 하는 것이 많으니 저절로 영어 공부도 되겠다. 내가 생각하기에 손해 보는 장사는 아닌 것 같은데?"

그러고 보니 그 말도 일리는 있는 말 같이 들리기도 했다.

그래서 처음에는 코리아제록스(주)에 다니면서 고시공부도 병행한다는 꿈을 갖고 직장생활의 문을 열었던 것이다.

고시학원 등록만기도 끝나고 회사 교육기간도 끝나서 고시에 대한 미련을 버리지 못한 채, 9월 광주영업소로 발령을 받았다.

코리아제록스(주)는 1974년에 설립한 외국인 투자 법인으로 사무환경 개선을 통해서 행정 및 기업 생산성 향상을 주도하는 회사였다. 사무자동화 기기인 전자복사기, FAX, 프린터 등을 주로 취급하는 회사였다. 당시 우리나라 사무환경은 지금처럼 좋지 못했다. 지금은 IT강국이라는 위상에 걸맞게 작은 소기업에도 인터넷은 물론 사무 자동화가 이루어진 곳이 많다. 하지만 당시만 해도 FAX 없는 중소기업이 대다수였다. 예를 들자면 전화로 전달할 수 없는 작업지시서 등은 FAX만 있으면 간단하게 송부해 줄 수 있는데도 불구하고 그것을 직원들이 손으로 전달하는 수고를 끼칠 수밖에 없는 환경이었든 것이다. 특히 생산 공장의 경우에는 더했다. 인력을 낭비한다고 생각하겠지만 그것이 당시의 현실이었다.

그런 사무환경에 새롭게 사무환경 개선이라는 사업을 접한 나는 광주영업소에 발령을 받아 일을 시작하면서 아내와 같이 광주에서 살았다.

내가 알던 지금까지의 사무환경에서 크게 한 발자국을 앞으로 내디디면서 생산성을 극대화하고 인력을 최대한 활용하는데 보탬이 되는 일을 하게 된 것이라는 자부심이 생겼지만 평생직장이라는 생각은 전혀 안 가졌다.

"그래, 해보는 거다. 이제껏 내가 태어나서 못 한다고 스스로 포기해 본적이 없다. 그렇다면 사회생활로서는 인생 첫 무대가 되는 이곳에서도 못할 것이 없다. 우리나라 산업발전의 질을 향상하기 위해서 이 일은 누군가는 꼭 해야 할 일이라면 내가 해보자."

어느 순간, 나는 사무자동화를 통해서 생산성 향상과 인력 활용의 극대화를 시키는 일이 대한민국의 발전을 위해서는 꼭 필요한 일이라는 생각을 하게 되었고, 그렇다면 그 일은 내가 할 일이라는 생각까지 들었다. 사무환경 개선과 인력활용의 극대화라는 명제가 한 번 마음먹으면 해나고야 마는 나의 도전 의식을 사극했던 것이다. 더더욱 내가 첫 발을 내디딘 곳이 호남과 제주를 거점으로 일하는 곳이다 보니 전국에서 사회기반 시설이 소외 된 것은 물론 사무자동화기기 역시 불모지라고 해도 과언이 아닌 취약한 곳이기에 내 도전의식이 더 자극을 받았을 수도 있다.

나는 한 번 하고자 하면 하는 성격이다.

기왕 그렇게 마음먹은 이상 휴일도 거의 없다시피 정말로 열심히 일했다.

열심히 일하면서 처음으로 깨달은 것은 인적네트워크의 중요성이었다. 나는 내 나름대로의 인맥 네트워크를 형성하기 위해서 방법을 만들었다.

우선은 혈연, 학연, 지연을 바탕으로 1차 모집단을 만들었다. 그리고 그 위에 중앙 정부, 자치단체, 공기업 등으로 이어지는 2차 모집단에 인맥을 잇는 것으로 줄을 그어 인맥시스템 구축작업을 차근차근해 나갔다. 그리고 구축된 인맥은 관리를 해 나갔다.

인맥 관리에서 가장 중요한 것은 '신뢰성'이다. 바로 이 '신뢰성'이야말로 자신과의 약속이면서 상대방과의 약속이자 사회모두의 약속이라는 것은 변함이 없는 진실이다. 그 '신뢰성'이 인정되면 마음의 벽은 허물어지게 되고 서로의 마음이 보이지 않는 끈으로 연결되어 통하게 되는 것이다.

평소부터 그런 지론을 갖고 있던 나였다. 따라서 한 번 구축된 인맥은 내 정성을 다해서 신뢰를 지키기 위해서 노력했다. 그것은 비단 비즈니스를 위해서만은 아니었다. 그것이 사람이 살아가는 정도라고 생각했었기에 정도를 걷겠다는 나 스스로의 원칙에 충실했던 것이다. 그리고 또 다른 인맥을 구축하기 위해서 새로운 사람을 알아야 했다. 새로운 사람을 알기 위해서는 누군가의 소개를 받을 수도 있지만 그것은 한계가 있다. 나 스스로 개척해 나가는 것이 중요한 것이다. 그러기 위해서는 용기를 내어 상대방에게 다가서야 하고 일단 다가서서 손을 내밀고 맞잡았다면, 비록 첫 인연이라고 할지언정 그 사람 역시 진정한 신뢰로 대해서 나에 대한 믿음이 서로에 대한 믿음으로 발전하게 해야 한다.

언젠가 어느 작가와 대화를 하던 중이었다.

그 당시 어느 작가 지망생이 경제적인 어려움을 극복하지 못하고 자살한 사건으로 인해서, 일부 작가들이야 해당되는 일이 아니지만 많은 작가 지망생이나 작가들이 경제적인 어려움에 고생한다는 뉴스가 한 참 보도될 때였다. 평소 가깝게 지내던 작가인지라 내심 걱정이 되어 근황을 물었다.

"왜요? 걱정되세요?

형님, 아마추어와 프로의 차이가 뭐라고 생각하세요?"

나를 형님이라고 부르는 그 작가는 평소 내가 아끼는 동생이었기에 내 딴에는 걱정이 되어 물었던 것인데 오히려 역으로 내게 무거운 질문을 던졌다.

"아마추어와 프로의 차이?

글쎄?

내가 아는 상식으로 아마추어는 순수하게 즐기는 것이고 프로는 전문적으로 그 일을 하는 것으로 알고 있는데? 야구를 예로 들자면 아마추어는 새미가 있거나 혹은 프로가 되기 위해서 야구를 하는 것이고, 프로는 야구를 직업으로 하는, 뭐 그런 것 아닌가?"

그러자 그 작가는 빙그레 웃으며 대답했다.

"그렇죠. 그건 누구라도 생각하는 사전적 의미겠죠.

하지만 저는 그렇게 생각 안 해요.

아마추어는 그 일을 하는 것이지만 프로는 그 일을 즐기는 거라고 생각해요. 즉 작품을 쓰는 것이 일이라고 생각하고 한다면 일부 잘 나가는 작가들 제외하고 돈 벌이가 얼마나 되며 그 일에 매달리는 사람이 얼마나 되겠어요? 하지만 작품을 쓰는 그 자체가 즐기는 것이라면 돈 벌이와는 연계를 시키지 않죠.

작품을 쓰는 그 순간이 즐거운 겁니다.

골프 치러 다니는 사람이 골프장에 가는 순간 마음이 탁 트이고 시야가 확 밝아지듯이, 작품을 쓰기 위해서 원고지를 대하든 혹은 노트북이나 태블릿 PC의 스위치를 누르는 순간 즐거운 마음에 행복해지기 시작하는 겁니다.

기본적으로 밥 안 굶을 정도만 된다면, 남들처럼 여유 있게 살지 못할지라도 기꺼이 이 일을 선택하리라는 각오가 없다면 못하는 일 아니겠습니까?"

그의 반문 섞인 대답을 듣는 순간 나는 아마추어와 진짜 프로의 차이가 이런 것이구나 하는 생각이 저절로 새롭게 각인 되었다.

갑자기 작가와의 대화를 끄집어 낸 이유는 코리아제록스(주) 근무시절에 나 역시 정말로 일을 즐겼다. 아니 정확하게 표현하자면 즐겁게 했다. 우리나라의 사무환경을 새롭게 개선해서 일에 대한 능률과 인적자원의 효율적 운용을 극대화 한다는 자부심을 갖고 정말 즐겁게 일을 했던 것이다. 물론 법률가를 희망하다가 회사원으로 근무한지 4년 되던 해에 이직을 결심하여 갈등을 겪은 적도 있었다.

일을 즐겁게 한 덕분인지 나는 탁월한 실적을 쌓았다. 덕분에 나는 일에 대한 관리 능력을 인정받았고, 1985년 5월 서울 본사 영업과장으로 발령을 받아 서울 성수동으로 이사를 하게 되었다. 군에서 제대하고 다시 사법고시에 도전하기 위해서 필요한 과목을 3개월만 수강한 후 태안사 성기암으로 향하기 위해서, 제대한지 불과 17여일 만인 1978년 5월 6일 결혼을 하고 20여일 만인 그달 하순경 서울로 향한지 꼭 8년 만인 1985년 5월에 직장의 꽃이라고 하는 본사 영업과장의 직책을 달고 서울 성동구 성수동에 5인 가족이 정착했다.

아내와 3남매와 함께 성수동에 둥지를 튼 나는 감회가 새로웠다.

고등학교 3학년 때의 첫 상경과 신혼 20여일 만에 할머니와 어머니께서 계시는 고향집에 아내를 혼자 남겨둔 채 청운의 꿈을 이루고자 서울로 향했던 순간들의 기억과 각오들이 나를 휘감아 오면서 앞으로 더 열심히 일하리라는 각오를 새롭게 해 주었다.

영업과장으로 발령을 받은 나는 입사 7년이라는 세월 동안 쌓아온 '신뢰'라는 나의 신념을 바탕으로 항상 일 자체를 즐겁게 대하면서 열심히 일했다. 그 결과 종로영업소장을 거쳐 1987년 10월 36세의 젊은 나이로 광주시·전남도·제주도 지역을 관리하는 광주지사장으로 발령을 받았다. 그리고 우리 회사의 전국 평균 점유율이 30%대인 것에 반하여 광주지사의 시장 점유율은 50%수준까지 끌어 올리는 능력을 발휘할 수 있었다.

회사는 그런 나의 능력을 인정해 주어 1990년에는 39세의 젊은 나이에 수도권을 총괄하는, 직원 500여 명을 관리하는 제1사업부장에 나를 임명했다. 당시 회사에 개인적인 특별한 인맥이 있는 것도 아닌 점을 감안한다면 순전히 내 능력으로 보기 드문 고속승진을 한 것이다.

1999년 President Club&Award 수상.
Fuji Xerox Asia Pacific대표이사로부터 최우수임원상을 수상하는 장면이다.

그러나 나는 거기서 만족하지 않고, 시장 확장을 위한 새로운 아이디어로 시장 점유율을 높여 갔다. 그 중 하나가 변화하는 시장에 신속하게 대응하기 위해서 현장 경영을 중시했다. 그런 나의 생각은 적중했고 시장 점유율은 높아가면서 1996년 직장의 별이라고 하는 이사로 승진했다.

그리고 임원생활을 10년 거친 2005년에는 후지제록스호남(주) 대표이사(사장)에 올랐다.

1978년 전국 공채 1기로 입사해서 28년 만에 10단계 승진을 거쳐 오너가 아닌 이상 최고의 자리라고 할 수 있는 자리에 오른 것이다. 이미 말한 바와 같이 회사와 개인적으로는 아무런 인맥도 없는 내가 평사원에서 전문경영인이 된 것이다.

나는 그 모든 것이 우연이라거나 운이 좋아서라고 생각하지 않는다. 학력이나 배경보다는 확고한 자기 철학을 갖고 성실하게 일한 결과물이라고 자부한다. 입사 후 나는 누구보다 열심히 일했다. 입사 후 15년간 휴일도 반납하고 열심히 노력했다.

어차피 세상은 자기 자신과의 투쟁이다. 내가 나를 극복하면 당당하게 세상과 맞설 수 있다. 하지만 내가 나 자신을 극복하지 못하면 나라는 테두리 안에 갇혀 세상과 마주하기도 전에 스스로 포기하고 만다.

나 자신을 극복하기 위해서는 무엇보다 긍정적인 마인드를 갖는 것이 중요하다. 내 앞에 펼쳐지는 일들을 의무로 받아들여, 내가 해야 하는 일이라고 생각하면 힘들 수도 있다. 하지만 그 일들은 나만이 할 수 있는 일이라고 생각을 바꾼다면 오히려 일하는 것 자체가 나를 저절로 즐겁게 해 줄 것이다. 그리고 그 즐거움은 내가 하는 일을 받아들이는 이웃이 나를 신뢰할 때 배가 되는 것이다.

모든 일을 할 때에 '신뢰'를 바탕으로 삼고, 아마추어는 일을 하는 것이고 프로는 즐기는 것이라는 자세로 임한다면 아마도 세상은 그만큼 더 즐겁고 행복한 세상이 될 것이다.

코리아제록스(주)에서의 생활은 나의 첫 직장이자 마지막 직장으로서 나에게 무한한 감흥을 안겨 준 곳이다. 하지만 그에 못지않은 또 다른 감흥도 있었다.

본사 영업과장으로 발령을 받아 성수동에 안착한 것이 나에게는 결코 우연이 아니었던 것 같다. 내가 성수동에 둥지를 튼 1985년에는 광진구 역시 성동구였다. 그 후 1995년 성동구로부터 광진구로 분리된 것이다. 따라서 지금은 광진구가 된 곳 역시 성동구 관내였고, 시간을 내어 관내를 돌아보던 중 아차산과 한강 등이 내 고향 자연환경과 너무나도 닮았다는 것을 느꼈다. 그런 느낌이 들자 이곳이 나의 제2의 고향이라는 마음이 저절로 생겼다. 그리고 언젠가는 이 고장에 내가 무엇인가 의미 있는 일을 할 수 있었으면 좋겠다는 생각이 들면서, 내가 학창시절 그렇게도 꿈꾸던 공직자의 삶을 통해서 이곳 주민들의 꿈과 나의 바람을 한데 엮어서 펼칠 수 있었으면 좋겠다는 소망을 갖게 되었다. 그리고 그 소망을 이루기 위해서 나름대로 여러 가지 생각도 많이 했다. 물론 광진구가 성동구와 분리된 이후 광진구청을 바라보면서 나름대로 여러 가지 꿈을 그려보기도 했었다.

간절한 소망은 반드시 이루어지며, 그 소망을 이루기 위해서는 그만큼 열심히 노력해야 한다는 말을 몇 번씩 되뇌면서 광진구청 앞에서 서성이기도 했었다. 그리고 소망하는 만큼 나름대로 열심히 노력하는 삶을 살았다. 그 노력 중에는 광진구가 무엇이 필요한 곳인지를 알기 위한 노력역시 포함되어 있었다.

간절한 소망과 그 소망을 이루기 위해서 열심히 노력한 나의 삶은 2006년 전국동시지방선거에서 광진구청장 출마로 이어졌다.

후지제록스 임원 시절 아테네 올림픽 응원단장으로 주요 고객들과 함께 경기장에서(앞줄 가운데)

# 5

# 민선4기 구청장 시절부터 지금까지

물줄기가 흐르는 앞에 작은 조약돌 하나만 놓여 있더라도 물줄기는 그 조약돌 때문에 흐름이 변한다. 물론 물줄기와 조약돌 상호간의 크기에 따라 변하는 정도가 다를 것이다. 그러나 물줄기가 조약돌을 덮어 쓸고 지나갈지언정 보이지 않는 저변에서나마 물줄기의 흐름이 조금이라도 변하는 것은 사실이다.

우리네 인생 역시 삶을 살다보면 여러 가지 경우를 만나게 되고 그 경우의 크고 작음에 따라서 정도차이가 있을 수는 있겠지만 인생의 흐름이 영향을 받는 것은 사실이다. 물론 인생이라는 커다란 명제는 모든 경우를 덮어버리고 흘러가지만, 아무리 큰 물줄기가 조약돌을 덮어버려도 그 저변에서의 흐름이 조금이라도 변한 것처럼 순간순간 삶의 흐름은 분명히 바뀌는 것이다

우리는 그 흐름의 변화를 통해 스스로 가고자하는 길을 '선택'이라고 표현한다. 경우에 따라서 다르겠지만 사람은 살다 보면 여러 번의 선택

을 해야 한다. 어떤 경우에는 어쩔 수 없이 '선택'을 하기도 하지만 대개의 '선택'은 자신이 하고 싶은 일이기에, 혹은 해야만 하는 일이기에 스스로 원해서 선택하는 경우가 더 많은 것이 사실이다. 그리고 그 '선택'에는 그 누구도 해결해 줄 수 없는 자신만의 책임이 따르는 것 역시 감출 수 없는 현실이다.

나는 코리아제록스(주)에 다니는 동안 몇 번을 나 자신과 갈등했었다. 이미 기술한 바와 같이 초기에는 사법고시 공부를 해야 한다는 생각에 갈등을 했었고, 그 다음으로는 공직자가 되기로 마음을 먹었으니 고시를 통해서가 아니라면 선출직으로 공직에 나가겠다는 생각에서 5번에 걸쳐 사표를 제출한 적이 있었다. 그러나 그 때마다 회사에서는 회장님의 간곡한 만류가 있었다. 다음에 대표이사를 체험하고 난 후 공직선거에 출마해도 늦지 않을 것이며 오히려 CEO의 경영 마인드로 공직에 임한다면 많은 도움을 받을 것이라는 충언을 해 주셨던 것이다. 나는 그 말씀에 공감하였고 결국 때를 기다리며 10여년에 걸쳐 맡은 일에 충실히 임하고 있었다.

그러던 중 나름대로 지금이 적기라고 생각하는 때가 드디어 왔다. 2006년 5월 31일에 치러진 전국동시지방선거다.

2006년 5·31지방선거의 바람이 불면서 선거의 열풍이 서서히 달아오르던 당시 각 정당의 선거 전략에 대해서, 언론 매체들은 그동안 지방선거가 치러진 과정에서 선심선 공약의 남발 등으로 인한 많은 시행착오를 지적하면서 기업에서 경영을 경험한 최고경영자(CEO) 출신들이 나선다면 주민의 혈세를 낭비하는 등의 착오는 없을 것이라고 하면서 '지방자치도 CEO가 맡으면 달라진다.' '각 당은 CEO 후보를 모셔라.' 등의 기사를 쏟아내고 있었다.

그렇지 않아도 이번 지방선거에는 출마할 것을 결심하고 있던 나에게는 정말이지 호새가 아닐 수 없었다.

지난날 고등학교 입시와 대학입시에서의 실패로 인해 할머니와 어머니께 안겨 드렸던 쓰라린 상처를 사법고시 합격이라는 기쁨으로 한방에 날려 버리겠다고 마음먹었었지만 결국 이루지 못한 꿈이 되고 말았다. 고시공부에 대한 염원을 접을 때 말씀은 안 하셨지만 마음속으로는 얼마나 섭섭하셨을까 하는 생각을 수도 없이 해 왔던 나다. 지금도 고향집 방 한 칸에는 내가 태안사에서 공부하던 책과 노트들이 그대로 자리하고 있어서 내가 고향집에 갈 때면 나도 모르게 그 방을 향하곤 하건만 누구도 그 방을 정리해야 한다고 말하던 사람이 없었다. 모두의 바람에 보답하지 못한 것임을 나 스스로도 얼마든지 알 수 있었다.

그 덕분에 나는 꿈과 현실사이에서 방황하기도 했었고 그 아픔을 많은 세월을 술로 달래기도 했다. 세계 7대 기업 중 하나라는 글로벌 기업의 이미지와 그에 걸맞게 많은 봉급과 거주할 수 있는 아파트를 숙소로 마련해 주고, 해외여행이 자유롭지 못하던 그 당시에 주어지던 해외여행과 자녀들의 대학 등록금 지급은 물론 연말이면 몇 백퍼센트씩 손에 쥐어주던 보너스, 그리고 승용차에 운전기사가 주어지는 편의성 등등 회사만 놓고 본다면 부족할 것이 없는 자리라고 해도 과언이 아니었다. 그러나 그런 모든 것들보다 우선해야 할 것이 있다는 생각에 내 마음 한구석에는 나도 모르게 그림자가 드리워지곤 했다. 정의로운 삶을 살면서 의미 있는 일을 해 보고 싶다는 꿈의 날개가 아직 꺾이지 않고 나에게 그림자를 드리우고 있던 것이다. 그 그림자는 술로도 달래 접을 수도 없고 그렇다고 나 아닌 다른 사람이 대신해 주거나 다른 좋은 물건이나 일이 대신해 줄 수 있는 그런 성격의 것이 아니었다. 오로지 나 스스로 하고 싶은 일을 해내야만 하는, 그래야 가끔씩 그림자처럼 드리워져서 문득 나를 방황하게 하는 날개의 그림자를 걷어버릴 수 있는 것이었다. 그 때문에 나는 회사에 사표를 제출했었고, 그 사표는 매번 반려되곤 했던 것이다.

그러던 중 CEO 자치단체장 열풍이 서서히 불어오기 시작하는 호재를 만난 것이다. 나는 망설임 없이 다시 한 번 사직서를 제출했고, 이번에도 후지제록스 다카스키회장님은 계속 만류하며 회사에 머물 것을 요구하셨다. 하지만 수 없이 많은 번뇌를 통해서 내린 결론이기에 이번만큼은 나와 가족들이 원하는 삶으로 방향을 바꿔야 한다는 생각이 나를 지배하고 있던 터였다. 경제적이나 사회적인 모든 면에서 부족할 것 없이 편안하고 만족할 수 있는 지금의 삶에 안주할 것이 아니라 이웃과 함께 의미 있는 일을 해보겠다는 새로운 세계로의 도전을 내 몸이 먼저 받아들이고 있었다. 결국 그런 나를 더 이상 만류할 수 없다는 것을 알게 된 회사에서는 사표를 수리했고, 정치 무대에는 서 본적이 없던 나로서는 아주 낯설고 힘든 발걸음인데 그 발걸음을 힘차게 뗄 수 있었던 것이다.

정치에 발걸음을 떼면서 나는 그 당시 야당이던 자유한국당의 전신인 한나라당을 택했다. 호남 출신으로 당연히 당시 여당이던 민주당을 선택할 것이라고 생각하던 주변 사람들의 예측을 시작부터 빗나가게 한 것이다. 내가 한나라당을 택한 이유는 간단하다.

그 당시 내가 직장생활을 하면서 보아온 공무원에 대해 솔직히 이야기하자면, 높은 관료주의와 지역적 차별의 온정주의 등이 만연해 보였다. 나는 이런 불합리한 것들을 타파하고 새로운 모습의 경영마인드로 탄생하는 지방자치단체장이 되기 위해서 출마하는 사람이다. 당연히 기존의 고정관념을 깨야 한다는 일념으로 한나라당을 택했던 것이다.

나의 선택에 대해서 주변에서는 많은 우려를 해 주셨다. 호남출신으로 공천은 물론 당선이 가능하겠느냐는 우려였다. 그러나 그 우려는 고맙게도 우려에서 끝나고 말았다.

그 당시 언론들은 경영인을 호재로 삼고 있던 덕분에 나는 '한나라당 광진구청장 공천 경쟁에 나선 정송학 후지제록스호남(주) 대표이사', '10년 전부터 준비해온 전문 경영인 후보'라는 타이틀로 나를 보도해 줌으로써 홍보에 많은 도움을 받았다. 뿐만 아니라 모 일간지를 통해서는 '외국 기업에서 전문 경영인까지 오른 경험을 행정에 접목시키면 지역이 발전되고 주민생활이 업그레이드 될 것으로 확신한다.'는 출마의 변까지 밝힐 수 있는 기회를 얻을 수 있었다. 정치에 처음 발을 디뎠기에, 기존 정치인들에 비해서 뒤질 수 있는 공약개발이나 선거에 대처하는 요령 등을 솔직한 마음과 행동으로 대처해 나갔다. 나의 경력을 자세히 밝히고 그 경력을 쌓는 동안 체득한 경험을 살려, 구민들과 함께 주민만족 추구하는 광진구를 만듦으로써, 누구나 이사 오고 싶어 하는 광진구를 만들겠다는 포부를 밝힘으로써 주민들 곁으로 다가서기 시작했던 것이다.

주민들께서는 나의 진솔한 심정을 이해해 주셨고 서서히 내게 다가서기 시작했다. 그 결과 나는 모두가 힘들 것이라고 하던, 그 당시의 광진구청장 후보 경쟁률 15:1을 뚫고 한나라당의 공천을 획득해서 광진구청장 후보추천장을 손에 넣을 수 있었을 뿐만 아니라 광진구청장에 당선되는 영예를 안을 수 있었다.

그러나 그 영예는 나 혼자만의 영예가 아니었다. 그렇다고 항상 나를 걱정해주던 어머니를 비롯한 가족과 친지들의 영예라는 것도 결코 아니다.

솔직히 당선 전에는 당선이 되면 그거야 말로 나와 가족 친지들에게 영예라고 생각했던 것은 사실이다. 그러나 막상 당선 확정소식을 접하자 그런 생각들은 모두 사라졌다. 이 당선확정이야 말로 광진구 구민 모두와 나누어야 하는 영예라는 생각이 들었다.

나는 선거운동 당시 구민들을 만나서 인사를 하고 손을 잡으면서 말했다.

"제가 구청장이 되면 최고 경영자의 정신으로 올바르고 효율적인 광진구청을 운영하겠습니다."

그러면 구민들께서는 알았다고 고개를 끄덕이는 분도 계셨고, 관심을 보이는 분도 있었지만 많은 분들의 대답은 나를 놀랍게 하는 것이었다.

"선거 전에는 다들 그렇게 말하지. 문제는 끝나고 당선장 손에 쥐는 순간 그 말을 잊는다는 것일세. 내가 인생 칠십 살아도 선거 전에 하는 말 지키는 사람 본 적이 없어."

"아닙니다. 어르신. 저는 정치에는 이번에 처음 발을 디뎠습니다. 그리고 저는 후지제록스그룹 계열사 대표이사로 재직하다가 그만두고 출마한 것입니다. 제가 구청장이 되면 무언가 보람 있는 일을 꼭 해야 되는데 그게 바로 전문 경영인 시절의 경영정신을 구정에 반영해서 효율적이고 능률적이며 합리적인 구정을 운영하는 것이라는 생각입니다."

정치인들을 불신하는 대답에 나는 전문경영인임을 내세워 효율적이고 능률적이며 합리적인 구정을 운영하겠노라고 말하면 그제야 나를 다시 한 번 쳐다보면서 내가 건넨 명함과 내 얼굴을 번갈아 보시던 그 분들과 나누어야 할 영예라는 생각이 가슴 가득 밀려왔던 것이다. 그 분들이 나에게 표를 주신 덕분에 68,932표를 획득해서 2위의 31,047표의 배가 넘는 압도적인 득표로 당선이 되었으니 당연히 나 혼자만의 영예가 아니라 그분들과 함께, 아니 설령 나를 지지하지 않았을 지라도 광진 구민 모두와 함께 나누어야 할 영예라는 생각이 가슴을 가득 채워, 나로 하여금

2006년 민선4기 광진구청장 취임식에서 구민만족을 위하여 최선을 다할 것을 선서하고 있다.

반드시 그 약속을 지키리라고 다짐하게 했다.

그 약속을 지키기 위해서 구청장에 취임 하자마자 경영기법을 자치행정에 접목하여 전술적으로 차근차근 처리하기 시작했다.

위대한 광진(Great Gwangjin)을 슬로건으로 걸었다.

경제·문화·복지의 경쟁력을 갖춘 쾌적한 인간중심도시 광진을 광진비전으로 내세우고 구민만족, 행복광진 실현을 구정목표로 삼았다.

구정방향은 첫째; 경영효율 행정 : 지식경영과 행정혁신 실현/ 창의와 자율을 통한 책임행정의 공정성·투명성 재고, 둘째; 생활현장 행정 : 생활현장을 찾아가는 주민행정/ 현장민원의 신속한 해결과 주민참여 확대로 열린 행정 구현, 셋째; 지역균형 발전 : 5대 거점도시 육성/ 도시재정비촉진지구 개발 추진/ 더불어 사는 복지공동체 실현, 넷째; 지역경제 활성화 : 중소기업 마케팅 활동 지원/ 일자리 창출·발굴시책 추진/ 전통시장 활성화 지원, 다섯째; 문화·관광 그린행정; 아차산 고구려역사문화관 건립/ 역사·문화 광광벨트조성/ 친환경 녹색도시 개발

이렇게 정해진 모든 것들을 이룩하기 위한 핵심전략을 짰다. 첫째; 도시 경쟁력을 갖춘 미래도시 ⇨ 희망광진, 둘째; 기업하기 좋은 활기찬 도시 ⇨ 경제광진, 셋째; 나눔과 기쁨이 있는 따뜻한 도시 ⇨ 복지광진, 넷째; 역사·교육·문화가 조화된 고품격 도시 ⇨ 문화광진, 쾌적하고 살기 좋은 맑은도시 ⇨ 청정광진, 건강하고 안전한 생활도시 안전광진, 창의와 효율을 통한 창조도시 ⇨ 혁신광진. 그리고 그러한 내용을 도표로 만들어 각 실에 걸어 놓았다.

| 위대한 광진(Great Gwangjin) | |
|---|---|
| ⇧ | |
| 광진비전 | 경제·문화·복지의 경쟁력을 갖춘 쾌적한 인간중심도시 광진 |
| ⇧ | |
| 구정목표 | 구민만족 행복광진 실현 |
| ⇧ | |
| 구정방향 | 경영효율 행정; 지식경영과 행정혁신 실현/ 창의와 자율을 통한 책임행정의 공정성·투명성 재고<br>생활현장 행정; 생활현장을 찾아가는 주민행정/ 현장민원의 신속한 해결과 주민참여 확대로 열린 행정 구현<br>지역균형 발전; 5대 거점도시 육성/ 도시재정비촉진지구 개발 추진/ 더불어 사는 복지공동체 실현<br>지역경제 활성화; 중소기업 마케팅 활동 지원/ 일자리 창출·발굴시책 추진/ 전통시장 활성화 지원<br>문화·관광 그린행정; 아차산 고구려역사문화관 건립/ 역사·문화 광광벨트조성/친환경 녹색도시 개발 |
| ⇧ | |
| 핵심전략 | 도시 경쟁력을 갖춘 미래도시 ⇨ 희망광진<br>기업하기 좋은 활기찬 도시 ⇨ 경제광진<br>나눔과 기쁨이 있는 따뜻한 도시 ⇨ 복지광진<br>역사·교육·문화가 조화된 고품격 도시 ⇨ 문화광진<br>쾌적하고 살기 좋은 맑은도시 ⇨ 청정광진<br>건강하고 안전한 생활도시 ⇨ 안전광진<br>창의와 효율을 통한 창조도시 ⇨ 혁신광진 |

일을 할 때는 위의 도표를 보면서 3S 만족 행정을 이루어 내기 위해서였다. 기법으로는, 첫째는 3주체의 만족 : 주주, 고객, 종업원 모두가 만족하는 기업이 되어야 한다는 정신을 도입하여 구민은 물론 구 행정을 직접 수행하는 공무원도 만족하자는 행정을 하자는 것이다. 둘째는 3S

기법 : 빠르게(Speed), 만족(satisfaction), 표준화(standard), 셋째는 TQC(total quality control; 종합적 품질 관리)와 PDCA(plan-do-check-act)을 도입하였다. 사업 활동에서 생산 및 품질 등을 관리하는 방법으로 Plan(계획)-Do(실행)-Check(평가)-Act(개선)의 4단계를 반복하여 업무를 지속적으로 개선하는 것이다.

또한 주사 이하는 주어진 성과를 관리하는 "성과목표관리제"를 도입했고, 과장 이상은 "직무목표관리제"를 도입하여 일상 업무와 목표가 동시에 작동하도록 관리하고 지원해 주었다. 그 결과 4년 연속 언론에서 선정한 서울시 자치단체평가 1위를 광진구가 차지했고, 내가 구청장에 당선되기 위해서 내세웠던 선거 공약 40개 중 39개를 달성할 수 있었다. 이루지 못한 1가지는 능동에 초등학교 설립을 공약했었는데 취학아동 부족으로 어쩔 수 없어서 설립하지 못한 것을 제외하면 공약 모두를 달성한 셈이다.

이렇게 큰 틀에서 이룩한 일들을 사업별로 몇 가지만 살펴보고자 한다.

첫째는 고구려 문화 사업이다.

우리가 역사를 공부하는 이유 중 가장 큰 이유는 역사가 우리에게 주는 교훈을 거울삼아 우리의 미래를 설계하는데 도움을 받기 위해서다. 그런 의미에서라면 우리나라 역사 중에서 우리 마음에 가장 깊이 새겨야 할 역사가 바로 고구려 역사다.

고구려 역사는 자타가 공인하듯이 웅장하고 광활함을 연상케 하는 역사다. 만주지방을 호령하던 나라로 수나라와 당나라가 수차례 침범했지만 번번이 막아 낸 것은 물론 수나라가 고구려를 침범하다가 멸망했다고

아차산 고구려 축제 중 평강공주와 온달장군 공연장에서 출연진과 함께

할 정도로 대단한 나라였다. 그동안 우리는 신라가 삼국을 통일했다고 역사를 기술하며 신라위주의 역사를 공부하느라고 고구려 역사에 등한시 했던 면이 있으나, 최근에는 고구려 건국이 신라보다 앞선 것이라는 학설은 물론 고조선 멸망 당시 이미 고구려가 건국되어 커다란 나라로 위상을 갖추고 있던 까닭에 고구려로 인해서 한나라의 한사군은 만주에 발을 디디지 못해 만주의 문화가 우리민족의 문화를 전승한 것이라는 학설 역시 각광을 받고 있다. 실제로 만주에는 우리 동포들이 많이 거주하고 있을 뿐만 아니라 우리 문화가 아직도 많은 곳에 존재한다고 한다.

그런 고구려의 위대한 숨결이 숨 쉬고 있는 곳이 바로 광진구다.

광진구의 아차산에는 남한 최대의 유적지로 사적 제455호인 아차산 보루군이 17개 있으며 그 중 9개소가 광진구에 있고, 3개소는 중랑구에,

2007년 5월 31일 고구려벽화무덤 남북공동보존사업 및 고구려역사문화관 건립목적으로 최광식문화
관광체육부장관과 온달장군과 평원왕의 공주(평강공주)의 묘앞에서 촬영한것이다.

5개소는 구리시에 있다. 그야말로 남한 최대의 고구려 유적지인 셈이다. 그뿐만 아니라 사적 제234호인 아차산성이 있다. 역사학자들에 의하면, 이것은 아차산에 고구려군이 166년간 주둔하였으며 온달장군이 이곳에서 신라군과 싸우다가 전사한 곳이라고 한다. 고구려와 신라와 백제의 접경으로 한강을 끼고 있는 천혜의 요새였던 아차산이 광진구에 있는 덕분에 고구려의 유물이 광진구를 고구려의 도시로 만들고 있었던 것이다.

나는 구청장이 되기 전부터 아차산의 고구려 유적과 고구려 정신에 관심이 많았던 터이므로 구청장으로 취임한 후 제일 먼저 아차산에 숨 쉬고 있는 고구려의 기상과 숨결을 되살리기 위해서 「아차산 고구려 유적 관광 자원화 프로젝트」 사업을 추진하기 위해서 문화관광부 및 서울시

아차산에 있는 고구려정에서 주민들과 함께

를 자주 찾아가서 사업배경과 타당성을 설명하면서 지원을 요청했다.

21세기의 세계적인 흐름은 '문화 경쟁력이 국가 경쟁력'이라는 것은 누구라도 아는 일이다. 그리고 그것은 비단 국가 경쟁력만이 아니라 도시 경쟁력 역시 마찬가지라고 생각했다. 따라서 광진구가 고구려의 유적을 기반으로 고구려의 기상을 살려서 문화 예술 공간을 활용하여 지역개발을 이룩할 수 있다면 그것은 서울시는 물론 나라의 문화정책에도 커다란 이익을 가져 올 수 있는 일이었다. 이에 따라서 광진구에서는 「아차산 고구려 유적 관광 자원화 프로젝트」를 통해서 고구려 관련 문화사업을 시작하기로 했다.

그 중 하나가 주민과 직접 호흡하는 아차산고구려 축제다. 아차산고구려 축제는 일상에서 고구려의 역사와 숨결을 느끼는 축제로 고구려의 제례의식인 동맹제, 학술 세미나, 거리 퍼레이드, 온달장군과 평강공주의 경서도 소리극, 고구려 역사 유물 전시, 광진 7080 열린 음악회, KBS 전국노래자랑, OBS 노래자랑 등을 개최하여 지역 주민과 수도권 시민 10만여 명이 참여하는 대표적인 지역 축제로 자리 잡았다. 또한 2007년에는 몽골 항을구 구청장을 비롯한 20여 명을 초청했고, 2008년에는 터키 에레일리구와 미국 테네시 주 내쉬빌 시 교류위원장 등을 초청하여 우리의 역사와 문화를 알리는 축제로 승화시켰다. 이 결과에 힘입어 KBS, SBS, 연합뉴스, 서울신문 등에서 대대적으로 보도했고, 한국경제 TV와 한국자치발전연구원이 공동 주체한 '제1회 2008 대한민국 대표축제'에서 영예의 대상을 안기도 했다.

그 다음으로 웅대하고 위대한 고구려의 역사를 계승하고 후손에게 물려주기 위한 작업이다. 고구려 유적·유물을 체계적으로 관리 보존하여 역사·교육·문화·관광 자원으로 활용하기 위해서, 아차산 고구려 역사 문화박물관 건립을 추진하였다. 문화관광부와 서울시특별시를 찾아가서 사업배경과 타당성을 설명하면서 지원을 요청했다. 옳은 일을 하고자 하는 내 마음 그대로를 체계적인 계획아래 전달한 것이다. 그 결과 1차 사업비 300억 원을 승인 받아 확정했으며 국가예산 30%, 서울시 30%, 광진구 40%를 책임지기로 한 예산은 2009년까지 146억 원이 확보되었고, 2010년에 50억을 사업비로 확보하였으나, 타당 출신 구청장 취임 후 일부 미교부 신청과 불용처리로 사업이 중단되고 말았다. 실로 안타까운 일이 아닐 수 없다. 비록 그 결실을 보지는 못했지만 아직도 가슴 한 구석에 커다란 아쉬움으로 남는 사업들이다. 언젠가는 반드시 이 사업의

2008년 12월 3일 2008 대한민국 최고 목민관상 수상을 축하해 주시는 주민대표분들과 함께하는 모습이다.

정당성과 필요성을 재확인 한 후 완성시키겠다고 다짐한다.

둘째는 국가권익위원회가 선정하는 자치단체 청렴도에서 광진구가 4년 연속 우수구로 선정되었다는 것이다. 물론 상금도 6억여 원을 받아 구 살림에 보탬이 되기도 했다. 그러나 상금보다 더 귀한 것은 우리 구의 행정이 그만큼 깨끗하게 처리 됐다는 것에서 자부심을 느끼는 것이다. 얼핏 생각하기에 뇌물은 물질적인 것이라고 할 수 있다. 하지만 엄밀히 보면 뇌물은 정신이 썩었을 때 오고 가는 것이다. 정신이 건강하면 절대 뇌물을 주고받을 일이 없다. 건전한 사고방식이라면 각자가 자신이 맡은 일을 원칙에 따라서 하고 그에 대한 대가는 국가에서 지급해주는 봉급이다. 그런데 무언가 석연치 않은 것이 있으니 뇌물을 주는 것이고 그것을 받는 사람은 그 석연치 않은 것을 모르는 체 눈감아 주겠다는 무언의 약속이다. 그러니 당연히 청렴도 수상이라는 것은 우리 광진구의 정신이 건강하다는 것을 증명해 준 셈이다.

나는 청렴한 광진구 만들기 위해서 내가 먼저 청렴한 구청장이 되어야 한다고 각오하고 나 자신에게 엄격하게 청렴을 강조했다. 그리고 직원들과는 간담회 등을 통해서 청렴을 강조하며 업무처리에 있어서 개인의 이익을 탐해서는 안 되며 공직자로서 청렴하게 봉사한다는 자부심을 갖도록 강조했다.

그 결과 4년 연속 우수구가 되었을 뿐만 아니라 그 당시 오세훈 서울시장의 초청으로 4급 이상 공직자 청렴교육을 실시하고, 그 강사료로 받은 돈을 광진구청 내 광장에서 공직자 모두가 함께 호프데이를 열기도 했다. (수상내역은 5장의 이야기가 끝나는 117쪽에 별도의 표로 자세히 기록되어 있습니다.)

셋째는 1,000여억 원이 넘는 땅을 되찾는 혁신행정을 이룩했다는 것이다. 물론 이 액수는 그 당시 공시지가에 의한 것이니 실질적인 액수는 몇 배 더 할 것이라고 생각한다.

구청장 재직 시 가끔 건설관리과에서 사유 도로에 대한 '소유주의 부당 이익금 반환 청구 소송'이 빈발해 잦은 민원이 제기되는 현상을 보고받았다. 담당 과장으로부터 배경 설명을 듣고 근본적인 해결을 위해서 전수조사를 통한 문제점과 대책을 강구하기로 결정했다. TFT를 구성하여 기부 채납 부동산의 등기 확인 등 잃어버린 광진구 재산 찾기 사업을 추진하게 된 것이다.

1988년 지방자치제도가 처음 시행되면서 이런저런 사정에 의해 소유권은 서울시가 갖고 관리는 광진구가 하는 도로가 많았다. 이 같은 불일치를 없애기 위해서 모든 도로의 토지대장과 지적도, 등기부 등을 확인하고 많은 협의를 통해서 서울시로부터 소유권을 이전 받았고 폐쇄지적도, 폐쇄임야도 등 수십 년이 지난 옛 공부 자료와 현장을 확인하여 지적측량 등을 실시하여 지번상 등록되지 않은 토지 8,636㎡를 발견하여 소유권을 확보했다.

이러한 사업을 추진하면서 단순히 지역 내 도로에 대한 주민들의 사유지 도로 재정비 요구를 해결하기 위한 민원보다는 구의 열악한 재정이 늘어났을 뿐만 아니라 향후 재건축, 재개발 등 도시 개발 사업이 본격적으로 시행될 경우 관리청과 소유권이 일치해 분쟁이 없이 사업을 신속하게 추진할 수 있을 뿐만 아니라 많은 재원을 확보할 수 있고, 원활하게 도로 관리를 체계적으로 할 수 있도록 만들어 놓을 수 있다는 것이 더 큰 성과였다. 그런 보람으로 구청 공무원들과 함께 노력해서 찾은 토지가 97필지 10만 7,777㎡로 공시지가 1,000억 원이 넘는 구 재산을 찾아낸 것이다.

넷째는 성과에 대한 평가를 통해서 공정한 인사관리를 했다는 것이다. 팀장 이하는 "성과관리제"를 도입하였고 과장 이상은 "직무목표제"를 도입하여 시행했다. 그리고 포상으로는 부부동반 유럽해외여행을 보내주는 등 파격적인 구정운영을 했다. 창의혁신 행정을 통해서 효율성과 생산성, 신속성을 높여 구민만족 행정을 실현한 것이다. 그리고 이러한 성공사례는 전국자치단체장 행사에서, 대통령이 참석한 가운데 발표하기도 했다.

말이 나온 김에 한 가지를 더하면 내가 구청장 재직 시절에 우리 광진구는 125회의 수상을 했다. 그 중에서 가장 많이 수상한 부문이 바로 창의와 혁신이었다. 지난날의 구태의연한 사고방식과 안일한 구정 운영을 과감하게 떨치고 정말 주민들이 원하는 곳에서 주민들이 원하는 것을 할 수 있게 함으로써 주민만족을 추구하겠다는 나의 의지가 여실히 반영된 것임과 동시에 그런 나의 마음을 백분 이해한 구청 공무원들이 열과 성을 다해서 열심히 일해 준 결과물이었다. 그 덕분에 정부와 서울시, 그리고 기타 기관에서 수상한 것으로 그 상금만도 72억 5천여만 원의 인센티브를 받은 거액으로 구정 살림에 많은 보탬이 되었다. 그러나 무엇보다 중요한 것은 우리 광진구의 공무원들의 정신이 건강하고 투명함으로써 광진구의 행정이 투명해지고 그것은 나아가서는 우리 광진구 모두가 투명하고 청렴하게 될 수 있다는 것이 중요한 것이었다. 다시 한 번 열심히 일해 준 공직자 모두에게 감사하다는 인사를 드린다.

다섯째는 중곡동 주민들 모두의 숙원사업이자 광진구민들의 오랜 숙원사업이었던 국립서울병원을 종합의료복합단지로 조성하기 위해서 약 1,000억여 원의 MOU를 체결하였다.

국립서울병원 이전사업을 해결하고자 2009년 2월부터 1년여에 걸쳐 주민보고회와 여론조사를 실시하고, 83%에 이르는 주민들의 찬성으로 2010년 2월 11일 보건복지부와 당시 국회의원이던 권택기의원과 민선4기 구청장인 나 정송학 등 3차 업무협약을 맺었고 그 결과 1단계 사업인

종합의료복합단지 설립 업무협력 협약식

국립정신건강센터가 2016년 2월 준공되었다.

2단계 사업인 의료행정타운은 2011년 6월 보건복지부와 한국자산관리공사(캠코)가 MOU를 체결하여 2015년 12월 23일 조성사업비 1,681억 원을 기획재정부로부터 최종 승인 받았다. 이것은 우리 광진구가 최초로 국가에서 많은 예산을 타낸 사업이다.

그 동안 나는 캠코 상임감사로 재임하면서 관계부처를 수시로 방문해 업무처리를 지원하였다. 의료행정타운 완공시 상주근로자 인원만 약 1,500명이 예상되므로 지역경제 활성화와 일자리 창출에 큰 도움이 되는 역할을 한 것이다.

그 외에 서울시 예산 67억 원을 지원받아 능동로 문화예술거리를 시범 구축하였고, 서울시 예산 22억여 원을 지원받아 광나루길 실개천 사업을 시범적으로 조성 완료하는 등 구민만족의 꿈을 이룩하기 위해서 열심히 노력하고 또 노력했다.

여러 가지 일들에 대해서는 일일이 말할 수 없으나, 다만 한 가지 밝히고 싶은 것은 광진구청장 재직 시절에 한시도 구민들이 행복한 광진구에서 만족하며 살 수 있도록 해야 한다는 의무감을 잊은 적이 없다는 것이다. 후지제록스(주) 임원시절보다 더 많은 시간과 노력을 투자했다는 것역시 밝히고 싶다. 하지만 지금 돌아보면 그렇게 열심히 일할 수 있던 것이 구민 여러분 모두가 내가 구청장으로 하는 일에 관해서 열심히 성원해주고 협조해주신 덕분이라는 것을 알 수 있다. 그 성원과 협조가 휴일도 반납한 채 일에 매달릴 수 있는 가장 큰 힘의 원동력이 되었던 것이다.

나 역시 구민 중 한사람으로서 구민만족을 이룩하기 위해 일할 수 있도록 성원해 주신 구민 모든 분들에게 이 자리를 빌어서 다시 한 번 감사드린다.


민선4기 구청장의 임기를 마친 후 나는 새로운 또 다른 도전을 위해서 두 번 국회의원에 도전했었다. 구청장으로서 쌓은 경험을 바탕으로 좀 더 넓은 곳에서 광진구의 발전을 위해서 의미 있는 일을 추진하고 지원하는 것은 물론 나라를 위해서 역시 의미 있는 일을 해보고 싶었다. 제19대 국회의원 선거에서 지금의 자유한국당의 전신인 한나라당 후보로 공천을 받아 광진(갑) 선거구에서 출마했었고, 제20대 국회의원 선거에서는 치열한 지역 경선을 거쳐 새누리당 후보로 공천을 받아 역시 광진(갑) 선거구에서 출마했던 것이다. 아차산과 광나루로 이어지는 이 아름다운 자연과 어울어지는 살기 좋은 광진구를 만들어 구민들이 만족하고 모든 국민들이 이사 와서 살고 싶어 하는 광진구를 만드는 것은 물론 그것을 모델로 삼아 아름답고 살기 좋은 국민들이 만족하는 나라를 만드는데 일조를 기하고 싶었나. 그러나 안타깝게도 두 번 모두 낙선을 했다. 특히 20대 때는 서울에서 가장 근소한 표 차이라는 2,400여 표 차이로 낙선을 했으니 내 마음은 이루 말할 수 없이 착잡하고 힘들었다. 하지만 이런 어려움을 겪는다는 것이 결코 어려움에서 끝나지 않는다는 것을 나는 잘 알고 있다.

우리는 흔히 2보 전진을 위한 일보 후퇴라는 말을 하고는 한다. 그런데 문제는 후퇴한 일보에서 그냥 머물러서는 안 된다는 것이다. 일보 후퇴한 그 자리에서 그 나름대로 보람 있는 일을 해가면서 일보 전진할 자세를 갖추며 때를 보아야 하는 것이다.

2014년 11월 7일 통일포럼(캠코) (앞줄 오른쪽에서 두 번째)

19대 국회의원에 낙선한 후 나는 한국자산관리공사(캠코) 상임감사로 근무했다.

상임감사로 임명을 받은 나는 이미 한국후지제록스(주) 임원생활 10년 후 한국후지제록스호남(주)라는 글로벌기업의 CEO를 역임한 터이고 광진구청장 시절에 경영행정이라는 목표아래 창의혁신으로 많은 성과를 냈기에 이점을 많이 갖고 있었다. 그 경험을 살려 '코칭 감사', '컨설팅 감사'로 부패를 사전에 방지하고 사장과 경영책임을 공유하는 제2의 CEO로 활동하여 한국자산관리공사가 2014년도 경영평가 C등급에서 A등급으로 상승하였다. 또한 청렴도 조사에서는 우수등급을 받을 수 있게 하였다.

그리고 그 활동을 하는 것에서 멈추지 않고 (사)공공기관 감사포럼 회장을 맡아 열심히 활동했다. 감사의 전문성과 감사업무 수행능력 향상을 위해서 107개 공공기관 감사들의 힘을 모아 (사)공공기관 감사포럼을 설립하고 초대 회장을 맡아 기획재정부, 감사원, 국가권익위원회와의 지속적인 워크숍, 다양한 토론회 등을 통하여 감사 역량 강화는 물론 그동안 안일한 자세로 일하는 곳이라는 소리를 들어온 공공기관 개혁의 초석을 마련하는데 힘을 보탠 것이다.

그렇게 나 자신의 역량을 키우기 위해 노력하던 나는 제20대 국회의원 선거에서 광진(갑)후보로 출사표를 던졌다. 경선에 임한 나는 무엇보다 구민들이 행복해야 한다는 생각으로 진심된 나의 마음을 구민들에게 전달하고 당원들에게 전하기 위해 노력했고, 그 결과 후보 추천서를 손에 넣는 공천을 받았다. 그러나 안타깝게도 2,400여 표라는 근소한 차이로 낙선의 고배를 다시 한 번 마셔야 했다. 아쉽고 안타깝지만 정신을 가다듬었다. 지금의 이 시간들은 나에게 또 다른 교훈을 주기 위해서 나로 하여금 일보 후퇴하게 만든 것이라는 생각으로 열심히 활동하고 있는 것이다. 설령 같은 일의 반복일지라도 그 안에서 또 다른 새로운 경험을 하게 되고, 새로운 경험은 나를 그만큼 더 성장시켜 주기 때문이다. 요즈음 나는 '사람의 배움은 끝이 없다'는 선현들의 말씀이 하나도 틀리지 않다는 생각을 종종 하게 된다. 아무리 많은 학식을 갖춰도 사람과 사람사이에서 얻어지는 경험이 가장 소중한 배움이라는 말씀이라고 여겨지기 때문이다. 그리고 그렇게 얻어진 배움이야말로 그 즉시 우리의 삶에 반영되어 생활의 양식이 된다는 것 또한 명심하고 있다.

요즈음 나는 지난날 한양대학교 법학박사 학위를 받고 세종대에서 명예행정학박사 학위를 받은 것을 기반으로, 2010년부터 한양대학교 공공정책대학원에서 특임교수로 후학들을 양성하는데 힘을 쏟기도 하면서, (사)대한민국병역명문가회 중앙회장으로 활동하고 있다.

(사)대한민국병역명문가는 3대가 직계는 물론 방계까지 모두가 현역복무를 성실히 이행한 가문을 찾아 [병역명문가]라는 이름으로 그 뜻을 기려 널리 알리고 있다. [병역명문가]의 인증은 병무청이 심사하고 인증서를 주고 있으며, 이 제도는 2004년부터 도입하여 2019년까지 5,378가문 27,154명이 선정되었다. 특히 젊은이들에게 병역이행에 대한 자랑스러움을 일깨워 주기 위해서 2004년부터 병무청 홈페이지에 「명예전당」을 개설하여 병역명문가의 이름을 올리고 있다. 아울러 우리 사회의

(사)대한민국병역명문가회 중앙회장으로 한마당축제에서 우수회원 표창

지도층이 신성한 병역의 의무를 완수할 것을 독려하여 사회 갈등으로 인한 불필요한 사회적 비용을 줄이고, 국민통합을 이루어 국가경쟁력을 강화시키는데 기여하고 있으며, 자랑스러운 대한민국을 만드는데 힘을 기울이고 있다.

그 외에 기획재정부의 공무원 예산성과금 심의위원회 심의위원으로 엄격한 심사를 거쳐서 예산을 잘 운용한 공무원들에게 성과금을 주는 일을 하고 있을 뿐만 아니라 전국소년소녀가장돕기 시민연합중앙회 공동대표회장으로 소년소녀 가장들의 어렵고 힘든 생활에 조그만 보탬이라도 되어주기 위해서 열심히 노력하고 있다. 그리고 그런 봉사활동을 하면서 얻는 이 모든 경험을 내 지역 광진구와 내나라 대한민국이 좀 더 살기 좋고 좀 더 희망찬 지역과 나라가 되어 구민과 국민 모두가 만족하는 고장과 나라가 되도록 하는데 보탬이 되도록 노력할 것이다.

나는 오늘도 여러 가지 봉사활동을 하면서, 자유한국당 광진(갑) 당원 협의회 위원장으로 주민들과 당원들을 만나 그분들의 애로사항을 듣고 그 해결방안을 같이 모색하고 있다. 그리고 내가 알아볼 수 있는 일이나 내 선에서 해결할 수 있는 일이라면 어떻게든 시간을 내어 함께 해결하기 위해 동분서주한다. 하지만 분명히 무언가 모순이 있어서 해결을 해야 하는 일임에는 분명하지만 내 힘으로는 부족하다면 중앙당에 건의해 당론에 반영되도록 하기 위해서 중앙당에도 열심히 찾아간다. 어떤 분들은 그런 내 모습을 보면서 공연한 수고를 끼쳐서 미안하다고 하시는 분들도 있다. 하지만 나는 나를 잊지 않고 당신의 애로사항을 상담해 주러 오신 그분들에게 오히려 고마워한다. 아직도 내가 이 지역에서 필요하다는 것을 일깨워주시는 분들로 나를 믿고 사랑해 주시는 분들이기 때문이다. 또한 그런 분들을 만날 때마다 지역 주민들과 당원들에게 미안한 마음이 든다. 내가 국회의원에 당선되었다면 저분들의 애로사항을 내가 직접 입법발의를 하거나 하는 등의 방식으로 해결해 줄 수 있는 것들도 있기 때문이다. 아울러 아직 나를 찾아서 애로사항을 건의해 주는 그분들이 있는 한 최선을 다해서 지역과 나라를 위해서 일할 것이라고 굳게 다짐한다.

그리고 그 때마다 고사성어 한마디를 되짚어 보곤 한다. 그 중 하나가 바로 우리들이 잘 알고 있는 일명경인(一鳴驚人)라는 말이다. 중국 역사서 사기(史記)에 나오는 제나라 때의 위왕과 순우곤 사이에서 일어났던 일화에서 나오는 말로, 때를 기다렸다가 한 번 뜻을 펴면 사람을 놀라게 할 정도로 대업을 이룬다는 뜻이다. 그렇다고 내가 때를 기다리고 있다는 말은 아니다. 나는 나에게 다가오는 그 때를 맞이하기 위해서 준비를

봉사활동

하고 있을 뿐이다. 그 준비를 하는 동안 내 곁에서 용기를 북돋아 주시는 주민들과 당원들에게 감사드리며 항시 나를 수련하면서 더 많은 세상을 보고 더 많은 경험을 하여 실제 그 때가 왔을 때는 모든 지역주민들과 내 나라 국민들에게 만족한 나라가 될 수 있도록 열심히 일할 준비를 하고 있는 것이다.

사람에게 다가오는 '때'는 신기하게 기척도 모양도 없을 뿐만 아니라 자신이 머무를 곳인지 아닌지를 기막히게 안다고 한다. 막상 어떤 사람과 마주친 '때'가 그 사람이 준비가 되어 있지 않으면 자신이 머무를 곳이 아니라고 판단한 후 소리 없이 사라진다는 것이다. 따라서 '때'는 무작정 기다리기만 한다고 오는 것이 아니라 잘 준비하는 자에게만 온다고 한다.

오늘도 그 '때'를 준비하는 나에게 아낌없는 격려와 용기를 북돋아 주시는 모든 분들에게 진심으로 감사드린다.

## 민선4기 대외 기관 평가 주요 수상 내역

| 평가 내용 | 평가 기관 | 수상명 | 비고 |
|---|---|---|---|
| 취약 계층 의료 접급도 향상 분야 | 서울특별시 | 우수구 | 2006년도 하반기<br>총7회 수상에<br>3억 2천2백만 원 받음 |
| 지방 자치 행정 혁신 부문 | 한국언론인포럼 | 대 상 | |
| 행정 서비스 품질 평가 | 서울특별시 | 최우수구 | |
| 제14회 공무원 정보화 경진 대회 | 행정자치부 | 국무총리상 | 2007년도<br>총30건 수상에<br>14억 9천3백만 원 받음 |
| 공공 디자인 지역형 개선 사업 | 산업자원부 | 최우수선정 | |
| 제12회 한국 지방 자치 행정 서비스 | 한국공공자치연구회 | 대 상 | |
| 제8회 공공 혁신 전국 대회(행정 혁신) | 한국공공자치연구회 | 대 상 | |
| 제5회 행정 대상 | 시민일보 | 대 상 | |
| 2007 아름다운 기업 대상(지역 발전) | 뉴시스 | 대 상 | |
| 2007 존경받는 대한민국 CEO 대상 | 한겨레 Economy21 | 대 상 | |
| 2007 하반기 창의 행정 우수 사례 | 서울특별시 | 최우수구 | |
| 2006 행정 서비스 고객 평가(환경) | 서울특별시 | 최우수구 | |
| 제1회 2008 대한민국 대표 축제 대상 | 한국경제TV<br>한국자치발전연구원 | 대 상 | 2008년도<br>총43건 수상에<br>25억 80여만 원 받음 |
| 제13회 한국 지방 자치 창의 현식 부문 | 한국공공자치연구원 | 대 상 | |
| 2008 대한민국 최고의 목민관상<br>(공공 행정 지자체 브랜드 부문) | (사)한국브랜드경영협회<br>IMC 국제협력경영원 | 대 상 | |
| 2008 국가 생산성 대상(정보화 부문) | 지식경제부<br>한국생산성본부 | 지식경제부<br>장관상 | |
| 2008 대한민국 최고의 목민관상<br>(대민 행정 분야) | 한국경제매거진 | 대 상 | |
| 제6회 2008 올해의 인물대상<br>(지방 자치 부문) | 뉴스매거진 | 대 상 | |
| 한국 서비스 품질 우수 기업 평가 | 지식경제부 | 우수기업 인증 획득 | |
| 2009 서울시 청렴 지수 평가 | 서울특별시 | 우수구 | 2009년<br>총40건 수상에<br>19억 9천6백만 원 받음 |
| 2009 지역 안전도 평가 | 소방방재청 | 1등급 | |
| 2010 대민 청렴 지수 조사 | 서울특별시 | 우수구 | 2010년도 상반기<br>총5곤 수상에<br>9억 2천8백만 원 받음 |
| 2010 시세 및 세외 수입 종합 평가 | 서울특별시 | 최우수구 | |
| 2010 지역 안전도 평가 | 소방방재청 | 1등급 | |

## 6

# 주민과의 대화 속에서 얻은
# 보배로운 진실

그리스의 유명한 철학자 소크라테스가 어느 날 제자들과 아테네 근교의 야산으로 소풍을 갔다. 그런데 소크라테스가 그곳의 자연을 보면서 너무나도 감탄하며 아름답다는 말을 되풀이 하는 것이었다. 그러자 제자 중 하나가 질문을 했다.

"스승님, 이곳에 처음이십니까? 그리 아름답다고 감탄을 하시니 여쭈는 것입니다."

그러자 소크라테스가 당연하다는 듯이 대답했다.

"아무렴. 처음이지. 사람이 진리를 얻는 것은 사람에게서 얻는 것이지 자연에서 얻는 것은 아니거든."

질의응답 식의 화법을 통하여 말을 이어가면서 무지함을 깨우치고 진리에 도달하기 위해서 노력한 철학자인 소크라테스다운 말이다. 물론 그 역시 자연에서도 얼마든지 진리를 얻을 수 있다는 것은 알지만 자연에서 진리를 터득하는 것 보다는 사람에게서 얻는 진리가 더 피부에 와 닿는다는 의미로 받아들이는 것이 좋을 것이다. 어떤 가수는 '사람이 꽃보다 아름답다'고 노래했는지 이해가 가는 말이다.

갑자기 사람 가운데에서 얻는 진리가 더 값지다는 이야기를 하는 이유가 있다.

국회의원 선거에서 두 번 낙선을 한 뒤 여러 가지 활동을 하면서도, 요즈음에는 야외 당원모집과 주민들과 소통하는 것에 가장 많은 시간을 투자하고 있다. 당원모집에 할애하는 시간을 투자라고 하면 이상하게 들릴 수도 있지만, 내가 당원모집에 많은 시간을 투자하면서 너무나도 많은 것을 얻고 있기 때문에 투자라는 단어를 사용한 것이다.

처음 당원모집을 시작할 때는 당원이 많아야 정당이 힘을 얻을 수 있다는 당연한 논리에서의 시작이었다. 그것은 우리 자유한국당뿐만 아니

빗속 당원모집

라 어느 정당이라도 마찬가지다. 당원을 많이 확보하고 있다는 것은 정당이 그만큼 많은 국민들로부터 정강이나 정책 등에 대해 지지를 받는다는 의미가 된다. 물론 정강이나 정책까지 알아서 지지하는 것은 아닐 수 있지만, 적어도 우리 자유한국당이 표방하고 있는 노선에 동참하고 지지한다는 것이니 힘이 되지 않을 수 없는 것이다. 그리고 그것은 적어도 모든 선거에서 득표와 연결시킬 수 있다는 의미가 되기도 한다. 물론 출마한 후보가 절대로 마음에 안 들어서 찍을 수 없다고 하더라도 적어도 자신이 당원으로 있는 정당은 지지함으로써 정당지지율을 높여 기본적으로 정당의 존재의미를 부여해 주는 것이다. 그러한 의미가 특히 책임당원은 더하다. 책임당원은 당비를 납부하는 당원이니까, 자신이 당비를 납부한다는 것은 우리 자유한국당을 지지하는 것을 넘어서서 후원을 하는 것이니 당연한 일이다. 따라서 나는 당원을 모집할 때 되도록 책임당원으로 가입을 하도록 말씀을 드리고, 많은 분들이 호응해 주신다.

그런 마음에서 당원모집을 시작한 나는 처음에는 내가 원하는 대로 책임당원에 가입해 주시는 그분들을 보면서 힘을 얻을 수 있었다. 내가 정치를 하는 의미를 깨닫는 것 같아서였다. 그러나 얼마 지나지 않아서 나는 당원모집 행위에 나선다는 것은 단순히 당의 세력을 불리는 것을 넘어서서 진정한 민의를 알 수 있다는 것을 깨달았다.

당원에 가입해 달라고 부탁드리는 내 말을 듣고 입당원서를 작성하는 동안의 아주 짧은 시간에 하시는 한 말씀 한 말씀이 바로 민의라는 것, 그것이었다.

어떤 분은 전에 구청장을 했던 분이 아니냐고 반갑게 대해주시며 한 말씀을 하시고, 어떤 분은 전에 국회의원 출마했던 사람 아니냐고 하시면서 한 말씀을 하시는데 그 모든 말씀이 바로 민의 그것이었다. 내가 지금은 자유한국당 광진(갑) 당협위원장으로 나 스스로는 어떤 정치적인 힘을 발휘할 수 없는 지위라는 것을 아시기에 더 솔직하게 말씀해 주시는 것일 수도 있다.

안보와 외교가 걱정이 된다는 말씀처럼 나라를 걱정하시는 말씀이나, 왜 우리 광진구 중에서도 (갑)지구에 해당하는 지역만 개발도 안 되고 낙후되어 가느냐고 하시며 지역을 걱정하시는 말씀이나 그 모든 말씀이 내게는 아주 값진 말씀이었다. 그리고 그런 말씀을 들으면서 나는 그분들에게 죄송하다는 말씀 밖에 드릴 말씀이 없었다. 내가 국회의원 신분으로 그분들의 나라를 사랑하시며 걱정하시는 말씀이나 고충을 들었다면 곧바로 국정에 반영할 수도 있겠지만, 두 번이나 낙선을 한 지금의 나로서는 그저 미안할 뿐이었다.

국회의원 선거에서 두 번을 낙선한 나는 정말 많은 것을 반성하고 깨달았다.

19대 때 처음 낙선을 했을 때는 말 그대로 얼떨떨한 기분이었다. 당시 당선자를 낸 당은 처음에 공천했던 후보를 탈락시키고 다른 후보를 영입해 오는 웃지 못 할 일을 벌여가면서 선거에 임한 반면에, 그 이유를 글로 쓰기에는 적합지 않을 수 있어서 차마 쓰지는 못하지만, 우리 측은 당을 지지하는 분들조차 결집시키지 못한 측면이 있다는 점을 후보인 내가 솔직히 인정하기에 얼떨떨했다는 것이다.

하지만 20대 후보시절에는 달랐다. 우선 내가 한국자산관리공사(캠코) 상임감사를 역임한 뒤인지라 치열한 경선을 통해서 공천권을 획득했다. 또 한 번 낙선한 경험을 바탕으로 나의 부족한 점을 보완해 가면서, 이번에는 반드시 당선되리라는 각오로 죽어라고 열심히 했다.

그러나 결과는 또 낙선이었다. 그것도 서울에서 가장 근소한 표 차인 2,400여 표 차이로 낙선을 한 것이다. 1,200명 이상이 나를 더 지지하게 만들었다면 당선할 수 있었다는 생각이 머릿속을 떠나지 않았다. 가슴에는 화가 일어 주체할 수가 없었다.

'그 때 이렇게 했으면 됐을 텐데, 그 때는 이렇게 할 것을 그랬나?' 등등 지난 선거기간이 주마등처럼 스쳐 지나가면서 순간순간의 일들에 대해 그 반대 경우를 생각하는 등 몇 일간을 그런 식으로 지냈다.

그러나 마냥 이렇게 지낼 수만은 없다는 생각이 들었다. 누군가와 마주 앉아서 모든 것을 속 시원하게 털어 놓고 싶었다. 그렇다고 가족이나 가까이 지내는 당원들은 그들 역시 지쳐있고, 실망에 잠겨 있는데 그들을 붙잡고 이야기할 수도 없는 노릇이었다.

답답한 마음에 어디론가 가서 아무도 없는 곳에서 실컷 목 놓아 울기라도 하면 속이 풀릴 것 같다는 생각마저 하면서 향한 곳은 바로 내가 20대에 고시공부를 하던 태안사였다. 솔직히 어디로 갈 것이라고 정하지도 않고 자동차 시동을 걸고 떠나자 나도 모르게 20대에 머물며 꿈을 펼치기 위해 매진하던 그곳이 마음의 안식처로 떠올라 그리로 향한 것이다. 태안사에 도착한 나는 산 중턱에 있는 성기암을 향했다.

성기암에서 나를 맞아주신 분은 나이가 지긋한 노스님인데 내가 고시

공부할 때의 스님은 당연히 아니었다.

"무슨 일로 오후 늦게 찾아주셨습니까?"

암자를 찾아가기에는 늦은 시간인지라 스님께서는 조심스럽게 물어오셨다. 나는 내가 이 암자에서 74년부터 75년까지 고시공부를 했던 사람이라는 것을 밝히고 간단하게 인사를 드린 후 총선에서 낙선을 하고 어디론가 가고 싶었는데 나도 모르게 이리로 발걸음이 행했다는 말씀을 드렸다. 그러자 스님께서는 아주 인자하게 미소를 지으며 말씀하셨다.

"인연이 그리도 질긴 거랍니다. 어서 드십시오. 부처님께서 마련해 주신 인연인데 어찌 사람이 거스를 수 있겠습니까?"

스님이 안내해 준 방으로 들어서서 웃옷을 벗고 앉아 있는데 얼마 지나지 않아 스님께서 직접 밥상을 들로 들어오시며 말씀하셨다.

"보아하니 저녁 공양을 하지 않으신 것 같아서 소찬이나마 저녁공양 상을 보아왔습니다. 산사의 음식이 다 그러려니 하시고 요기나 하시지요."

스님이 가지고 들어온 밥상을 보자 나는 갑자기 허기가 느껴졌다. 선거 이후로 제대로 식사도 안한 것 같다. 먹기는 먹어도 이게 밥을 먹는 것인지 아닌지 알 수 없을 정도로 맛도 못 느끼고 배가 고픈 것도 느끼지 못했었다.

고맙다는 인사를 남기고 뚝딱 한 그릇을 비우고 냉수사발을 들어 마시는데 그 물맛이 어찌나 좋던지 지금도 잊을 수가 없다. 그런 내 모습을 보던 스님은 밥상을 들고 일어서며 한 말씀 하셨다.

"저녁공양을 하셨으니 차 한 잔 하셔야지요."

내 대답은 듣지도 않고 나갔던 스님이 다기를 소반에 받쳐 들고 들어오셨다. 내 대답을 들어봐야 미안한 마음에 거절할 것이 빤하다고 생각하신 스님 스스로의 결정이었다.

내 앞에 있는 찻잔에 한 잔 따르더니 당신 앞에 있는 찻잔에도 한잔을 따랐다. 그리고 아무 말도 없이 차만 마셨다. 나 역시 할 말이 없어서 그냥 차만 마셨다.

찻잔이 비워지자 또 따랐다.

그리고 역시 아무 말 없이 차만 마셨다.

그렇게 세잔의 차를 마시고 나자 그제야 나는 내가 여기에 왜 왔는지 실감이 나며 나도 모르게 눈에서 눈물이 흘러내리는 것을 느낄 수 있었다.

그러나 나는 굳이 그 눈물을 닦고 싶지 않았다. 그냥 자연스럽게 흘러내리는 그대로 두고 싶었다. 마주 앉은 스님께 부끄럽지도 않았다. 덩치는 산만한 사내가 눈물이나 질질 짠다고 흉보면 어쩌나 하는 생각도 들지 않았다. 그냥 편하게 울고 싶었다. 그렇다고 통곡하는 것도 아니고 그냥 눈물만 흘리고 싶었다.

그렇게 눈물을 흘리는 나를 보던 스님은 조용히 손으로 염주를 굴릴 뿐 이렇다 할 말이 없었다.

모름지기 그렇게 한 시간 정도가 지났다. 이제 더 나올 눈물도 없고 더 속이 터질 것 같지도 않고 억울하거나 화가 나지도 않고 그저 마음이 덤덤했다. 그런 덤덤한 마음을 대신하기라도 하듯이 덤덤한 목소리로 내가 입을 열었다.

"스님. 이 모든 것이 자만에서 온 결과겠지요?"

"글쎄요? 소승 무어라 답을 드릴 수 없습니다만, 거사님께서 그렇다고 하시면 그런 것 아닐까요? 거사님께서 눈물을 흘리시는 동안, 거사님의 마음에서는 깨달음을 얻은 것 같아서 드리는 말씀입니다."

스님 역시 덤덤한 목소리로 대답했지만 그 덤덤함에는 무언가 표현할 수 없는 답답함과 측은함 역시 깊게 배어있다는 느낌이 들었다. 스님의 목소리에 측은함이 배어 있다는 것을 느끼는 동시에 내 입에서는 그 동안 가슴에 치밀어 오르던 울화와 함께 몇 날 몇 일을 되짚었던 말들이 쏟아져 나왔다.

"무엇보다 제가 자심감에 넘쳐 겸손하지 못하고 오만해서 하늘이 준 벌 같습니다. 또한 정치라는 것은 나를 좋아하는 사람도 중요하지만 나를 반대하는 사람도 잘 다스리고 안아주어야 하는데 그런 것을 알면서도 그런 사람들을 끌어안지 못한 것 역시 이번 패인이라고 생각합니다. 경선 때 나에게 등을 돌렸던 사람들도 모두 안았어야 하는데 그러지 못한 것이 너무 아쉽습니다. 마지막으로는 가까운 사람이라도 하루에 몇 번씩 마음이 변하는 것이 사람이고, 또 나에게 혹시 섭섭한 것이 있을지도 모르는데 가까운 사람이라고 해서 오히려 배려하지 못한 것 같아서 결국 낙선을 하지 않았나 하는 생각입니다."

"소승이야 속세의 물정은 잘 모르지만 소승이 듣기에는 이미 정답을 아시고 오셨습니다. 그리고 거사님께서 그리 속마음에 있는 모든 것을 말씀하시니 세속의 돌아가는 이치를 잘은 몰라도 귀 동냥 들은 것은 있는지라, 주제 넘는 소리 같지만 소승도 한 말씀 올릴까 합니다.소승이 듣기로는 속세에서는 남자는 자신을 믿고 자신의 능력을 알아주는 사람을 위해서 목숨을 바치고 여자는 자신을 사랑하는 사람을 위해서 목숨을 바친다고 합니다. 물론 부인이 계시니까 사랑하는 이를 위해서 목숨을 바칠 분은 계신 것이고, 요즈음에는 여인이나 남정네나 일하는 데에는 성별로 구분을 안 두죠. 결국 거사님과 함께 일하는 분이 여인이든 남정네든 거사님께서 그 사람을 얼마나 믿고 그 사람의 능력을 얼마나 인정해 주느냐가 거사님에 대한 충성심을 나타내는 지표가 된다는 것 아니겠습니까? 무릇 사람과 함께 할 때에는 믿음으로 함께 해야 그 여정이 아름답겠지요. 그리고 나를 도와주는 사람이라면 적어도 그 사람의 능력을 인정해 주는 정도는 되어야 충성심을 이끌어 낼 수 있는 것 아니겠습니까? 조금 전에 거사님께서 스스로 말씀하시지 않았습니까? 하루에도 몇 번씩 바뀌는 것이 사람의 마음이라고. 그건 거사님 역시 마찬가지실테니 그런 사람의 기본적인 의식구조를 아신다면, 그 사람들이 나에 대한 믿음을 가질 수 있도록 거사님께서 먼저 그 사람들을 믿음으로 대하셔야 한다는 말입니다. 그리고 그 믿음은 능력을 신뢰해 주는 데에서 출발하는 것이고요. 물론 능력뿐만 아니라 인간 됨됨이 역시 포함되는 거겠지요. 그러면 인간관계가 성립하는 것 아니겠습니까? 그리고 설령 그 사람이 나에 대해서 부정적인 입장에 섰던 사람이라고 하더라도 그 사람의 장점을 보고 그를 가까이 하기 위해서 노력한다면, 일단 그에 대한 불신을 걷어버리고 그 사람에 대한 믿음을 키워가면서 진심으로 대해준다면 그 사람 역시 나에게 마음을 열고 다가오지 않을까 하는 생각입니다. 물론 우리 불가에서 생각하는 인간관계와 알게 모르게 이권이 깃든 속세의 그것과는 차이가 나겠지만 말입니다.

이것은 비단 내가 알고 있는 사람에만 해당하는 것이 아니겠지요. 대

중 역시 마찬가집니다. 그 후보가 하는 말이 얼마나 정치적인 권모술수에 가까운 것인지, 아니면 그 후보의 말이 정말 진심이 담긴 것인지는 대중이 더 잘 안 답니다. 대중은 호흡으로 진위를 구분하는 겁니다. 가까운 사람은 그 사람의 모습을 본다면 대중은 그 사람이 내세운 공약에서 그 진위를 판단하고 함께 할지의 여부를 결정하는 거겠지요.

그런데 이미 그렇게 깊이 반성을 하셨으면 어느 정도 마무리가 된 것 같습니다 그려. 앞으로 남은 기간 동안에는 그 마음 변치 마시고 더 겸손해지고 진실 되도록 몸과 마음을 수행하시면 반드시 좋은 날을 맞으실 겁니다."

거기까지 말을 마친 스님은 내 대답도 듣지 않고, 아무 말 없이 소반을 들고 나갔다.

스님이 나가고 나자 내 마음에는 휑한 바람이 불었다. 봄이건만 갑자기 서늘한 기분이 들 정도로 휑한 바람이었다. 스님이 앉았던 자리가 비어서가 아니다. 갑자기 할머니와 어머니 생각이 나를 휘감았던 것이다.

이곳은 내가 고시공부를 하겠다고 입산했던 곳이다. 입산을 하던 그날 할머니는 장손의 성공을 기원하면서 헤어지는 그 순간 내 두 손을 꼭 쥐어주셨고, 어머니는 완행에서 직행버스로, 또 완행버스로 번갈아 타가며 함평에서 죽곡까지 와서 무려 6Km를 걸어서 태안사 입구에 도착한 후 다시 산길로 3Km를 걸어서 해가 지고 컴컴해지는 오후 5시경에야 겨우 도착했던 성기암까지 나와 함께 해 주셨다. 그것도 머리에는 나에게 필요한 무거운 짐을 이고 이곳까지 와 주셨던 것이다. 오로지 자식 하나 잘 되는 모습을 보시려고 일찍 혼자 되셨음에도 모든 것을 버리고 자식만을 바라보셨던 분이다. 그런 어머니께 나는 무엇을 보답해 해드렸는지 도대체 아무 것도 생각나는 게 없다.

일류 고등학교에 가기를 원하셨는데, 인류 대학교에 가기를 바라셨는데, 사법고시에 합격하기를 바라셨는데 그 어느 것도 이루어드린 것이 없다. 다만 지난 민선4기 구청장에 당선되고 구정을 바르게 이끌어 간다고 여러 번 수상을 하면서 4년이라는 기간 동안 고향에 잠시 방문할 때 상봉의 기쁨을 드렸을 뿐, 그 이후 두 번의 국회의원 낙선으로 가슴에 또 다른 상처만 안겨드렸다. 그런 어머니의 모습이 머릿속에 떠오르며 휑한 내 가슴을 감싸고 있었다.

나도 모르게 다시 눈물이 흘렀다.

흐르는 눈물 안에서 어머니의 모습은 할머니의 모습과 오버랩 되어 보이다가 그 모습은 나를 진심으로 사랑하고 아껴주던 우리 가족들의 모습으로 변하는가 싶더니 이내 나를 좋아하며 내 주위에서 머물러 적극적으로 도아 주시던 당원들과 친구, 후배들의 모습이 한 사람씩 떠오르더니, 차츰 나를 부정적으로 이야기하고 나를 거스르던 소위 안티라고 하던 사람들의 얼굴로 변하고 있었다. 그러나 그들 모두 한결같이 미소를 띠고 있기에 나 역시 웃음으로 화답해 주고 있었다.

눈을 떠 보니 아침이었다.

어젯밤 어머님을 생각하며 눈물을 흘리다가 잠이 들어, 잠결에 꿈길에서 내 마음 속에 있었던 모든 이들이 엉켜서 나타나 그들을 만났던 모양이다. 그들이 바로 내 마음이었던 것이다. 내 마음의 모든 곳에는 이미 그들이 들어 앉아 있었던 것이다.

나는 얼른 자리를 박차고 일어섰다.

'여기서 머뭇거려서 될 일이 아니다.

내가 있어야 할 곳은 나와 얼굴을 맞대고 부대끼며 살던 내 이웃들이 있는 광진(갑)이다.

어제 밤에 꿈인지 아니면 무의식중에 떠오른 얼굴들이었는지 정확한 사항은 모르겠지만, 동영상처럼 떠올라 이어졌던 얼굴들이 바로 내가 함께 해야 할 분들이다.'

마음을 굳히고 방문을 열고 나서자 암자 앞마당에 어제 그 스님께서서 계시다가 나를 보시며 입을 열었다.

"기침을 하셨군요. 이제 아침 공양을 하셔야지요."

"아닙니다, 스님. 이제 그만 가보겠습니다.

불쑥 찾아온 저를 반갑게 맞아 주셔서 속이 후련하도록 많은 것을 얻었습니다. 그게 무어냐고 물으시면 설명할 수는 없지만 머릿속에 확실히 남았습니다. 그리고 그 모든 것을 한마디로 정리해서 말씀드리자면, 제가 있을 곳은 여기가 아니라 제 지역구인 광진(갑)이라는 사실은 분명하다는 것입니다. 서둘러 가보겠습니다."

"정말 깨달음을 얻으신 것 같습니다, 그려. 하지만 속세의 유명한 속담이 있지 않습니까? 금강산도 식후경이라고. 그러니 아침 공양은 하셔야지요."

스님의 간곡하신 말씀에 아침을 먹고 성기암을 출발했다. 출발하기에 앞서 시주하는 것이라고 생각하고 받아 달라는 내 작은 성의를 스님께서는 끝내 거절하며 한 말씀 하셨다.

"그렇게 감사를 표시하고 싶으시면 그 마음을 담아 아꼈다가 훗날 국회의원에 당선되신 후 대중에게 올바른 정치를 펴는 것으로 갚아 주십시오. 소승도 당선을 기원하겠습니다."

스님을 뒤로하고 태안사 산길을 내려와 몇 시간 운전을 하여 내 고향에 있으면서도 지금은 비어있는 고향집에 들려서 한 번 돌아보았다. 아무도 기거할 사람이 없어서 살고 있지는 않기에 휑한 바람소리만 들리는 집이지만, 그래도 할아버지와 아버지는 물론 할머니와 어머니께서 항상 나를 지켜주시며 나를 아껴주시던 그 푸근함은 그대로 남아 있는 것 같았다.

잠시 고향집을 돌아본 나는 할아버지께서 살아계실 때 항상 성묘를 하

6대조부모 성묘를 마치고

당원단합대회 행사

던 그대로 6대조에서 시작해서 아버지까지 모두 성묘를 하기 위해서였다. 지금의 내가 있는 것이, 그리고 이렇게 스님과 대화를 나누고 주민들 곁을 향해 갈 수 있는 이 모든 것이 조상님들이 계시기에 가능했던 일들이니 이것이 바로 그분들의 은덕이라는 생각이 들었다.

나는 그 마음을 담아, 미리 준비하지 못한 관계로, 비록 막걸리만 올리는 정도의 소박한 차림이었지만 정성스럽게 조상님들께 성묘를 드리고 서울로 향했다.

20대 국회의원 선거에서 낙선한 이후의 3년이라는 세월은 정말이지 나에게는 각고의 시절이자 나를 달구는 시절이었다.

무엇보다 나를 힘들게 했던 것은 내 주변 이웃들의 시선이었다. 내가 그

당원단합대회(원유철 국회의원과 함께)

들에게 안겨준 실망으로 인해서 행여 그들의 눈초리가 따가운 것은 아닌가 하는 것이었다. 물론 힘든 가운데에는 나 스스로의 자책감이 있었던 것은 사실이다. 국회의원 선거 두 번을 낙선한 나 스스로 그들에게 미안한 마음과 내 스스로 무엇인가 노력을 덜했던 것이 아닌가 하는 마음을 지울 수 없었던 것이다. 모르면 몰라도 실제 그런 상황에 닥치면 누구라도 그럴 것이다. 가장 믿었던 이웃은 물론 가족과 심지어는 아내까지 선거 이야기만 나오면 원망의 투로 이야기하게 되고 그런 그들의 모습을 보면 서운하기조차 했다. 내가 낙선했기에 벌어지는 일이라는 것을 알기에 어쩔 수 없이 생기는 현상으로 참아나가는 수밖에 없었다. 물론 세월이 흐르면서 차츰 그 도가 희석되기는 했지만, 처음에는 정말이지 너무 힘들었다.

다음으로 힘든 것은 두 번의 당무감사로 지역당협위원장을 교체할 때였다. 전국적으로 보자면 두 번에 걸쳐서 약 140여 명의 당협위원장이 교체되었다.

그 중에서 2차 당협위원장 교체시 우리 광진(갑)은 10여개의 지역구와 같이 현 당협위원장이 재공모가 가능하다고 공고 된 후 바로 우리 옆 지역구에서 당협위원장을 하다가 탈락한 분이 우리 지역구로 옮겨서 공모했다는 소문도 들었지만 나는 크게 흔들리지 않았다. 그동안 최선의 노력을 했다. 원외위원장으로 당 조직과 사무실을 잘 운영하기 위해서 노력했고 또 실제로 그렇게 해 왔기에 걱정은 되지 않았다. 하지만 나 역시 사람인데 신경이 쓰이는 것은 당연했다. 그러나 결국 조강특위 위원님들이 심사에서 전원이 나를 적임자로 뽑았다는 소식을 접했다. 그 소식을 들으면서 나는 더욱 노력해서 당과 국민들의 기대에 부응하겠다고 결심했다.

그 뿐만이 아니다.

박근혜 전 대통령의 탄핵이후 당 지지율은 한 자리 숫자로 떨어지고 당원들마저 당원이라는 사실이 부끄럽다고 내 앞에서 이야기할 때는 정말 하늘이 무너진다는 것이 이런 것이구나 하는 마음이 들 정도로 착잡하고 힘들었다. 그러나 이어진 대통령선거에서 나는 당원들에게 용기를 내자고 격려하면서 누구보다 앞장서서 선거운동에 열과 성을 다 바쳤다. 내 선거를 치를 때와 다름없이 아침 일찍부터 선거운동에 돌입하여 저녁 늦게까지 혼신의 힘을 다했다. 마이크를 잡고 선거유세에 너무나도 열심히 한 덕분에 여간해서 잠기지 않는 내 목이 잠긴적도 있었다. 하지만 그런 나와 당원들의 노력에도 불구하고 그 결과는 패배였고, 그 때의 아픔은 내 선거에서 낙선할 때만큼이나 컸다. 어떤 사람들은 어차피 빤한 결과가 아니겠냐고 말할 수 있을지 몰라도 최선을 다해 노력한 당원들과 나는 허탈하기조차 했다.

그리고 이어진 지방선거에서의 뼈아픈 일은 정말로 말할 수 없는 아픔이었다. 전국적인 패배이니 당연하다고 할 수 있을지도 모른다. 그러나 선거를 치러본 사람은 내 마음을 이해할 것이다. 최선을 다해서 구청장과 시의원, 구의원 후보들의 지원유세를 하고 그들과 같이 골목과 시장을 누비며 인사를 하며 지역발전을 약속했었다. 이른 새벽부터 밤늦도록 후보들과 함께 선거운동을 하며 어떻게든 우리들의 진심을 국민들에게 알리려고 노력했었다. 그러나 그 결과는 솔직히 참담할 정도였다. 정말 마음이 아프고 암담하기조차 했다. 그런데 한 술 더 떠서, 나의 열정적인 지원에도 불구하고 어떤 후보는 내가 자신을 도와주지 않았다는 소리까지 해서 내 귀에 들어왔을 때, 이런 것이 정치세계의 냉혹한 현실이라는 것인지를 다시 한 번 생각해 볼 정도로 마음이 아팠다.

게다가 개인적인 아픔까지 더했다.

2018년 7월 8일 장모님께서 세상을 떠나시더니, 한 달 후인 8월 7일에는 어머님께서 세상을 떠나시고 말았다.

이 자식하나 잘되라고 고시공부 하러 갈 때는 먼 길 마다않고 동행해 주시고, 미처 꿈을 이루지 못하고 군 입대를 위해서 하산할 때 역시 그 험한 산길을 동행해 주시던 어머님이다. 32살 꽃다운 나이에 아버님께서 돌아가신 후 나와 동생 뒷바라지 하시며 자식만 보고 살아오신 분이다. 그 어머니께 당선이라는 선물을 안겨드리지 못하고 낙선의 비보를 두 번이나 안겨드린 것이 어머님께서 돌아가시게 만든 원인 같아서 나 스스로 너무 큰 죄책감에 울고 또 울었다. 아무리 울어도 가시지 않는 죄책감에 가슴이 터질 것만 같았다.

그런데 아픔은 거기서 끝이 나지를 않았다. 2019년 1월에는 내가 중학교 시절 광주로 유학하여 머무르며 집처럼 편안하게 공부할 수 있도록 해주셨던 숙부님께서 세상을 떠나신 것이다. 비록 친 아들은 아니고 조카라지만 내가 성공하여 우뚝 서기를 그리도 학수고대하시던 숙부님이시다. 나 역시 숙부님을 존경했지만, 내가 그분을 존경하던 그 몇 배로 내가 성공하기를 고대하며 나를 보살펴 주시던 숙부님이시다.

오세훈 전 서울시장과 중국화산에서

세분을 보내드린 나는 정말 너무나도 힘이 들었다. 그것도 얼마 시간의 차이를 두지 않고 일어난 일이다 보니 차라리 충격이라는 말이 더 적당한 표현일 것이다.

그런 아픔을 안고 있던 2019년 초에, 오세훈 전 서울시장이 광진(을) 당협위원장으로 임명을 받아서 왔다. 내가 광진구청장 시절 서울시장이었으니 이미 서로 존경하며 신뢰가 깊은 사이였다. 우리는 광진(갑)(을)이 함께 힘을 합쳐 노력해서 반드시 당선되자고 약속한 후, 그 첫 번째 실천사항으로 야외 당원모집에 나서기로 했다.

5월부터 시작한 야외 당원모집은 6월이 되자 날씨가 더워지기 시작했고 그 때부터 힘들어지기 시작했다. 7월과 8월에는 땀으로 범벅되기 일쑤였고, 햇빛이 강한 폭염수준의 날씨에는 갈증이 심해져서 하루에 7~8리터의 물을 마신 날도 있다. 하지만 비가 오는 날을 제외하고는 쉬지 않고 거리로 나섰다. 야외 당원모집의 첫 번째 목적은 두말할 것 없이 당원을 증가시켜 당의 힘을 키우자는 것이다. 그러나 그에 못지않게 중요한 것은 야외 당원모집 과정에서 입당원서를 쓰시면서 하시는 말씀들이 바로 민의였다. 처음 하루 이틀은 입당원서를 쓰시는 그 자체가 고마웠지만 사흘이 지나고 나흘이 지나자 입당원서 못지않게 고마운 것이 바로 그 말씀들이었다. 그것을 수렴하는 것이 당원을 증강시키는 것 못지않게 중요한 것임을 깨달을 수 있었다.

그 후로 나는 입당원서를 쓰시면서 하시는 말씀들을 놓치지 않고 듣고 필요한 것은 바로 메모를 했다. 저게 바로 국민의 소리라는 것을 누구보다 잘 알기 때문이다. 내가 당선이 되면 바로 저분들이 내게 들려주신 저

서울시민체육대축전장에서 광진구민과 함께

말씀을 바탕으로 일을 하겠다고 다짐했다. 그분들은 진심으로 마음 깊이에서 우러나오는 말씀을 나에게 들려주시는 것이니 그것이 바로 진실이요, 국민 중 한사람이자 우리 광진(갑)주민이신 그분들이 원하는 것이 무엇인지 그 진실을 알았다면 실천하는 정치인이 되어야 하는 것은 당연하기 때문이다. 해가 저물면 자리에 앉아 이렇게 글을 쓰고 있지만 나는 내일도 변함없이 야외 당원모집에 나설 것이다.

이렇게 이야기를 하다 보니, 내가 낙선을 하고 가슴 아프게 지냈던 시절들은 바로 이런 날들을 겪은 뒤 당선되어, 겸손하게 섬기는 자세로 늘

초심에 머물며 정직과 진실을 가지고 정의를 실천하며 애민정신을 갖고 정치를 하라고 하느님께서 내려주신 큰 복이라는 생각마저 든다. 야외 당원모집 중에 주민들께서 내게 안겨주신 그 진실된 말씀들은 향후 내 정치생활의 아주 크고 귀중한 양식이 된 것이다.

# 7

# 자랑스런 대한민국병역명문가회
# 중앙회장 5년

이미 앞에서 병역명문가에 대한 소개를 했으나 2019년 9월 30일과 10월 1일에 걸쳐서 뉴스핌에서 병역명문가회를 소개하며 회장인 나와 인터뷰한 기사가 있어서 지면을 통해서 소개하고자 한다.

## "병역명문가의 명예 높이겠다"
## 대한민국병역명문가회의 당찬 포부

[서울=뉴스핌] 하수영 기자 = 병역명문가. '3대가 성실히 현역 만기 복무를 마친 가문으로 병무청으로부터 인정을 받은 가문'이란 의미다. 병무청이 공정한 병역의무 이행의 가치를 높이고 이를 널리 알리고자 만든 제도로, 병무청은 이들에게 다양한 혜택을 제공하고 있다.

하지만 아직은 많은 사람들에게 생소한 제도다. '병역명문가'하면 당장 의미를 떠올리는 사람이 많지 않다. 스스로가 병역명문가임에도, 이를 모르고 있어 병무청에 신청을 하지 않은 경우도 태반이다.

이러한 현실에 주목, 병역명문가 제도를 널리 알리고 병역명문가의 명예를 높이고자 2011년 탄생한 단체가 바로 사단법인 '대한민국병역명문가회'(이하 병역명문가회)다.

지난 2017년 정송학 대한민국병역명문가회 중앙회장(사진 왼쪽)이
기찬수 병무청장을 예방 [사진=대한민국병역명문가회]

## 병역명문가 제도 홍보부터 사회봉사활동까지,
## '병역명문가' 알리기에 구슬땀

정송학 중앙회장 "병역명문가 복지 향상 위해 다방면 노력할 것"

병역명분가의 정확한 의미는 '3대(조부, 부, 백부(큰아버지), 숙부(작은아버지), 형제, 사촌형제 등)가 모두 현역복무 등을 성실히 마친 가문'이다.

여기서 '현역복무 등을 성실히 마쳐야 한다'라는 것은 가족 모두가 징집 또는 지원에 의하여 장교, 준(부)사관 및 병으로 입영하여 소정의 복무를 마쳤거나 국민방위군, 학도의용군 등 군인이 아닌 신분으로 6·25전쟁에 참전한 경우를 말한다.

병무청은 지난 2004년부터 '병역명문가 선양사업'을 추진하고 있다. '나라를 희생과 헌신으로 지켜 온 이들에 대해 존경과 감사를 표시하자'는 취지에서다. 꾸준한 사업 추진의 결과로, 현재 전국 5378 가문, 2만 7154명(2019년 5월 기준)이 병역명문가문으로 선정된 상태다.

병역명문가회는 이렇게 병무청으로부터 병역명문가로 인정받은 이들을 회원으로 하는 단체다. 중앙회를 포함해 전국에 14개 지역본부를, 시·군 지역에 지부 및 지회 사무실을 뒀다. 지역 본부는 각 지방병무청 관할 아래 있다. 현재 회원은 총 2,800여 명이다.

병역명문가회는 병역명문가 제도를 알리고 병역명문가 회원의 명예 제고를 위해 병무청의 선양 사업 지원은 물론 병역명문가 제도 홍보, 병역 이행 관련 정책 대안 연구, 병역명문가 회원의 복지 정책 연구 및 토론회 개최, 사회봉사활동까지 다양한 활동을 하고 있다. 병무청과 함께 '병역명문가 문패달기 행사'도 진행했다.

특히 2017년 3월에는 기획재정부로부터 법정기부금단체로 지정되면서 탄탄한 활동 기반까지 마련했다. 병역명문가회는 "기부금 제도를 통해 재정적 자립의 토대를 마련했다"며 "기부금은 법에 의해 소득공제 혜택을 받을 수 있으니 병역명문가회를 위해 잘 활용해 주시길 부탁드린다"고 밝혔다.

병역명문가회는 이를 통해 병역명문가, 특히 회원들의 복지서비스 향상에 힘쓰고 있다.

현재 병무청으로부터 병역명문가로 인정을 받으면 병무청과 협약을 맺

지난해 7월 정송학 대한민국병역명문가회 중앙회장(사진 가운데)이 최문순 강원도지사(사진 왼쪽 네 번째)와 함께 '병역명문가 명패 달기 행사'에 참여하고 있다. [사진=대한민국병역명문가회]

은 900여곳의 국·공립 및 민간시설 이용 시 감면·우대, 국군복지재단이나 군에서 운영하는 휴양시설 및 군 마트, 군 복지회관 등 이용 등의 혜택을 받을 수 있고 106개 지방자치단체에서도 '병역명문가 예우에 관한 조례'를 지정, 각종 시설 이용 시 면제·할인 혜택을 받을 수 있다. 하지만 이보다 더 다양한 복지혜택을 제공받을 수 있게 하는 등 병역명문가의 권익을 향상시키겠다는 게 병역명문가회의 야심찬 목표다.

정송학 병역명문가회 중앙회장은 "현재 '대한민국병역명문가 예우 및 지원에 관한 법률'이 국회에 계류 중"이라며 "법이 제정되면 병역명문가 회원여러분에게 보다 나은 다양한 복지 혜택이 주어질 것으로 기대되는 바, 병역명문가회 중앙회에서는 빠른 시일 내에 법이 제정될 수 있도록 국회의원님들과 면담 등 다방면으로 노력하고 있다"고 강조했다.

# 정송학 회장 "병역명문가 예우·지원법 제정해야"

[서울=뉴스핌] 노민호 허고운 기자 = "성스러운 병역의무를 위해 국가에 젊음을 바친 3대(代)를 기리는 '병역명문가'의 복지혜택·제도시행을 위한 법제정이 시급하다."

서울 광진구의 사무실에서 만난 정송학 대한민국병역명문가회 중앙회장은 '병역명문가 지원 및 예우에 관한 법률안' 통과가 단체의 우선 목표라고 거듭 강조했다. 3대가 현역복무를 모두 마친 가문을 지난 2004년부터 '병역명문가'로 선정하고 있으나 이들에 대한 예우는 여전히 부족하다는 설명이다.

현재까지 5378가문, 2만 7154명의 병역명문가가 공식 선정됐다. 이들은 병역명문가 패와 증서를 받고 병무청 홈페이지에 기록되며, 900여곳의 국공립 민간시설 이용시 감면이나 우대 혜택을 받는다. 그러나 이를 큰 혜택이라고 보기는 어렵다. 병역명문가 자체를 모르는 국민도 많아 관련 홍보도 시급한 상황이다.

정 회장은 "112개 자치단체에서 조례로 병역명문가 예우 및 지원이 있지만 너무나 부족하다"며 "2015년 회장을 맡았는데 관련 법 제정이 안돼서 정부로부터 지원을 받지 못하고 대부분의 비용을 사비로 충당하고 있다"고 말했다.

병역명문가회는 병무청으로부터 병역명문가 인정을 받은 사람만을 회원으로 하는 곳인 만큼 정 회장은 물론 그의 아버지, 아들도 병역 의무를 마쳤다. 정 회장의 아버지 고(故) 정병후 씨는 일제시대 징용됐다 해방 후 귀국했고 6·25가 터지자 자진해서 군에 입대해 지역 방위에 힘썼다.

전쟁이 끝난 후에도 지역사회 일꾼으로 봉사한 아버지를 회상하는 정 회장은 "모두 아버지 덕분"이라며 눈물을 글썽였다.

9살 때 돌아가신 아버지(당시 32살)가 훗날 병역명문가가 될 수 있게 해줘, 고마움과 자부심으로 누구보다 열심히 살아온 그다. 정 회장의 어머니도 32살 젊은 나이에 혼자가 됐지만, 자식 뒷바라지에 평생을 바치셨다고 한다. 부모님을 생각하면 뒤를 돌아 볼 겨를이 없었던 것이다.

[서울=뉴스핌] 윤창빈 기자. 정송학 대한민국병역명문가회 중앙회장

정 회장은 입대 전 전남 곡성 태안사에서 사법고시를 준비했다. 영장을 받은 후 연기신청을 냈지만 업무처리 과정 오류로 사법고시 3개월 전 눈물을 머금고 군에 입대했다. 정 회장은 "다소 억울한 면도 있었지만 국방의 의무를 다했다"며 당시를 회상했다.

정 회장은 제대 후 가정을 책임지기 위해 한 외국계 기업에 입사했고 28년을 근무했다. 부지런한 그는 CEO까지 역임했다. 이후에도 구청장, 한국자산관리공사 감사, 대학 교수 등 늘 도전하는 자세로 이색 이력을 쌓았다.

정 회장은 "돈도 없고 백도 없는데 여러 일을 했다"고 자평하며 "그런 경험 때문에 심부름을 잘할 것 같아서 산적한 문제들을 해결하라는 뜻에서 나를 중앙회장으로 추대한 것 같다"고 말했다.

정 회장은 지금도 사회 전반에 남아있는 병역기피 풍조에 대해 "우리는 굳건한 안보태세를 갖춰야 하고 청년들이 스스로 국방의 의무를 다하는 풍토를 조성해야 한다"며 "고위 공직자, 사회 지도층은 병역을 이수한 사람만 권한과 명예를 가질 수 있도록 하는 사회 공감대가 형성돼야 한다"고 밝혔다.

그는 "군 복무기간이 과거보다 많이 단축됐다고 해도 한참 젊은 나이에 통제된 군생활을 마치면 국가에서 보상과 혜택을 줘야 한다"면서도 "군 복무기간은 허송세월을 낭비하는 게 아닌 국가에 대한 충성심, 인내, 공동체 정신, 리더십을 익히는 시간"이라고 강조했다.

다음은 정송학 중앙회장과의 인터뷰 전문이다

－ 먼저 병역명문가회에 대한 간략한 소개를 부탁한다.

● 대한민국병역명문가회는 2012년 10월 30일 병무청으로부터 설립 인가를 받은 지 7년이 지난 단체다. 3대가 현역복무를 모두 마친 가문을 병무청이 심사 후 선정한 병역명문가만 회원으로 한다. 2004년 처음 선정을 시작한 이후 현재까지 병역명문가는 총 5378가문의 2만7154명이 선정됐다. 병역명문가회는 병무청의 선양사업 지원과 함께 회원 복지정책을 연구하고, 정의로운 병역의무 이행을 명예롭고 자랑스러운 가치로 변화시키는 역할을 주된 목적으로 하고 있다.

－ 병역명문가로 선정되면 어떤 혜택이 있나.

● 병역명문가 문패와 증서가 수여되고 병역명문가증을 교부한다. 병무청 홈페이지 '명예의 전당'에 가문의 병역이행 사항도 영구히 게시한다. 병무청과 협약된 900여곳의 국공립·민간시설 이용시 감면이나 우대 혜택을 제공하며 국방부가 운영하는 군부대 체력단련장, 콘도, PX에서 20년 이상 복무한 군인들과 동일한 이용권을 얻는다.

－ 그럼에도 병역명문가에 대한 혜택이 아직은 부족하다는 의견이 우세하다.

● 112개 자치단체 조례로 병역명문가 예우 및 지원이 있지만 너무나 부족하다. 2017년에 홍철호 국회의원이 병역명문가 지원 및 예우에 관한 법률안을 대표 발의해 국회에 제출했고 국방위원회 법안 소위에 계류 중

이다. 홍 의원은 우리 단체의 고문이다. 병역명문가회는 법률안의 조속한 심의와 통과를 목표로 관련기관과 협력하며 노력하고 있다.

－ 병역명문가회 중앙회장을 2015년부터 해온 소감은 어떤가.

● 2012년도에 사단법인 설립 이래 경남 창원에 있던 중앙회 사무실을 내가 회장을 맡으면서 서울로 이전했다. 사무실도 있어야 하고 사무국장도 필요한데 5년째 대부분 사비로 충당하고 있다. 올해 국회에서 사업비로 6000만 원의 예산을 확보했다. 이외에는 병역명문가 예우 및 지원에 관한 법 제정이 안돼서 우린 정부로부터 지원을 못 받는다. 성스로운 병역의무 이행으로 국가에 젊음을 바친 3대(代) 병역명문가에 대한 복지혜택·제도 시행을 늘리기 위한 관련 법 제정이 시급하다는 얘기다.

－ 대부분 사비로 운영하면 힘들텐데 기부금은 많이 들어오지 않나.

● 2017년 3월에 기획재정부로부터 법정기부금 단체로 지정됐다. 후원이 많이 올 것이라 기대했는데 하필 미르·케이스포츠 재단이 시끄러워지면서 잘 들어오지 않았다. 기부금이 들어오면 병역명문가와 관련된 광고도 내고 국민들에게 알리고 싶은데 아쉽다. 사실 병역명문가 회원 중에도 부자가 많이 없다. 내가 더 많이 부담하고 임원들도 조금씩 내는 식으로 운영하고 있다.

－ 병역명문가는 어떤 분들이 제일 많나.

● 매년 병역명문가 중 대통령 표창과 국무총리·국방부 장관·병무청장

표창을 준다. 상을 받은 분들을 보면 1대가 6·25 참전, 2대가 월남 파병한 경우가 많고, 복무 기간이 긴 분이 우선 표창 받는 것 같다. 특수한 경우는 광복군에서 복무하신 분, 군인은 아니지만 6·25 때 기관사로서 많은 국민을 살리고 수송한 분이 있다. 병무청에서 규정을 바꿔 2대, 3대 중 군 의무복무를 마친 여성이 있는 경우 병역명문가로 인정한다.

- 유명인 중 병역명문가인 분이 있나.

● 사실 과거 암울한 시대에는 꼭 그런 것은 아니지만 권력이 있고 돈이 있는 사람들은 군대에 많이 가지 않아서 병역명문가도 많지 않다. 그래도 병역명문가를 선정하고 보니 유명인이 있는데 대표적으로 유남석 헌법재판소장, 최문순 강원도지사가 있다.

- 중앙회장님 본인도 당연히 병역명문가겠다.

● 2012년도에 선정됐다. 우리 아버지, 나, 자식들 모두 병역을 마쳤다. 숙부님도 명문가다. 한 할아버지 밑에 두 가문이 병역명문가가 된 경우는 아직 찾아보지 못했다. 아버지 덕분인데 매우 자랑스럽다.

- 아버님 얘기를 듣고 싶다.

● 부친께서는 일제시대에 징병을 갔는데 그때 동기가 유명한 백인엽 장군이었다. 일본에서 같이 생활을 했다. 아버지는 해방 이후 살아오셔서 함평에서 대한청년단이라는 우익단체 간부를 했다고 한다. 그러다가 6·25가 발발했고 아버지는 백인엽 장군이 사령관으로 있는 부대에 자

발적으로 들어갔다. 일제시대 군대를 나왔기에 가지 않아도 됐지만 방위군사령부 산하 영광·함평 지부의 초대장을 하면서 지리산을 방어했다고 한다. 북한군과 좌익단체를 막았다. 전쟁 이후에는 고향에서 여러 가지 활동을 했다.

– 나라를 위해 누구보다 열심히 산 아버지다. 존경할 만하다.

● 아버지는 내가 9살 때, 35살의 나이로 돌아가셨다. 전쟁 이후엔 지역 의용소방대장도 했고 지역농협도 만들었고 사업도 했는데 하루아침에 불의의 사고로 돌아가셨다. 훗날 아버지 휘하에서 중대장을 하던 분을 만났는데 아버지 이야기를 하시더라. 정말 용감하고 훌륭한 분이었다고. 좌익들이 습격할 때마다 아버지가 등장하면 '정병우다, 우리끼리힘 모아야 한다'고 사람들은 말했고 함께 좌익들을 물리쳤다고 한다. 동네 어르신이 '자네 아버지는 큰일 하셨으니 공을 찾아보라'고 해서 병무청에 신청을 했고 유공자로 인정받았다. 아버지 덕분에 병역명문가가 됐다. 우리 어머니도 젊은 나이에 남편을 잃었으나 효부열녀상 국무총리상까지 받은 분이다.

– 중앙회장님 본인도 독특한 이력의 소유자다. 직장인으로 시작해 구청장, 교수도 했다.

● 1978년 글로벌기업에 사원으로 입사해 28년을 근무하며 10단계를 승진해 CEO까지 했다. 이후 광진구청장으로 선출됐고 한국자산관리공사 감사, 한양대 공공정책대학원 특임교수도 했다. 향우회 일도 봤고 동

창회도 맡았다. 이런 사람 드물지. 돈도 없고 백도 없는데 여러 일을 했다. 그런 경험 때문에 심부름을 잘 할 것 같아서, 산적한 문제들을 해결하라는 뜻에서 병역명문가회 임원들이 나를 중앙회장으로 추대한 것 같다.

- 원래 꿈은 무엇이었나.

• 사법고시 공부를 했는데 시험 3개월을 앞두고 군대를 가게 됐다. 3개월만 연기해주라고 했는데 해주지 않아서 눈물을 머금고 갔다. 전역 이후 곧장 결혼을 하고 신혼여행도 가지 않고 고시공부를 시작하려고 했다. 부인은 고향에 가고 나는 절로 공부하러 가려고 했다. 그런데 할머니, 어머니에 이어 부인까지 농사짓게 할 수 없다는 생각이 들었다. 그래서 당시 최고의 직장 1순위가 외국계기업이었는데 미련이 있었지만 그곳에 들어가게 됐다. 내 꿈은 공직이었기 때문에 이후 구청장을 했고 법대를 나왔으니 법률학 석·박사를 받았다. 명예행정학 박사학위도 받았다.

- 그런데 군대는 다들 가고싶지 않은 곳이라고 생각하는 사람이 많다.

• 아직도 일부 고위직이나 부유층의 자식이 병역의무를 기피하는 사례가 적발되고 있다. 그러나 세계에서 유일한 분단국가이고 더구나 북한의 핵개발 및 미사일 도발로 긴장된 현시점에서 우리는 더욱 굳건한 안보태세를 갖춰야 하고 젊은 청년들이 스스로 국방의 의무를 다하는 풍토를 조성해야 한다. 사회지도층이 솔선수범하는 분위기가 필요하다.

- 그래도 군대를 다녀와도 큰 혜택이 없는 게 현실이다.

● 군복무기간이 과거보다 많이 단축됐다고 해도 한참 젊은 나이에 통제된 군생활을 마치면 국가에서 보상과 혜택을 줘야 한다고 생각한다. 예를 들어 취업시 가산점도 있다. 고위공직자, 지도층은 병역을 이수한 사람만 권한과 명예를 가질 수 있도록 하는 사회 공감대도 형성돼야 한다.

- 지난해 헌법재판소가 인정한 '양심적 병역거부'에 대한 생각을 듣고 싶다.

● 개인 양심의 자유도 중요하고 종교적 이유로 병역 거부를 하는 것에 대해서도 시대의 흐름에 따라 인정해야 한다. 그런데 판단 기준이 명확해야 한다. 국민 모두의 공감대가 형성된 후 대체복무 제도가 실시돼야 한다. 현역 복무기간의 2배 이상의 근무기간을 정해 교도소나 사회복지시설 등 어렵고 힘든 곳에서 대체복무를 해야 한다고 생각한다. 군 복무기간은 허송세월을 낭비하는 게 아닌 국가에 대한 충성심, 인내, 공동체정신, 리더십을 익히는 시간이다.

---

**정송학 중앙회장 프로필**

1953년생, 조선대 법학학사, 한양대 대학원 법학 석사, 세종대 행정학 명예박사,
한양대 대학원 법학 박사
전 한국후지제록스 상무이사, 전 후지제록스호남 대표이사 사장,
전 서울특별시 광진구 구청장, 전 한국자산관리공사 상임감사,
현 한양대 공공정책대학원 특임교수, 현 대한민국병역명문가회 중앙회장

# 8

# 자유한국당 광진(갑) 당협위원장 활동 및 봉사

앞에서 많은 활동들을 글로 소개하느라고 준비된 사진들을 미처 올리지 못하고 누락시킨 것들이 있다. 굳이 글의 흐름을 끊어가면서까지 사진을 소개하지 못한 까닭이다. 나와 함께 활동하며 나를 사랑해주시는 모든 분들을 기억하며 준비되었던 사진들 중에서 대표적인 사진 몇 컷을 소개하고자 한다.

## 1. 자유한국당 국가정상화 특별위원회 위원

자유 대한민국의 굳건한 안보와 시장경제 활성화를 위해 자유한국당 국가정상화 특별위원회 위원으로 임명받아 일하고 있다.

자유한국당 국가정상화
특별위원회 위원 임명장
수여식에서
황교안 대표와 함께

## 2. 전국소년소녀가장돕기 시민연합회 중앙회 공동대표회장

전국소년소녀가장돕기 시민연합중앙회 공동대표회장으로 소년소녀 가장들의 어렵고 힘든 생활에 조그만 보탬이라도 되어주기 위해서 열심히 노력하고 있다.

전국소년소녀가장돕기
시민연합회 회장으로서
2019년 창남대 행사에서
소년소녀 가장들에게 특강

## 3. 자유한국당 중앙위 산업통상분과위원장

전문경영인 출신의 경험을 바탕으로 자유한국당 중앙위 산업통상분과위원장에 임명받아 열심히 일하고 있다.

자유한국당 3기 중앙위원회 출범식장에서
산업통상분과 위원장 임명장 수여를 받고
황교안 대표와 함께

## 4. 기재부 예산성과 심사위원회 심의위원

기획재정부의 공무원 예산성과금 심의위원회 심의위원으로 엄격한 심사를 거쳐서 예산을 잘 운용한 공무원들에게 성과금을 주는 일을 하고 있다.

기재부 예산성과 심사위원회
민간위원 위촉장

## 5. 한양대학교 공공정책대학원 특임교수 9년

9년 동안 한양대학교 공공정책대학원 특임교수를 맡아 "지방자치론", "지방자치 단체장의 리더쉽", '지방선거 제도론', 최고경영자(CEO)론" 등의 과목을 통해 실제 현장에서 체험했던 나의 경험들을 이론과 융합하여 후학들과 함께 공유하고 있다.

한양대학교 공공정책대학원
특임교수로서 세종대 특강 자료

## 6. 중곡동 종합의료행정타운 공사현장

민선4기 구청장시절 국립서울병원 이전사업을 해결하고자 2010년 보건복지부와 당시 국회의원이던 권택기의원과 구청장인 나 정송학 등 3차 업무협약을 맺었고 1단계 사업인 국립정신건강센터가 2016년 2월 준공되었다. 2단계 사업인 종합의료행정타운은 2011년 6월 보건복지부와 한국자산관리공사(캠코)가 MOU를 체결하였고, 내가 캠코 상임감사시절 보건복지부, KDI 등 관련부처를 방문하고 상의하여 2015년 내부적인 결제를 함으로써, 2015년 12월 23일 조성사업비 1,681억 원을 기획재정부로부터 최종 승인 받았으며, 공사는 아직도 진행 중이다. 우리 광진구민을 위해서는 꼭 필요한 사업이기에 지금도 애정을 가지고 2019년 10월 공사현장을 방문해서 공사현장소장을 만나 사업현황에 대해 심도 있게 토의했다.

2019년 10월
중곡동 종합의료행정타운 공사장에서
현장 소장과 함께

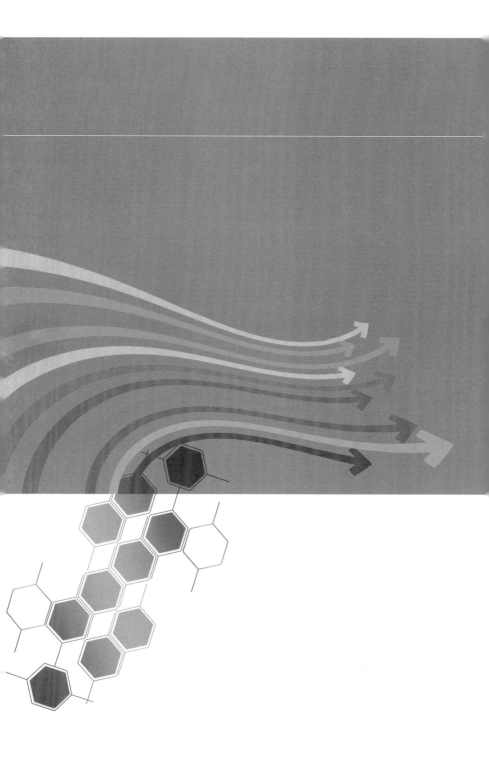

# 제2부

# 우리 같이 **분석**하고 **대응책**을 생각해 봅시다

■ ■ ■

　우리는 살면서 여러 가지 문제에 직면하게 된다. 물론 그 문제가 개인
적이거나 가정적인 협의의 문제일 수도 있지만 내 고장이나 나라에 일
어나는 문제를 함께 고민하여야 하는 광의적인 문제 역시 적지 않은 것
이 현실이다.

　당장 먹고 살기도 힘든 판에 나라 문제가 왜 나의 문제이며 고장의 문
제가 왜 나의 문제냐고 하시는 분은 아마도 거의 없을 것이다. 나는 나라
와 지역의 한 구성원으로 투표권을 갖고 대표를 뽑는 것은 물론 내가 내
는 세금으로 나라와 지역이 운영되기 때문이다. 아울러 나라와 고장의
발전은 나를 유복하게 해주며 나라와 고장의 퇴보는 나를 불행하게 만
들기 때문에 관심을 갖고 문제를 함께 고민해야 하는 것이다. 그러나 모
든 문제는 고민만 해서는 그 보람이 없다. 그 대응책을 모색하고 그것이
객관적으로 옳다는 판단을 받았다면, 내가 직접 실행할 수 있으면 실행
하고 만일 그렇지 못하다면 실행할 수 있는 사람이나 기관에 건의해서
실행되도록 해야 하는 것이다. 그것이 민주주의에 살고 있는 민주 시민
의 가장 큰 권리이자 의무다.

제2부에서는 이 책을 저술하면서 있었던 각종 일들에 대해서 나와 주
변 사람들이 문제에 대해서 분석하고 대응책으로 내 놓았던 의견들 중
에서 책을 출간하는 날자와 가까운 것들을 묶어 보았다.

앞으로도 나라와 고장에 대한 문제들은 이웃과 주민들과 국민들과 함
께 분석하고 대응책을 마련하기 위한 훈련 중 하나라는 마음으로 이 글
들을 정리해서 올린다.

# 1

# 외교·안보에 대한
# 총체적인 대응책

"러시아와 중국의 군용기들이 독도와 울릉도 중간지역인 대한민국의 영공에 들어왔고 우리 공군은 즉각 경고사격을 함으로써 그들을 돌려보냈다고 한다."

2019년 7월 23일에 접한 이 소식은 그야말로 충격 그 자체였다. 방공식별 구역을 지나다가 실수로 들어올 수도 있다는 미온적인 반응도 있지만 그건 말이 안 되는 소리다.

한편 일본의 스가 요시히데(菅義偉) 관방장관은 "한국 군용기가 러시아 군용기에 경고사격을 한 것에 대해 '다케시마(竹島; 독도의 일본 명칭)의 영유권에 관한 일본의 입장에서 도저히 받아들일 수 없으며 극히 유감이다'라고 한국에 강하게 항의하고 재발 방지를 요구했다."고 밝혔다. 이 말은 독도가 일본의 영토임으로 한국이 그 안에서 사격을 해서는 안 된다는 말이다. 게다가 일본은 한국 공군기의 경고사격에 대해 "자위대기의 긴급 발진으로 대응했다."고 하는가 하면, 고노 다로 외무상은

"다케시마는 일본 고유의 영토이므로 영공 침범을 한 러시아에 대해서는 일본이 대응할 일이다."고 주장했다. "한국 측이 취한 조치를 일본으로서는 도저히 받아들일 수 없는 것이어서 한국 측에 그런 취지의 항의를 했다."는 말도 했다. 독도가 일본 영토인 만큼 그 영공의 침해에 대해 한국이 나설 일이 아니라는 뜻이다.

이에 대해 우리 외교부는 "독도는 역사적·지리적·국제법적으로 명백한 우리의 고유 영토로서 일본 측 주장은 받아들일 수 없다."고 반박했다. 이어 "일본 측은 외교 채널을 통해 항의해왔으며, 우리 측은 이를 일축했다."고 밝혔다

그런가 하면 우리 대한민국의 영공을 침범한 사건과 관련해서 중국과 러시아는 문제될 것이 없다는 반응을 보였다. 화춘잉 중국 외교부 대변인은 "방공식별구역은 영공이 아니다."라고 일축하며 "중국과 한국은 좋은 이웃으로 '침범'이라는 용어는 조심하게 써야 한다."고 훈수계하는 어투로 말하기조차 했다. 러시아 국방부는 "영공을 침범한 것은 의도적인 것이 아니었다."라고 하면서도 "한국 조종사들은 러시아 폭격기와 교신을 하지 않았다. 한국 공군이 우리 폭격기에 대해 비전문가적인 대응을 했다."고 주장했다.

실로 어안을 벙벙하게 하는 소리다. 러시아와 중국이 왜 우리 영공을 넘나들고, 일본은 자기네 영공이라는 망발을 일삼는다는 말인가? 그렇지 않아도 당사자인 문재인 정부는 말도 못하고 있는 모습에, 가슴에 울화가 치미는 데 불을 지르고 있었다.

그리고 이틀 후. 문재인 정부가 그렇게도 공을 들이며 믿는다고 하던 북한이 미사일을 두 발을 발사했다. 청와대가 '25일 오전 북한이 발사한 발사체는 새로운 종류의 단거리 탄도미사일'이라고 인정한 것이다. 소위 문재인 정부가 강조해온 한반도 평화프로세스가 한꺼번에 구멍이 나고 만 것이다. 프로세스는 이미 ㄱ정화된 큰 틀에서의 행동규범이나 일을 처리하는 과정이나 순서를 뜻하는데, 문재인 정부는 늘 한반도 평화프로세스라는 말을 하면서 한반도 비핵화를 자신하고는 했었다. 그런데 결과는 무엇인가?

북한은 잊을 만하면 미사일을 발사하여 국민들의 가슴을 쓸어내리게 하곤 한다.

2018년 6월 12일 싱가포르에서 제1차 북미 정상회담이 열렸다. 그리고 다음날 실시된 전국동시지방선거에서 문재인 정권은 압승을 거뒀다. 2018년 4월 27일 문재인 대통령이 판문점까지 쫓아가서 김정은을 만나 이뤄낸 성과다. 국민들에게 비밀로 하면서 마치 특공대 작전을 수행하듯이 공을 들여 이뤄낸 일이다. 그러나 그 회담의 성과가 사실 별 볼일 없기에 다음 회담을 은근히 요구하는 북한에 대해 미국은 서두를 필요가 없다는 반응이었다. 그러자 북한은 2019년 5월 4일과 5월 9일에 미사일을 발사했다. 그 때 문재인 정부는 미사일이라는 사실조차 선뜻 밝히기를 꺼렸었다. 북미정상회담의 핑크빛 무드로 치러진 선거에서 압승했던 자신들의 승리가 얼마나 허황된 것인지를 깨달아서가 아니다. 오히려 그러한 사실들을 국민들이 깨닫고 화를 낼까 두려워서 그랬던 것이다.

그리고 중재역할을 내세우면서 동분서주하여 2019년 2월 27~28일 베트남 하노이에서 제2차 북미정상회담을 이끌어 냈다고 자부하지만, 그 결과는 아주 참담하게 빈 손 이었다. 결국에는 북한으로부터 '남조선은 북미관계에서 빠지라'는 모욕적인 말을 듣고 만다. 그럼에도 불구하고 인도적인 지원이라고 쌀을 지원해 준다고 준비해 놓고 미국의 허락을 받기 위해서 안간힘을 쏟고 있다.

그뿐인가?

2019년 5월 4일과 5월 9일에 북한이 미사일을 발사하자 문재인 정부는 일본 오사카에서 2019년 6월 28~29일 이틀간 G20 정상회담에 참석하기 위해서 일본을 방문하는 트럼프 대통령에게 '일본에 오는 김에 한국을 방문해 달라'고 하는 외교적으로 굴욕적인 말이 공개되는 바람에 나라가 발칵 뒤집히는 소동까지 일으켜 가면서 트럼프 대통령을 초청한 것이다. 그리고 2019년 6월 30일. 드디어 트럼프와 문재인대통령, 김정은 셋이서 판문점에서 만난다. 그런데 문재인 대통령은 빼고 두 사람만 회담을 하고 만 것이다. 그러나 그 역시 말로는 진척된다고 하지만 눈에 보이는 것이 없는 실정이다. 재선을 앞둔 트럼프로서는 결렬을 선언할 수도 없고 아니라고 할 수도 없으니까 그냥 '김정은은 좋은 친구'라는 친구 타령만 늘어놓고 있는 상황이다. 그러자 북한이 정말 시간만 질질 끌 것이냐는 의미에서 미사일 두발을 발사한 것이다. 북한의 핵 포기 선언을 들어야 하는 미국과 그렇게는 못하는 북한 사이에서 잘 못 줄을 선 문재인 정부의 딜레마다.

그렇지 않아도 일본이 반도체를 만드는데 필수품인 불산화수소 등의 수출규제를 선포하는 바람에 이러지도 저러지도 못하고 전전긍긍하는데, 러시아 군용기가 날아 들어오지를 않나, 중국이 같이 손잡고 날아 들어오지를 않나, 그렇게도 비위를 맞춰 주었건만 북한마저 미사일을 쏘아댄 것이다. 그리고 결국 일본은 대한민국을 백색 수출대상국에서 제외하는가 하면 북한 김정은은 미사일을 두 번이나 더 발사했다.

엎친 데 덮친다는 옛말 그대로 사면초가에 몰린 것이다. 그것도 첩첩산중에 홀로 외톨이가 되어 당하고 있는 것이다. 주변국 모두가 일시에 깃발을 세우고 덤벼든 것이다. 얼마나 대한민국의 대처 능력을 우습게보았기에 그리 할 수 있다는 말인지 하도 기가 막혀서 말이 안 나올 지경이다. 대한민국의 안보와 외교능력을 완전히 무시하지 않고는 이런 도발적인 침략행위를 할 수 없는 것이다.

도발적인 침략행위만이 문제가 아니다.

중간에서 중재역할을 해 줄 것이라고 철석같이 믿었던 트럼프 행정부는 한일 문제는 당사자가 알아서 해결하라는 식으로 슬그머니 발을 뺐다. 그뿐만이 아니다. 북한의 미사일 발사는 사정거리가 600Km밖에 안 되는 단거리 미사일이니 미국에는 전혀 위협이 안 된다는 말만 되풀이한다. 그러자 북한은 직접 대한민국의 정부에 공개적으로 경고를 보내는 망발까지 일삼고 있다.

문재인 정부는 도대체 이런 일이 왜 일어났는지 그 원인을 잘 분석해서 알아야 한다. 러시아와 중국이 영해를 침공했을 때 즉각 국가안전보장회의를 열어야 했음에도 그렇게 하지 않았다. 일본이 독도를 자국영

토 운운하는 발언에 대해서도 일축하는 선에서 더 이상의 강경대응을 하지 않았다. 물론 일본의 수출규제 정책에 대해서는 이렇다 할 대응책을 제시하지 못하고 있다. 그러면서 민주당은 자유한국당이 친일 정당이라는 정치 프레임을 전개해서 국민들을 기만하고 있다. 이런 문제는 정쟁으로 해결될 문제가 아니다. 이런 문제야말로 그 근본을 파헤쳐서 해결해야 하는 문제다.

모든 사건을 해결하기 위해서는 그 본질을 알아야 한다.
나라의 안보와 외교 역시 마찬가지다.

먼저 일본이 왜 저리도 광분하는지 살펴보자.
첫째는 국내적인 문제다.
무엇보다 먼저 거론해야 할 것은 7월 21일에 치러진 참의원 선거에서 승리하기 위한 몸짓이었다. 그리고 그 결과 승리했다. 그러나 그들의 승리는 반쪽의 승리였던 것이다. 아베 내각이 그렇게도 원하는 전쟁지향적인 개헌지지선을 확보하지 못한 것이다. 지금의 평화헌법을 파기하고 군국주의로의 회귀를 의미하는 일명 전쟁 가능한 헌법으로 개헌해야 아베의 초 장기적인 집권으로 인해서 누려온 새로운 형태의 독재정권을 연장할 수 있는데 그게 안 이뤄졌다. 그러자 급기야 8월 2일에 우리나라를 백색국가에서 제외한 것이다. 다시 한 번 극우파를 비롯한 우익 대결집을 통해서 나머지 정당들이 어쩔 수 없이 개헌에 동참하도록 만들자는, 그야말로 새로운 공포정치의 발상인 것이다.

다음은 국제적인 손짓이다.

북한 비핵화 문제에 자신들이 깊이 관여함으로써 국제적인 위상을 세우는 것은 물론 자위대로는 약하고 군을 창설해야 한다는 아베 정권의 개헌 의지를 달성하고 싶었는데, 대한민국마저 빠지라고 할 정도로 미국과 북한이 짝짜꿍이 되어 움직이니 그 의지는 물거품이 되고 만 것이다. 그렇다면 차라리 대한민국이라도 물고 늘어져서, 무언가를 해 내야 할 판이었다. 그런데 마침 제2차 세계대전 당시 일본군에 의한 대한민국 국민들의 강제동원에 대해 배상하라는 판결이 우리 대법원에서 결론 났다. 일본의 기업들은 당시 강제로 동원된 이들에게 배상을 하라는 것이다. 그 판결은 아베 정권에게는 커다란 문제가 아닐 수 없었다.

대한민국의 국민들을 강제로 동원해서 자기들 노예 이상으로 부려먹던 일본의 기업들이야 말로 제2차 세계대전 당시부터 무기를 비롯한 군수품들을 생산하여 납품하며 정부와 왕실의 온갖 특혜를 누리던 기업들이다. 그 기업들은 이토히로부미의 정권 아래서 겐요샤라는 우익 폭력단체를 등에 업고 성장하기 시작한 기업들로 대대로 일본 정권은 물론 왕실과도 긴밀한 유착관계를 통해서 끈끈하게 맺어져 지금까지 이어지고 있다. 아베는 물론 그 정권하에 있는 모든 각료들과 맺어진 유착관계는 뗄 수 없는 관계다. 그들의 표현을 빌리자면 전쟁 중에 일본을 위해서 온갖 어려움을 이기고 전쟁을 이끌어 준 기업들인 것이다. 그리고 전쟁을 승리로 이끌기 위해서 온갖 역경하에서도 굴하지 않던 그 기업들에게 일본 정부는 지원을 아끼지 않았었다. 그 중 가장 큰 일 하나가 바로 대한제국의 국민들을 강제로 동원하여 그들에게 공짜 노동력을 제공해 주기 위해서 일본군의 헌병과 경찰이 발 벗고 나서서 앞장섰던 것이다. 그런데 그들의 생산행위가 착취로 인한 부당행위였으며 그 착취에 대한 배상을 하라고 판결이 났으니 그것은 단순하게 기업들의 문제로 끝날 일이 아니었다. 일본 전체가 당시 대한제국의 국민들에게 저지른 범죄였다. 군과 경찰을 동원해서 애국도 하고 돈도 벌 수 있는 기회라고 사기를 치며 거짓과 공갈협박을 동원한 억박지름으로 벌였던 모든 행위가 부당하다는 판결이었던 것이다. 그 판결은 일본 기업들에게 한 것이지만 종국에는 당시 앞장서서 국가 공권력을 동원했던 일본 모두에게 내린 판결과 다를 바가 없는 것이었다. 일본 우익은 당연히 발칵 뒤집힐 수밖에 없는 일이 일어난 것이다.

아베 정권으로서는 당장 이 일을 수습하지 않으면 참의원 선거의 무참한 패배가 눈에 보였다. 궁여지책으로 내놓은 안이 바로 전략물자의 한국 수출을 금지하자는 것이었다. 그것도 다른 핑계를 대면 이상하니까 전략물자의 일부분이 북한으로 흘러들어가고 있는 정황을 포착했다는 억지를 써서라도 일을 만들자는 것이었다. 그것은 시끄러운 일본 여론도 잠재우고 우익 대결집을 해보자는 의도였다. 그러다가 혹시 일본의 움직임에 미국과 북한이 어떤 반응을 보이면 그 때 생겨나는 틈을 비집고 들어가서 모종의 역할을 해 볼 심사였던 것이다. 그러나 그런 아베의 바람에 대해서 미국의 반응은 싸늘했고 북한은 사정거리 600Km이니 일본은 충분히 요격이 가능한 미사일 발사로 답을 해 준 것이다. 그러자 아베 정권은 최후의 발악으로 우리 대한민국을 수출 백색국가에서 제외한다는 교활한 수법을 쓰고 말았다.

누가 보아도 자신들의 위기 탈출을 위한 방편으로 내세운 경제적인 보복이다. 아베 정권이 아무리 아니라고 한다고 해도 전 세계가 아는 일이다. 대한민국에 경제적인 보복을 하는 것이 일본이 얼마나 힘이 있는 국가로 비칠지는 모르지만 적어도 일본 우익들의 눈에는 그렇게 보이도록 만들자는 것이었다. 자신들의 주 무기를 원재료에 초점을 맞춰 불산화수소의 수출을 금지함으로써 대한민국의 주력 산업 중 하나인 반도체 생산에 타격을 주겠다는 위협을 가하여 우리로 하여금 고개를 숙이게 하겠다는 교활한 수법을 썼음에도 불구하고 오히려 대한민국 국민들이 일본상품 불매운동 등의 방법으로 들불처럼 일어나자 비상카드를 쓴 셈이다. 어떤 일을 당하고 나면 자신을 성찰하며 냉철하게 분석해서 누구의 잘못인가를 가린 후 자신의 잘못이라면 그 잘못을 반성하는 것이 아니라 일단 보복부터 해야 직성이 풀리는 일본 우익들의 근성을 이용해 보자는 얕은꾀를 부린 것이다.

모르면 몰라도 아베는 더 발광할 것이다. 그런데 그런 발광에 감정적으로 대적해서는 답이 없다. 서로 막보기 식으로 대하면 그 종말은 빤히 눈에 보일 뿐이다. 상대가 이성을 잃고 교활한 수법으로 빤히 눈에 보이는 얕은꾀를 써가면서 발광할 때는 그에 대응하는 지적인 전술을 써야 상대를 무너뜨릴 수 있다.

화가 나서 정상적인 자제력을 잃고 정신없이 날뛰는 사람에게는 아무리 이성적으로 이야기를 해도 듣지 않는 것과 마찬가지다. 한편에서는 그와 대적해서 오히려 더 화를 내는 사람이 있는가 하면, 한편으로는 적당히 그가 내는 화를 받아 주는 척해가면서, 그가 무엇을 잘못 알고 행동하는지에 대한 문제점을 서서히 이야기함으로써 불끈 치솟았던 화를 가라앉히고, 스스로 반성하게 하는 것이 효과적인 것처럼 일본 스스로 자신들의 잘못을 깨닫고 굴복하게 만들어야 한다.

비록 그들이 참의원 선거에서 승리하고 그 여세를 몰아서 개헌을 하기 위한 수단으로 벌였던 일이지만 일단 처음 목표인 참의원 대승이 틀어지면서 우익과 중도 세력을 규합하여 개헌을 위해 발짝 더 나가 벌인 일일지라도 그 목적과 원인을 안 이상 전술을 잘 만들어서 치밀하게 대응해나가면 얼마든지 승산 있는 일이었다.

그런데 우리는 어떻게 대응했었는지를 생각해 보자.

일본의 전략물자 한국 수출금지 조치가 발표되자 당시 청와대 민정수석이라는 사람은 SNS에 '죽창가'를 올렸다.

고 김남주 시인이 쓴 죽창가의 가사다.

이 두메는 날라와 더불어 꽃이 되자 하네. 꽃이 피어 눈물로 고여 발등에서 갈라진 녹두꽃이 되자 하네. 이 산골은 날라와 더불어 새가 되자 하네. 새가 아랫녘 웃녘에서 울어예는 파랑새가 되자 하네. 이 들판은 날아와 더불어 불이 되자 하네. 불이 타는 들녘 어둠을 사르는 들불이 되자 하네. 되자 하네. 되고자 하네. 다시 한 번 이 고을의 반란이 되고자 하네. 청송녹죽 가슴에 꽂히는 죽창이 되자 하네.

동학농민 혁명 당시를 연상케 하는 노래다. 우리나라에 경제적으로 보복하는 일본에 대적하자는 의미로 충분히 받아들일 수 있는 노래다. 그러나 이 노래는 원래 제 권리를 다 찾지 못하는 농민들과 민중을 위해 만들었던 노래로 소위 운동권 학생들이 즐겨 부르는 노래 중 하나다. 노래 가사의 좋고 나쁨을 논하는 자리가 아니니 이 정도만 각설하겠지만, 적어도 민정수석으로서 일본이 취한 태도에 응답할 수 있는 노래 가사는 아니라는 것이다.

적어도 청와대와 정부에서는 이런 직접적인 대응보다는 정책적인 면에서 어떻게 대응할 것이며, 외교적으로는 어떻게 풀어나갈 것인지를 연구하고 고민해야 한다.

일본이 벌이는 교활한 짓에 대한 직접적인 대응은 우리 국민들이 얼마든지 현명하게 대처할 수 있다. 우리 국민들은 그런 능력이 있고 그에 대처할 수 있는 지식과 식견을 상당 수준 갖추고 있는 국민들이다. 그렇기에 국민들 스스로 일본제품 불매운동을 시작했고, 팔리지 않는 물건을 팔아봐야 아무런 득도 될 것이 없는 상황에서 공연히 이미지만 나빠질 것을 우려해 일본제품을 판매하지 않겠다는 업소들이 속속 등장하여 지금은 범 국민운동으로 확산되어 일본제품을 사거나 팔면 죄인이 된 것 같은 기분이 들게 만들고 있는 실정이다. 이렇게 현명하고 위기 관리능력과 애국심이 뛰어난 국민들을 과소평가하고 동학농민 혁명을 연상케 하는 죽창가를 SNS에 올리는 것은 아니라고 생각된다.

청와대와 정부가 할 일은 국민들에게 당장은 힘이 들고 어려울 수 있지만 우리가 필요로 하면서도 국산화에 이르지 못한 일본의 원재료에 대해 솔직하게 고백하고 그 협조를 구하는 일이다. 국민 모두가 합심해서 원재료를 개발하고 국산화 하는 업체에 적극적인 지원을 보내자고 독려해야 하는 것이다. 물론 수입 다변화를 위한 정책을 병행해 나가면서 해야 할 일임에는 두말할 필요도 없다. 소위 대기업이라고 일컬어지는 기업들이 아직도 원재료를 수입하여 가공해서 판매하는 조립식 수출 경제구조와 그 이익금을 유통 등 당장 돈 벌어 들이기 편한 사업에 재투자했던 현실을 이 기회에 반성하고 새로운 기업경영마인드를 갖도록 유도하는 것이 중요한 것이다. 그러나 현실은 그렇지 못했고 그런 행태를 본 일본은 급기야는 백색국가에서 대한민국을 제외하는 조치를 취하기에 이른 것이다.

그렇다고 겁낼 일도 아니다. 일제 36년의 칠흑 같은 어둠에서도 조국 광복을 이루기 위해서 왜놈들의 심장에 비수를 꽂아가며 만주에서 일본군을 무찌르던 민족이다. 6·25 동족상쟁의 비극에서 잿더미가 된 나라를 오늘의 경제대국 중 하나로 만들어 낸 민족이다.

국민들이 앞 다퉈 일본상품 불매운동을 하고 위약금을 물어가면서까지 일본여행을 취소하는 등 봉화를 높이 들고 앞장섰다. 이에 질 새라 기업들은 원자재 생산을 국산화 하겠다는 선언을 하고 연말을 목표로 연구하며 개발해 나가고 있다.

경제 보복을 했던 일본 스스로에게 부메랑이 되어 돌아가는 경제조치가 될 것임을 눈으로 보지 않아도 직감할 수 있다. 위대한 대한민국 국민들은 중심을 꼿꼿이 잡고 자신들의 몫을 다해주고 있는 것에 깊이 감사드리며 그것만이 해답이라는 것을 다시 한 번 몸으로 깨달을 수 있음에 고마움을 금할 길이 없다.

다음은 중국과 러시아의 영공침해 사건이다.

우리의 영공임이 분명한 독도와 울릉도 사이의 영공을 침해 했으니 강력하게 항의를 하고 문제를 제기했어야 한다. 유감이나 표하는 미온적인 태도가 아니라 국제문제로 비화시킬 수 있다는 정도의 강력한 조치가 즉각 뒤따라야 했다. 그리했다면 우리 공군의 경고사격을 가지고 왈가불가하는 일본의 섣부른 행동도 없었을지도 모른다. 그러나 실제로는 그리하지 못했으니 일본이 우습게보고 덤빈 것인지도 모른다. 이런 일은 강하게 대처하지 않으면 공연히 허점을 노출시키는 것처럼 보일 수 있는 일이다. 러시아와 중국에 대한 강력한 경고는 물론 그에 따른 우리 공군의 행동에 대해 경거망동한 일본에게는 더 강력한 경고를 보냈어야 했다. 독도가 일본 영토임으로 대한민국 공군이 사격을 하지 못하다는 발언에 대해서 다시 한 번 그런 발언을 하면 대한민국의 영토인 독도를 침탈하려하는 야욕을 드러내는 것으로 어떠한 희생을 치르더라도 각오라라고 할 정도의 강한 경고를 전했어야 했다.

물론 이번 중국과 러시아의 영공침해가 일부에서 분석하는 그대로 우리 대한민국을 겨냥한 것이라기보다는 미국을 겨냥한 것이라고 보는 견해에도 공감은 한다. 한미연합 훈련이 예정된 시점에서 자신들의 세를 과시한 것이라고 볼 수도 있다. 그동안 모스크바와 북경을 열심히 드나든 김정은이 얻어낸 성과라고도 볼 수 있다. 북한을 우호 하는 세력이 있다는 것을 보여줌으로써 미국이 섣부르게 경거망동한 행동을 하지 못하도록 한 것일 수도 있다는 말이다. 그렇다고 우리 정부가 좌시하거나 미온적인 태도로 유감을 표시해서는 안 된다. 미국과의 일을 가지고 우리 영공을 침해함으로써 경고하려고 했다는 것 자체가 더 큰 문제다. 우리 영공은 우리 것이지 미국의 것이 아니다. 그들이 정말 미국을 겨냥한 행위였다면 그들은 아직도 제2차 세계대전이 발발하기 전인 대한제국 말기 시절에서 깨어나지 못하고 있는 것이다. 그렇기에 더 강력하게 대처했어야 한다고 말하는 것이다.

우리 정부가 이렇게 미온적인 반응을 보인 반면에 김정은은 때를 놓치지 않고 미사일 두 방을 쏘아 올렸던 것이다.

그렇다면 미국의 애매한 태도의 원인은 무엇일까?

북한이 미사일을 쏘아도 단거리이기에 괜찮다고 하지를 않나, 누가 보아도 불합리한 일본의 조치에도 침묵으로 일관하고 있는 태도가 영 석연치 않은 것이다.

그러나 미국이 확실한 우리의 우방임에는 틀림이 없지만, 하필이면 우리나라의 이런 복잡한 상황이 미국의 대통령 선거와 맞물려 간다는 것이다. 트럼프는 당장 재선을 해야 하는데 김정은이 쏘아올린 미사일이 심각하다고 했다가는 재선은 물거품이 된다. 이제까지 자신이 이룬 성과는 물거품이 되는 것이다. 그렇기에 미사일 두 방을 쏘아 올려 판문점 회담을 얻어냈던 성과를 바탕으로 이번에도 또 미사일을 발사한 것이다. 이제까지의 회담을 통해서 얻어낸 성과가 아무것도 없는 북한으로서는 밑져야 본전이라는 심정이었을 것이다. 자신들이 비핵화를 해야 경제조치를 푼다고 하는 트럼프의 약속을 믿고 안 믿고를 떠나서 당장 핵을 모조리 파기하면 불안해서 견딜 수 없으니 핵이 존재한다는 무력시위라도 해

보자는 속셈인 것이다. 그런 북한 김정은의 속내를 잘 아는 트럼프는 별일 아니라는 듯이 웃어넘기는 것이 자신의 표를 지키는데도 도움이 될 뿐만 아니라 김정은의 속을 더 타들어가게 할 수 있다는 것 역시 잘 알고 있기에 무관심한 척 하고 있을 뿐이다.

국제관계를 위해서 자신의 재선을 포기하면서까지 우리를 도와 줄 나라나 정치인은 이 지구상의 그 어느 곳에도 없다는 사실을 잊어서는 안 된다.

우리의 안보는 우리 스스로 힘을 키워야 한다. 아울러 일본의 경제보복정치에 대응하는 방식 역시 즉각적인 반응이 아니라 정치적인 힘을 이용해서 외교를 통해서 해결해야 원만하게 해결 할 수 있다. 전투를 동반하는 전쟁이 아닌 이상 즉각적인 힘에 의한 반격은 국민들이 더 잘 알아서 한다. 정부는 국민들의 그러한 힘을 믿고 정책에 의해서 외교력을 최대한 발휘하여 문제 해결을 해 나가야 하는 것이다.

비록 지금의 정부가 외교적인 역량도 부족하고 지략도 부족해서 기껏 생각해 낸다는 것이 즉각적인 대응이라고 해도 그것은 나라를 운영하는 정답은 아닌 것이다. 안보 역시 평화프로세스라는 간판을 내걸고 북한의 비핵화를 이루고 말겠다고 장담했지만 북한은 전혀 그럴 생각이 없는 것처럼 보일 뿐이다. 오히려 핵을 빌미로 많은 것을 얻어 들이겠다는 심산이 읽히고 있는 실정이다. 북한의 비핵화를 장담하는 우리 정부에게 빠지라고 했다. 그럼에도 불구하고 아무런 대책도 없이 인도적인 차원에서 북한에 쌀을 지원 할 수 있게 해 달라고 미국에게 허락받으려고 노력하는 정부가 잘못되었다. 안보는 상대가 필요한 것을 제공하면서 달래는 것이 아니라 우리가 힘으로 튼튼히 막아내어 상대를 제압하는 것이다. 그럼에도 불구하고 힘을 키울 생각을 하지 않는 현 정부를 보면서 문득 조선일보의 최보식 선임기자가 쓴 칼럼에서 읽은 글이 떠오른다.

"문 대통령은 취임사에서 '한 번도 경험하지 못한 나라를 만들겠다'고 말했다. 나라가 이렇게 짧은 시간에 허물어 질 수 있다는 것을 난 지금까지 경험하지 못했다"

나라의 안보가 얼마나 걱정이 되었으면 이런 글을 일간 신문에 게재한다는 말인가? 충분히 공감하면서도 실로 답답함을 금할 길이 없다.

국민들이 마음 놓고 편하게 살 수 있는 나라를 만드는 것은 어려운 일이다. 튼튼한 국방력과 상황에 따라 대처해 나갈 수 있는 외교력이 있다면 국민들은 정부를 믿고 자신의 생업에 충실히 임할 것이다. 그게 편하게 사는 것이다.

# 2

# 한일간 무역전쟁
# 글로벌 마인드로 해결

국가나 기업은 긴급 상황에 대비하여, 경영 활동에 따르는 여러가지 위험을 최소 비용으로 최대한 막는 신속하고 체계적 조치인 리스크매니지먼트(Risk mamagement)가 매우 중요하다. 국가를 통치하는 대통령이나 기업의 CEO에게는 절대적으로 강조되고 갖추어야 할 능력이다.

한일 간 무역전쟁이 진행되고 있고, 이것이 본격적으로 장기화될 때, 사전에 치밀한 계획을 준비해온 일본이 유리할 것이라 생각된다. 게다가 만일 이번 문제가 세계 경제와 군사력을 쥐고 있는 미국과의 사전 동의와 협조까지는 아닐지라도 모종의 교감이 있었던 것이라면 더더욱 안 좋은 결과가 초래될 거라 사료된다. 따라서 인구, 경제, 군사력 면에서 열세인 한국이 입을 피해는 심히 자명하고 상상하기도 싫을 정도다. 이러한 큰 문제가 발생할 때 해결하는 방법은 세계시장에서 기준으로 통용되는 규범으로 첨단 산업의 기술에서 금융과 회계를 포함한 경제 분야에까지 그 범위가 확대되고 있는 글로벌스탠다드(Global Standard) 해법을 찾아서 처리하는 것이 가장 올바른 선택이다.

첫째는 한일간 무역전쟁 발생원인 몇 개 테마를 각자 면밀하게 분석하고 그에 대한 해결방안을 모색하여 사소한 것은 즉시 대처해야 한다. 그때 중요한 것은 자국의 입장에서 뿐만 아니라 상대 국가의 입장에서도 문제점을 살펴보아야 한다. 즉, 서로 공생하고 같이 위기를 극복하도록 연구해야한다는 것이다. 각 테마별 구체적인 몇 가지 이슈 등 정확한 원인 파악이 상호간 공감할 때 대책이 나오기 때문이다. 또한 지난 시간 동안 국제법과 국내법 사이에서 상충되던 일이라면 지금의 시각에서 어떻게 해결되어야 가장 효율적인가를 고려해야 한다. 아울러 국제간 협약은 어느 정권끼리의 협약이 아니라 국가 간의 협약인 만큼 어느 범위에서 부족한 점이 있더라도 수용되어야 할 의무가 있는 것인지 아닌지를 객관적으로 살펴보아야 한다.

둘째는 이미 진행된 현 상황에서 양국 최고 지도자가 어떻게 의견을 접근하여 상대국가와 자국 국민과 기업을 설득하여 협조를 구하느냐가 중요하다. 상호간 양보와 배려, 공동의 이익 목표와 성과, 미래 비전을 실현을 위해 노력하는 것이 매우 중요한 것이다. 각각의 통치자는 자국의 국민과 기업을 의식할 것이다. 하지만 어느 면에서 보든지 양국이 적대시 하는 것은 결국 서로에게 손해를 끼칠 뿐이라는 것을 의식하고 공동 이익을 실현하는데 협조할 필요가 있다.

셋째는 제2차 세계대전 이후 승리한 미국은 군사 경제면에서 우위를 점유하면서 기업의 성장 발전 면에서도 유럽지역에서는 영국을, 중남미에서는 미국이 직접 아시아에서는 일본을 사업파트너로서 투자와 기술이전 등등에 활용했다. 일본은 한국과 싱가포르에서 지금은 중국을 중심으로 활용했고, 따라서 이번에 발행한 한일 간의 문제는 비단 한일 간의 문제로만 볼 것이 아니라 주변의 나라들과 서로 연합하여 해결방안을 모색하여야 한다고 본다. 일례를 들자면, 글로벌 기업의 경우라면 모기업과 자기업이 우선 기업 간에 해결책을 찾고 그 방안을 국가에 건의함으로써 해결책을 찾아가도록 노력해야 한다는 것이다.

지금까지의 행태로 볼 때는 위에서 제시한 세 가지의 글로벌적인 해결책보다는 오랫동안 적대시 해왔던 한일 간의 국민정서와 지도자 간의 불신이 섞인 감정적인 해결을 하려고 하지 않았나 하는 의구심이 든다.

먼저 미국의 중재노력을 기대하고 미국을 방문하여 해결될 것이라고 기대하였으나 그 기대는 헛수고가 되고 말았으며, 한일의원연맹에 호소하기 위해서 국회의원들이 일본을 방문하였으나 문전박대만 당하고 말았다. 위기관리능력의 단초를 잘못 끼운 것 같다.

우선 급한 김에 미국의 협조를 구하려 했으나, 그간 문재인 정부의 9·19 군사합의 내용이나 북핵폐기를 위한 UN의 대북제재 활동의 협조사항 등 지난 미국과의 관계를 분석해 볼 때, 많은 도움보다는 오히려 방해가 되었다는 인식을 주지 않았는지 되돌아보아야 한다. 오죽했으면 김정은의 대변인이라는 쓴 소리를 미국 언론이 했을까 되새겨 보아야 한다는 것이다. 또한 최근의 트럼프 대통령 방한 당시, 문재인 대통령과의 회담 후 같이 판문점에 가서 문재인 대통령을 제외하고 트럼프 대통령과 김정은 위원장 두 사람이 양자 회담을 했다는 사실도 돌이켜 볼 문제다.

미국의 입장에서는 6·25 때 미국과 유엔군의 지원 및 희생으로 자유 대한민국을 지켰고, 군사, 경제, 문화, 기술 강국으로 변화되어 세계무대에 우뚝 선 것이 미국의 직간접적인 도움에 의한 것인데 그 고마움을 모르는 신뢰가 없는 정부라고 생각했을지도 모르는 일이다. 이 기회에 한미방위조약 안에서 동맹국으로 신뢰를 받고 있는지도 반성해 볼 일이다.

일본에서도 문전박대 당한 것을 보면, 아무리 국회의원이라도 그동안 근본적인 문제 해결을 위한 단체라기보다는 친목단체처럼 되어버린 상황에서 1965년 한일 협정과 위안부 문제나 징용에 대한 보상 문제 등에 관한 대법원 판결에서 일어나는 문제에 대한 것들을 어떻게 풀어 나갈 것이냐고 하는 기본적인 해결책을 제시하지 못했기 때문에 그런 결과가 나왔다고 본다.

또한 일본의 국제적인 위상, 즉 경제력과 기술력, 군사력, 금융시장 등 일본의 능력을 정확히 알고 대처했어야 한다.

사실 우리는 그 동안 좋지 않았던 일본과의 과거 감정을 가슴에 많이 간직해 왔다. 1592년의 임진왜란이라는 7년 동안의 전쟁에서 우리 백성들은 이루 말할 수 없는 고통 속에 지내야 했다. 백성들의 시체가 산을 이룬다고 할 정도로 많은 이들이 학살당했다. 그런가 하면 1910년 한일 병합은 36년이라는 긴 세월을 국권도 없고 우리로 하여금 숨도 제대로 못 쉬고 살도록 만들었다. 그리고 그 결과물인 제2차 세계대전에 필요한 군사력과 인력의 보충을 위해서 일본이 실행했던 징병과 징용으로 인한 고통은 실로 말할 수 없는 고통이었을 것이다. 필자 역시 직접적인 피해 당사자는 아니지만 그 고통을 십분 이해할 뿐만 아니라 그런 일본의 행위에 울분을 금하지 못하는 것은 사실이다.

그러나 그 아픔을 지금 들춰내는 것보다는, 미국과 일본의 현재 능력과 지정학적인 면들을 고려할 때 우리나라가 지금의 경제대국과 외교대국으로 성장하기까지의 두 나라와의 사이에서 받은 여러가지 이익 등을 고려하여 서로 협력할 수 있는 방안을 모색하는데 중점을 두는 것이 더 중요하다는 생각이다. 일본이 제2차 세계대전으로 미국에게 무조건 항복을 하는 수모를 겪은 후에도 일본사람들은 미국의 신기술을 비롯하여 자신들에게 득이 되는 것들을 얻기 위해서 모든 감정을 드러내지 않고 바짝 다가서고 있다는 것을 우리는 잘 알고 있다. 우리가 일본에 대해서 그렇게까지는 못할지언정 우리의 격한 감정은 한 시름 죽이고 좀 더 국익이 되는 쪽으로 생각해 보는 것이 현명한 판단이라는 생각이다. 일본에 대한 우리의 감정을 드러내는 것은 우리가 일본보다 강대국이 된 후에 드러내도 늦지 않다는 것이다.

지정학적으로 중국과 러시아도 중요하고 그들과의 외교 역시 중요하다. 그러나 지난날의 여러가지 협력관계나 앞으로 필요한 미국과 일본과의 여러가지 관계를 생각해 볼 때 상호 동맹으로서 협력하면서 이번 사태 이전으로 돌아가기 위해서 일본을 설득하는 것도 이 정부의 몫이라고 본다.

다국적 기업에서 28년간 근무한 나의 경험으로 볼 때, 지금의 정부가 미국에게는 신뢰를 주지 못하고 일본을 적대시하는 경향을 가지고 있다는 것이 매우 우려된다. 일본 기업의 경영관리능력이 우수하고 위기관리 능력 역시 앞선다고 생각한다. 국가의 정보보다는 기업의 정보가 더 가치 있고 정확하다는 것도 일본기업에서 익히 보아왔다. 그리고 일본인의 공과 사의 명확한 구분이나 책임감 등은 우리가 배워야 할 점이라고 생각해왔다. 우리가 이기기위해서는 일본과 일본인은 미워도 그들의 장점은 배워야 한다는 것이다.

우리가 일본을 이야기할 때 자신들이 필요하다면 간도 빼어놓는다고 표현한다. 그런 점에서 본다면 이번에도 일본의 이익을 위해서 미국과 사전에 어떤 교감을 갖지 않았나 하는 의구심을 지울 수가 없다. 미국 글로벌기업의 아시아 중간 관리자 역할을 하고 있는 일본이 미국의 협조 없이 스스로 이런 무역전쟁을 벌이기 힘들었을 것이다.

중국과 우리나라도 지난날 일본으로부터 엄청난 피해를 보았고, 북한과 중국의 북·중협약에 의해 북한과 중국이 가까운 사이라고 하지만, 어떤 시점이 되면 중국이 우리나라를 도와줄 것이라는 생각도 위험천만의 생각이다. 중국이 일본으로부터 많은 투자를 받아 놓은 이상 중국도 일본의 눈치를 볼 것이고 극한 상황에 치닫는 날에는 중국도 우리나라처럼 경제보복을 당하지 말라는 보장이 없기 때문이다. 따라서 중국의 힘을 빌려 해결한다는 것 역시 기대할 것이 못된다.

결국 이번 일본과의 무역전쟁은 우리 스스로 해결하는 수밖에 없다.

무엇보다 정확한 원인을 파악하고 정치 외교적인 접근에 의해서 미국의 신뢰를 우선 회복하고, 지속적인 정치 외교적인 노력에 의해 일본과의 새로운 협력 방안을 모색하는 길만이 그 해답이라고 생각한다.

# 3

# 저출산 문제점도
# 경영기법을 통하여 해결책 강구


   기업은 모든 면에서 TQC(Total Quality Control) 기법으로 접근한다. 즉 설계, 제조, 판매, 사후관리 혹은 고객관리라는 측면에서 접근하는 것이다. 물론 기업과 나라살림은 다른 점이 있다는 것을 모르는 바는 아니다. 하지만 어떤 문제에 대한 접근을 할 때는 기업의 TQC방식의 도입으로 해결하는 것이 아주 손쉬운 점이 있다. 그런 점에서 볼 때 우리나라의 저출산 문제에 대한 대책은 무언가 소홀한 점이 있는 것 같아서 내 나름의 생각을 제시해 본다.

   우리나라의 출산 문제는 정말 심각한 수준이다. 선진국과 비교를 해도 미국의 1.77명, 일본의 1.42명에 비해 형편없이 뒤처지는 0.98명이다. 실로 심각한 문제가 아닐 수 없다.

   사실 나는 이 점에서는 우선 국민의식이 출산에 대한 책임을 갖는 것으로 함양되고 고취되어야 한다고 생각한다. 나는 왜 존재하며 내가 탄생한 것은 나 역시 생명을 전할 의무가 있다는 생각으로 의식이 바뀌어야 한다는 것이다. 나 편하자고 아이를 낳지 않으면 대한민국은 결국 소멸하게 된다는 의식을 갖도록 계몽하고 그 의식을 가져야 한다.

물론 말처럼 쉬운 일은 아니다.

그 점에서는 언론도 조심해야 될 일들이 많다. 특히 TV드라마나 쇼프로에서 미혼으로 혼자 사는 사람의 풍요로운 삶을 그리거나 미혼으로 혼자 사는 연예인을 마치 자유롭게 사는 사람인 양 표현함으로써 많은 사람들에게 결혼이 아니라 혼자 사는 것이 더 좋다는 인상을 주는 프로의 방영 등은 재고해 볼 필요가 있다는 것이다.

그리고 정부의 지원 방식은 임신한 여성만을 상대로 어떤 지원책을 강구하기 보다는 전 국민을 상대로 출산율을 높일 수 있는 방법을 강구하는 식으로 바뀌어야 한다. 사회공감대를 형성함으로써 출산율을 높이기 위한 홍보는 물론 일회성 지원이 아니라 정부를 믿고 신뢰하여 출산을 할 수 있는 사회적 성숙도를 쌓아야 한다는 것이다.


한 때는 나이가 몇이냐고 물으면 웃으면서 58년 개띠라고 할 정도로 우리나라 출생인구 최고정점을 찍은 사람들이 1958년 개띠들이다. 물론 최근 행정안전부가 발표한 '2019 행정안전통계연보'에 따르면 지난해 말 기준 우리나라 주민등록인구는 총 5,183만 명으로 이 가운데 1971년생인 돼지띠가 94만2734명으로 가장 많았다. 71년 돼지띠가 가장 많은 데에는 그동안 58년 개띠들에게 일어난 여러 가지 이유들이 있겠지만 아직도 우리세대들의 기억 속에는 58년 개띠가 가장 많은 것으로 기억되고 있는 것이 사실이다. 그 이유는 1955년부터 1963년 사이에 출생한 베이비부머(baby-boomer)시대의 가장 핵심이 되는 사람들이 바로 58년 개띠들이었기 때문이다. 통계에 의하면 무려 100여만 명이 탄생한 것으로 되어있다. 그리고 바로 이 베이비부머 시대들이 우리나라를 지금 처럼 살기 좋은 나라로 만드는데 앞장선 이들이라고 해도 과언이 아니다. 물론 그 이전에도 많은 분들이 일제로부터 독립되고 곧바로 6·25 동족상잔의 비극으로 폐허가 된 나라를 복구하느라고 삶을 온전히 나라와 자녀들을 위해서 바친 것은 사실이지만, 베이비부머 시대 출생한 분들은 수출을 위해서 밤을 새워 일했고, 근면절약의 정신으로 저축을 했다. 그리고 저축한 그 돈이 경제발전의 자본이 되어 지금의 대한민국을 만드는 초석이 되었던 것이다.

이렇게 장황하게 그분들의 이야기를 쓴 이유는 다름이 아니라 바로 이 베이비부머시대 만 하더라도 우리나라는 출산을 너무 많이 해서 문제였던 나라다. 그래서 정부는 산아제한이라는 것을 권장하기까지 했었다.

우리나라의 초창기 산아제한은 6·25 민족상잔의 비극 후에 모성 보호를 위한 민간 가족계획 운동의 형태로 도입되었다.

그러나 본격적인 산아제한은 베이비부머시대 부터다. 베이비부머 시대에 출산율은 급격히 증가하는 반면에 보건의료 기술의 보급으로 사망률이 감소하면서 인구 증가율이 연 3%에 이르게 되었다. 이렇게 인구가 증가해서는 경제발전이 어렵다고 정부는 판단했던 것이다. 그런 판단 하에 정부는 가족계획사업이라는 이름으로 사회운동을 시작했다. 1962년부터 경제개발5개년 계획의 일환으로 추진된 이 사업의 캐치프레이즈는

"많이 낳아 고생 말고 적게 낳아 잘 키우자"였다. 그리고 그 실천방안으로 3자녀를 3년 터울로 낳고 35살에는 단산을 하고 이미 태어난 아이들을 건강하게 잘 키우자는 의미를 담아 "3·3·35 운동"을 벌였다. 그러나 출산율은 줄지 않았다. 그러자 피임시술을 무료보급하고 "모자보건법"을 제정해서 낙태수술의 법적 근거를 갖추었다. 그러나 전통유교 사상에 의해서 남아 선호사상이 있는 한 출산율 억제정책에 한계가 있다는 것을 감지하고 여성의 상속권을 인정하는가 하면 2자녀를 출산한 후 불임수술을 한 가정에 대해서는 공공주택 입주 우선권을 부여하기도 했다. 그리고 이때는 캐치프레이즈가 세 자녀에서 두 자녀로 바뀌어 "딸 아들 구별 말고 둘만 낳아 잘 기르자"로 바뀌었다. 그러나 아들 선호사상이 여전하자 "잘 키운 딸 하나 열 아들 안 부럽다"는 표어 등을 내걸고 남아 선호사상에서 벗어나도록 하는가 하면 심지어는 "하나씩만 낳아도 삼천리는 초만원"이라는 표어까지 등장하여 한 가정 한 자녀 운동을 장려하기에까지 이르렀다.

그러나 장기적으로 볼 때 인구가 감소하는 것은 경제는 물론 사회전반에 심각한 문제를 불러일으킬 것이라는 연구에 의해 출산장려 정책으로 돌아서서 최근에는 출산장려 정책을 펴고 있지만 출산율은 점점 떨어져가는 추세다.

여성 한명이 평생 낳을 것으로 기대되는 자녀수를 나타내는 합계출산율은 2013년 1.19명에서 2018년 0.98명으로 감소하면서 한 가정이 한 명의 자녀도 낳지 않는 것으로 집계되었다. 남녀가 만난 부부 즉 두 사람이 0.98명을 낳는 것이니, 인구는 급격하게 감소할 수밖에 없는 것이다. 이것은 경제협력개발기구(OECD) 국가 가운데 최저 수준으로 그야말로 전쟁 중인 나라에서나 발생할 수 있는 국가 비상사태에 해당하는 사건이다. 2018년 신생아 수는 역대 최저치인 32만 7천여 명으로 사망자 수인 29만 9천여 명에 육박하고 있다. 그런데 합계출산율이 0.98명이니 머지않아 인구 감소가 시작될 것은 자명한 일이다.

이렇게 심각한 현상이 대두되자 정부는 2006년부터 2018년까지 143조 원의 예산을 투입하여 출산을 장려하기로 했다. 그러나 출산율은 오히려 더 떨어져가고 있는 것이다. 예산을 투입해서 출산율을 장려함에도 불구하고 출산율이 떨어지는 이유는 무엇일까?

그 이유는 간단하다.

우리는 왜 출산율이 감소하며 그에 대한 대책은 어떻게 해야 하는지를 점검하지 않고 무조건 돈부터 투자하고 나면 결과가 나올 거라는 무지함에서 비롯된 정책을 쓰고 있기 때문이다. 정부가 시행하는 정책이라는 것이 당장 눈에 보이는 행정을 하기 위해서 정말 필요한 것에 투자하기보다는 생색내기식인 현금지원에만 의존하기 때문이다. 원인을 분석하고 그 대책을 수립하는 것이 아니라 주먹구구식으로 생색내기 행정을 우선시하는 만연한 풍조 때문인 것이다.

출산율을 장려하기 위해서는 베이비부머라는 말까지 만들어 내면서 치솟던 우리나라의 출산율이 저출산 기조로 돌아선 이유부터 분석해야 한다.

저출산율의 시작이 단순히 '하나씩만 낳아도 삼천리는 초만원'이라는 구호를 내건 정부의 산아제한정책에 의해서 시작됐다고 본다면 그것은 아주 잘못된 계산이다.

무엇보다 중요한 것은 저출산율이 시작된 시점은 우리나라 여성들의 사회참여활동이 왕성해지기 시작한 시점과 비슷하다는 것이다. 물론 보는 관점에 따라서 다르게 볼 수도 있지만 여성의 사회참여가 차별적인 대우를 받는 가운데 여성들이 일약 도약하여 성적차별을 없애는데 기여하기 시작한 시점과 유사하다는 것이다. 그런데 여성이 출산을 위해서 휴직을 한다고 하면 아예 회사를 그만두게 하는 것이 그 시대의 풍조였다. 여성이 결혼을 하면 의례히 직장을 그만두는 것으로 여기는 사람들이 태반이었다. 그런 사회적인 풍조가 여성들로 하여금 혼인을 기피하거나 혼인을 해도 아이를 갖지 않고 미루었다가 훗날 아기를 낳겠다는 생각을 갖게 했으며, 만혼을 하거나 혼인을 해도 뒤늦게 아이를 갖게 되니 시간적으로 한 자녀 낳기도 빠듯할 수밖에 없는 것은 사실이다. 거기에다가 의학의 발달은 늦은 임신도 가능하게 만듦으로써 출산율은 더 떨어지게 부추겼다. 그러니 아이를 늦게 갖거나 아니면 아예 아이를 갖지 않겠다는 생각을 하는 여성들이 점점 늘어날 수밖에 없었던 것이다. 사회 전반적으로 저출산을 부추긴 꼴이 된 것이다.

두 번째는 교육비의 증가다.
일제로부터 광복이 되자마자 동족상잔의 비극으로 인해서 전쟁의 참

혹함을 겪으며 배고프고 먹고 살기 바쁘다는 핑계로 자녀들의 교육에 소홀한 것이 아니라 희한하게도 교육열은 치솟았다. 부모인 나는 굶어도 좋으니 자식인 너는 열심히 공부해서 남들이 인정하는 좋은 학교 졸업해서 남들 보기에 떵떵거리며 살라는 부모들의 열망이 담겨 있던 것이다. 그래서 무조건 자녀를 낳으면 학교부터 보내고 보자는 풍조가 만연했고 대단한 교육열만큼이나 불어난 것이 사교육 풍조다. 사교육은 부잣집 아이만 받는 것이 아니라 당연히 받아야 하는 것으로 인식이 되면서 아이 하나가 학원 두세 군데는 기본적으로 다니게 됨으로써 그 교육비 역시 만만치 않게 되자 정말 하나만 낳아서라도 잘 키우자는 저출산 기조로 돌아서는 극적인 계기를 유발시킨 또 하나의 요인이 된 것이다. 심지어는 아이를 낳아봤자 잘 키울 자신도 없으니 우리 부부나 잘 살자는 풍조까지 유발시키는 경우까지 생겨나게 한 것이다.

세 번째는 전통가정의 붕괴다.

전통가정의 붕괴라고 하면 얼핏 남성우월주의의 가부장적 가정의 붕괴를 말하는 것으로 오해할 수 있지만 결코 그런 것은 아니다. 일반적으로 나이를 먹으면 결혼을 하고 자녀를 낳아서 잘 키우는 것이 바로 부모님에게 효도하는 것이라고 생각하던 정해진 틀의 가정이 붕괴된 것이라는 이야기다.

6·25 동족상잔의 비극에 서양 우방들이 참전함으로 인해서, 검증할 시간도 없이 무조건 받아들이게 된 서양문물과 함께 서양의 개인주의 사상이 급격히 밀려들어왔다. 그리고 그 개인주의 사상은 치솟는 교육열

과 함께 급속하게 전파되었다. 이제까지 부모자식의 무조건적인 종적인 관계는 사람 대 사람의 횡적인 관계와 함께 존재해야 한다는 사상이 가미되고, 무조건 나이가 되면 결혼을 하고 분가를 하는 것이 아니라 일정한 나이가 되면 분가를 해서 살아가는 소위 1인 가구 시대가 늘어나기 시작하면서 결혼을 기피하는 젊은이들이 늘어나기 시작했다. 그렇다고 서양의 그들처럼 결혼을 하지 않고도 임신을 해서 아이를 낳는 그런 사회적인 풍조는 아니지만, 어쨌든 혼자 사는 것이 늦도록 시집 장가도 못 가서 손가락질 받던 시대처럼 결코 부끄럽지 않고 오히려 자유로워 보이는 세상이 된 것이다.

물론 이 외에도 여러 가지 문제가 존재하지만 우선 일반적으로 가장 큰 원인으로 꼽히는 이 세 가지에 대한 대책을 논의해 보기로 한다.

현대사회에서의 저출산 문제는 비단 우리나라만의 문제는 아니다. 서양 각국들은 물론 같은 아시아의 일본과 중국도 겪고 있는 문제다. 한 때는 인구증가를 억제하기 위해서 '한집 한 자녀' 정책을 강력하게 시행하던 중국이 2015년 인구감소를 감지하고 그 정책을 폐기했음에도 불구하고 중국의 출산율은 점점 감소하고 있다. 이미 앞에서 짚어본 원인에서 밝혔듯이 결혼을 하느니 혼자 편하게 살고, 자식을 낳아 키우느라고 힘들게 고생하느니 우리 부부끼리 잘 살자는 지극히 개인주의적인 사상이 어쩌면 세계적인 추세일 수도 있다.

그러나 서양의 각 나라들, 특히 프랑스는 국내총생산(GDP)의 5%씩을 꾸준히 투자한 결과 출산율이 1.8명 선으로 회복되었으며, 일본은

2005년 1.25명에서 2017년 1.43명으로 꾸준히 증가하고 있다고 한다. 그들은 어떻게 이런 결과를 낳을 수 있었는지를 보고 배워야 한다.

우선 앞에서 여성들의 육아와 그로 인한 불평등한 대우로 인해서 저출산을 부추기는 가장 큰 이유로 꼽았었다. 그렇다면 그에 대한 해결을 해야 한다.

1.76명의 높은 출산율을 보이는 스웨덴은 이 방면에서는 가장 앞선 정책을 펼치고 있다. 그들은 자녀를 낳으면 480일의 유급출산 휴가와 90일 배우자 휴가를 의무화 한다. 이에 비해 우리나라는 아직도 여성이 아이를 낳기 위해 일시적이거나 아니면 출산을 계기로 아주 사회생활을 그만둔 경험이 60%나 된다. 무슨 명목으로 정부가 아이를 낳으라고 권장하는 것인지 알 수 없는 정책이다. 출산장려금이라는 명목으로 주는 돈이 얼마나 되기에, 돈 주면 아이를 낳는다는 그런 생각을 버리고 제도적으로 보완을 하는 것이 시급한 것이다. 그나마 우리나라에서도 육아휴직제를 시행하는 기업이 있다는 것은 환영할 일이기는 하다. 그러나 아직도 멀었다. 그 수치는 대기업이 약 93%, 중견기업 약 84%, 중소기업은 약 39%에 불과하기 때문이다. 우리나라 노동인구 중 대기업보다는 중견기업이나 중소기업에 근무하는 노동인구가 많다는 점을 고려한다면 이런 부분에 정부가 정책적인 지원을 꾸준히 집중해서 성과를 얻어내야 하는 것이다.

두 번째로 지적한 교육문제 역시 마찬가지다.

2018년과 2019년에 만 6세 미만 아동에게 매월 10만 원씩 지급하는 아동수당으로 총 2조 8천여억 원을 투입했다. 그에 반해 아이 키우는 부모들이 중요하게 생각하는 교육수단인 국공립 어린이집 예산은 2018년과 2019년을 합쳐야 고작 2,600여억 원이다. 아동수당의 10%도 안 되는 것이다. 아이들이 교육의 첫발을 떼는 유치원부터 준비된 것이 미비하기 짝이 없는 실정이다. 수당 10만 원 지급하는 것이 중요한 것이 아니라 올바른 교육을 받을 수 있는 시설을 만들어 부모들이 마음 놓고 아이를 맡기고 일터로 향할 수 있게 하는 것이 더 중요한 것이다. 물론 이 문제는 비단 유치원 문제뿐만 아니라 전체적인 교육문제에 대해서 논해야 할 문제로 현행 입시제도의 전면적인 재검토를 필요로 하는 문제이기도 하다. 물론 보통 큰 문제가 아닐 수 없다. 하지만 정부가 존재하는 이유가 국민들의 행복을 위해서라는 것이 옳다면 끊임없이 문제점을 분석하여 개선하려는 노력을 멈추어서는 안 된다는 것이다.

마지막으로 결혼과 출산자체를 부정하는 사람들에 대한 문제다.

사실 이 문제는 개인적인 사고방식의 문제임으로 누가 관여할 문제는 아니다. 그러나 그렇다고 모르는 체 할 수 있는 문제도 아니다. 개인적인 자유를 존중하기 위해서 모른 체 했다가는 인구의 감소로 인해서 나라가 위태로울 수도 있기 때문이다.

나는 적어도 이 문제는 어린 시절부터 교육을 통해서 해결해야 한다고 생각한다.

우선 어릴적부터 인간의 존엄성에 대한 교육을 통해서, 인간만이 모든 것을 사고하고 행동하는 존재라는 것을 교육함으로써 인간에 대한 존엄성을 심어주는 것이다. 그리고 그런 인간이기에 이웃과 함께 협력하고 함께 공동체로 생활해야 한다는 교육 역시 함께 하는 것이다. 동물도 무리가 있다고 하지만 동물의 무리와 인간의 공동체가 왜 다른지를 가르치고 실제 그런 삶을 살아나가도록 교육하는 것이다. 그리고 점점 성장해 나갈수록 인간은 존엄하기에 그 존엄성을 유지하기 위해서라도 후손을 번성하게 남겨야 한다는 의식을 갖도록 교육하는 방법이 가장 효율적이 아닐까 하는 것이다.

물론 그런 교육을 받아들이는 사람에 따라서 다르게 받아들일 수도 있지만, 적어도 교육의 힘은 그런 문제를 해결할 수 있다는 생각에서 제안하는 것이다.

저출산이라는 심각한 문제를 우리는 그저 심각하다고만 생각해서도 안 되고 당장 눈에 보이는 행정으로 출산율을 높일 수 있을 것이라는 안이한 생각을 해서도 안 된다. 정말 심도 있는 분석을 통해서 원인을 파악하고 그 해결책을 내놓지 않는다면 이 나라의 기조가 되는 국민의 숫자가 감소해서 나라의 존폐가 거론되는 비극이 오지 말라는 법도 없기 때문이다.

경영에서 경쟁상황이 안 좋아 경쟁이 떨어지고 불황해결책으로 TQC 기법을 활용하는 경우가 많은데, 기본설계부터 고객관리까지 문제점을 찾고 대책을 강구하듯이 부분적이고 단편적이 아닌 전체적이고 복합적인 대책을 찾아 실행하여야 한다. 그래도 결과가 기대에 미치지 못하면 PDCA[Plan(계획) - Do(실행) - Check(평가) - Act(개선)] 사이클을 반복적으로 실행하여 해결책을 찾는데 출산문제도 앞의 세 가지를 동시에 각 부분에서 해결점을 찾아서 실행할 때 그나마 어느 정도의 성과를 볼 수 있을 것이라고 생각한다. 따라서 어쩌면 현재 우리나라에서 가장 큰 과제라고 할 수 있는 출산정책도 기업의 TQC기법처럼 각 테마별 문제점에 대책을 세움과 동시에 PDCA 방법으로 실행했으면 하는 바람이다.

# 4

## 소득주도 경제성장 정책에서
## 시장경제 활성화로 전환

동물이 식물과 가장 다른 점 중 하나가 움직인다는 것이라고 한다. 즉, 자신이 처한 환경에서 스스로 이동함으로써 환경에 대처해 나간다는 의미다. 식물은 고정된 자리에서 내리는 비를 맞고 수분을 충족함으로써 탄소동화작용을 통해 산소를 생성하고 자신에게는 스스로 영양분을 만들어 성장하는 한편 꽃을 피우고 열매를 맺어 종족을 번성한다. 반면에 동물은 움직임으로써 먹고 사는 문제를 해결해 나간다. 즉, 자신의 몸을 움직여 먹잇감을 찾고 그 먹이를 통해서 양분을 보충하고 종족을 번식하는 에너지원을 충족하는 것이다. 여기까지는 사람을 포함한 모든 동물이 하는 일반적인 행위이다.

그런데 사람은 생각한다는 면에서 일반적인 동물과 다르다고 한다.

그렇다고 사람은 생각을 하는데 사람을 제외한 다른 동물은 아예 생각을 하지 않는다는 뜻이 아니다. 동물이 식물과 다른 점이 바로 상황을 인지하고 그에 대처하는 능력 즉 생각을 하기 때문에 먹고 살며 종족을 보존하는 것이니, 다른 동물들도 생각은 하지만 유독 인간만이 보다 나은 삶과 보다 나은 환경을 만들기 위해서 생각을 하고 그것을 실천한다는 것이다. 지금보다 나은 내일을 추구하는 것이 인간의 기본적인 욕구라고 할 수 있다.

문재인 정부가 들어선 이후로 소득주도 성장이라는 말이 빈번하게 등장했고 또 그 기조에 맞춰서 경제정책을 주도해 나갔다. 그런데 경제는 점점 나빠져 가고 있다는 것을 국민들이 피부로 느끼고 있다고 한다. 나역시 그렇지만 지역의 많은 분들을 만나면 한결같이 점점 살기 어려워진다고, 그리고 그 속도가 빠르게 다가오고 있다고 한다.

그동안 여러 학자들이 소득주도 성장이라는 것이 잘못된 경제정책으로, 잘못된 가설을 적용하여 정책을 실행하다 보면 고용참사와 소득분배악화 등의 부작용이 생겨 경제를 망칠 수 있다고 걱정해 온 것들이 현실로 다가오고 있지 않나하는 우려마저 낳고 있다.

소득주도 성장을 한마디로 요약하자면, "최저임금 인상 등을 통해서 가계소득을 늘리고, 의료비와 보육비 등의 가계지출을 감소시키고, 고용보험의 확대 등을 통해서 사회안전망을 강화하는 것"이라고 할 수 있다. 즉, 정부가 최저임금을 올려서 1인당 소득을 높임으로써 각 가정의 소득이 늘어나고, 의료보험을 조정해서 의료비 부담을 적게 하고 육아·교육 등의 복지를 늘림으로 인해서 가계지출을 줄이고, 공용보험 등을 확대해서 설령 실업자가 되더라도 다시 취업할 때까지 안정된 생활을 할 수 있는 제도를 만들어 나간다는 것이다. 그렇게 되면 가계소득이 증대됨으로 인해서 소비가 늘어날 것이며 소비가 늘어나면 기업이 이윤을 내게 되고 그 이윤은 투자의 확대에 쓰일 뿐만 아니라 다시 임금을 상승하게 함으로써 가계의 소득이 증대되어 또다시 같은 사이클의 순환을 하게 됨으로써 자연히 경제성장을 가져온다는 것이다. 소위 소득이 증대하는 것이 경제성장을 주도하는 역할을 한다는 원리다. 그래서 소득주도 성장인 것이다.

소득주도 성장은 어떤 이론을 바탕으로 한다기 보다는 국제노동기구(ILO)가 주창해온 임금주도 성장을 기반으로 한 것이다.

그렇다면 이 이론은 일반적으로 우리들이 경제학 측면에서 말하는 성장이론과는 어떻게 다른 것인가?

일반적으로 경제원칙은 수요가 공급을 창출하고 수요와 공급이 만나는 점에서 가격이 형성된다는 지극히 간단한 이론이다.

즉, 사람이 무언가를 필요로 하면 그것을 원하게 되고 그것이 시장에 공급되는데, 필요로 하는 사람들과 공급하려고 하는 사람들이 서로에게

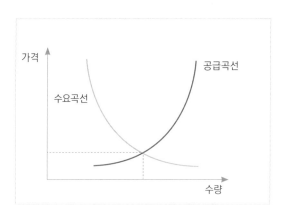

충족되게 만나는 점에서 가격이 형성된다는 것이다. 옆의 그래프를 보면 이해가 쉽다. 그리고 이렇게 형성된 가격 아래서 공급이 넘치게 되면 잉여공급이 생겨 가격은 다시 하락하고, 수요가 넘치면 공급부족이 생겨 가격이 상승하는 등 경제 원리에 의해 시장이 형성되고 대처해 나간다.

노동시장의 임금이 형성되는 것 역시 마찬가지 원리다.

노동력을 제공하고자 하는 사람들과 노동력을 필요로 하는 사람들이 서로에게 제공하고자 하는 노동과 임금이 합당하게 형성되는 지점에서 임금이 형성되고 노동이 이루어진다는 것이다. 물론 과거 독재시절이나 또는 후진국에서는 이 지점을 기업가에게 유리하게 하기 위해서 인위적으로 그 접점을 낮춰서 노동력을 싸게 착취하고는 했다. 그래서 국제노동기구에서 임금주도 성장을 주창하게 된 것이다. 노동력을 너무 싸게 착취함으로써 노동자들이 사람답게 살 권리를 잃어버리던 시절이나 혹은 그런 나라에서는 그 주장이 맞는 이론이 될 수도 있다.

그러나 완전한 자본주의 시장에서는 그 주장이 맞지 않는다. 노동의 값어치인 임금이 형성되는 지점 역시 시장원리에 맡겨야 되는 것이다. 그런데 소득주도 성장은 임금이 형성되는 지점을 노동자에게 유리하게 한다는 이유로 정부가 인위적으로 개입해서 그 형성지점을 높이는 것이다.

소득주도 성장의 커다란 모순은 여기서 발생한다.

첫째는 고용을 위한 재화는 한정되어 있다는 것을 무시한 것이다. 다시 말하자면 고용시장은 그 한계가 있다. 기업은 그 규모와 상관없이 수입이 있어야 지출을 일으킬 수 있고 지출은 임금과 원자재 구매비용 등

기타 여러 가지 사업비용으로 나뉠 것이다. 그런데 지출을 무조건 임금에 할애 할 수는 없는 것이다. 그 한계가 있다. 그렇다면 임금의 한계를 지키기 위해서 노동자 한 사람의 소득을 높이면 다른 이에게서는 줄일 수밖에 없으니 결국 해고를 하는 수밖에 없는 것이다.

간단하게 우리 주변의 치킨가게를 경영하는 사장님의 경우를 들어보면 이해하기가 쉽다.

아르바이트 학생에게 하루에 할애할 수 있는 비용이 8만 원이라고 할 경우를 예로 들어보자. 우선 시간당 1인에게 8천 원을 준다면 10시간 아르바이트를 고용할 수 있다. 그럴 경우 두 사람을 다섯 시간씩 고용하게 된다. 그러나 시간 당 만 원으로 오르게 되면 8시간 밖에 아르바이트를 고용할 수 없게 되므로 한 사람을 다섯 시간 고용하게 되면 나머지 한 사람은 당연히 세 시간만 고용해야 함으로 한 사람은 만 원이 줄고 한 사람은 만 원이 느는 반면에, 나머지 두 시간은 사장님 혼자 일을 해야 함으로 배로 힘들 것이다. 만일 이러한 적정 수준의 임금원칙을 넘어서 무리한 임금을 지불하여 지출이 수입을 초과하게 되면 그 사업은 망하는 것이다. 결국 노동시장이 붕괴되어 고용자나 노동자나 모두가 경제력을 상실하게 되는 것이다.

둘째는 소득은 소비와 저축으로 나뉜다는 경제학의 기본적인 이론을 배제한 것이다.

소득이 늘어났다고 해서 그 것이 모두 소비로 이어지는 것은 아니다. 소득은 반드시 소비와 저축으로 이어지게 되어 있음으로 결국 일반적으로 성장한 경제에 의해서 이루어지는 소득이 아니라 인위적으로 소득만을 높일 경우 소득이 늘어난 사람은 자신이 하던 소비에 비해 조금은 더할 수도 있지만, 그동안 경제적인 여유가 없어서 못했던 저축을 하게 됨으로써 저축이 늘어나게 된다. 그러나 소득이 줄어든 사람은 그만큼 소비 자체가 줄어 들 수밖에 없으니 결국 전체적인 측면에서의 소비는 감축되는 효과를 가져 오는 것이다. 이것은 결국 소비감축은 시장경제의 위축으로 생산과 소비 모두를 위축시킴으로써 경기를 둔화시키고 경제 침체로 이어지며 나아가서는 불경기에 공황으로 이어지는 사태를 가져올 수도 있는 것이다.

그렇다고 경제정책에 있어서 정부는 손을 놓고 완전한 시장경제에 맡겨야 한다는 말은 아니다.

앞서 말한 시장경제의 가격형성의 원리에서 중요한 것은, 가격 형성은 독과점이 존재하지 않고 동일한 재화에 대한 수급자가 다수 존재해 공급자와 수요자 모두가 동질의 재화를 바탕으로 순수하게 경쟁함으로 인해서 어떤 특정한 기업이나 개인이 가격을 지배할 수 없다는 경쟁의 순수성과, 생산자와 소비자 모두가 어떤 특정한 재화에 대한 완전한 정보를 접할 수 있어서 공급 상태 등에 대한 유리한 조건을 찾는데 어떠한 장애도 없다는 시장의 완전성이라는 조건이 전제되었을 때에만 비로소 관철될 수 있다.

그러나 현실에는 대기업이 생산에 관여하여 공급을 좌지우지할 뿐만 아니라 소비 역시 대형 유통회사들의 독과점이 존재하고 생산자와 소비자는 불완전한 정보를 가질 수밖에 없기에 완전한 시장구조에 가격형성을 맡길 수만은 없는 것이 사실이다.

완전한 시장경제에 경제를 맡기는 것에는 한계가 있다는 것은 이미 케인즈의 수정자본주의 이론에 의해서 일정부분 정부의 개입이 필요하다는 것을 증명한 바다. 다만 정부가 하는 일이 경제 역시 물 흐르듯이 흐르는 것을 도와주는 역할을 해야 하는 것이지 그 흐름을 막거나 역행하도록 해서는 안 된다는 것이다. 흐르는 물을 막거나 방해하는 요소가 있으면 그 요소를 제거하고 물 흐름을 원활하게 하는 것이 바로 경제에 있어서 정부가 할 역할이라는 것이다.

그런데도 불구하고 소득주도성장은 바로 물을 역행하게 하려는 정책이라는데 문제가 있다는 것이다.

우리나라의 소득주도성장 정책 역시 그 결과는 벌써 눈에 보이는 실패다.

최근 국책연구소인 한국개발연구원(KDI)에 의하면 생산·소비·투자·수출이 줄 하락을 하고 있으며 국내외 기관들이 앞 다퉈서 우리나라의 올해 경제성장률 전망치를 낮추고 있다고 한다. 한국경제연구원 역시 금년도 2분기 경제성장률이 작년의 2분기 보다 1.0% 떨어진 1.8%에 그치는 등 한국경제가 내리막길을 탔다고 발표했다. 그런가 하면 자영업자들이 점점 그 소득지표가 낮아지고 있다는 발표들이 속속 뒤를 잇고 있다.

물론 이렇게 악화되는 경제현상들이 100% 정부의 소득주도 경제성장 정책 때문이라고 단정 짓는 것은 아니다. 다만 이정도로 경제가 악화일

로로 치닫고 있을 때는 한번 내세운 정책을 고집만 할 것이 아니라 다시 한번 살펴보는 것이 낫지 않을까 하는 우려에서 이 의견을 내는 것이다.

그 개선책으로는 과감하게 정책을 변경해야 한다.

우선 기업하기 좋은 환경을 조성하기 위해 각종 규제를 혁파해야 한다. 이제껏 매 정부마다 규제 혁파을 외쳤지만, 현장의 시장경제와는 거리가 있던 것이 사실이다. 지금이라도 현장의 목소리에 귀를 기울여 규제를 혁파할 필요가 있다.

다음은 세계 경제의 흐름에 발맞춰야 한다는 것이다. 시장경제와는 다른 정치적 이유 때문에, 요즈음에는 미국과 중국의 무역마찰이 있고 일본이 수출규제 정책을 펴고 있지만, 그건 잠시뿐인 현상이고 세계 경제의 주된 흐름은 자유시장경제다. 그 흐름에 맞춰서 경제정책을 수립할 필요가 있다.

아울러 4차 산업혁명에 대한 적극적인 지원 정책을 펴는 것이 절대적으로 필요하다. 지금 국제 경제는 융합산업에 기초를 둔 4차 산업혁명의 불꽃이 타오르고 있다. 자칫 그 흐름을 놓치는 날에는 국제 경제 시장에서 낙오자가 될 수 있다. 국제 경제 시장에서 출발이 한 발자국 늦는 것은 후진국으로의 몰락으로 이어질 수 있다는 것을 잊어서는 안 된다.

# 5

# 사람의 신뢰와
# 정치적 신념은 같은 맥

나는 구청장 시절 365일 아침 새벽부터 밤늦게까지 일했다.

평일에는 보통 아침 5시에 기상하여 조간신문을 잠시 보면서 새로운 뉴스를 접하는 것으로 시작한다. 이어서 광진구 홈페이지에 들어가 "구청장에게 바란다" 코너에 새롭게 올라온 구민들의 민원이 없는지를 살펴본다. 이어서 간단한 운동을 한 후 아침식사를 하고 구청으로 출근을 시작한다.

특별한 행사나 아니면 장마철이나 눈이 내린 겨울 같으면 조금 더 일찍 집에서 나서서 관내 순찰을 하면서 출근을 한다. 그리고 평소에는 보통 7시 30분이면 구청장실에 도착을 한다.

하루의 일정을 체크하면서 밀린 결재서류를 결재하고 8시 30분에는 국·과장으로부터 사업계획과 진행을 보고 받는 확대간부회의를 주재한다. 그리고 9시부터는 물 한잔 마실 시간 없이 구내의 여러 곳에서 벌어지는 각종 행사와 봉사활동에 참여하여 격려와 인사를 하고 같이 힘을 합쳐 도와주기도 하면서 5시쯤에는 다시 구청으로 돌아와 산적한 현안 문제에 대한 일을 해결하고자 줄을 서다시피 기다리는 직원들의 서류에 결재를 해야 한다.

그렇다고 그 서류들을 결재하고 난 6시 30분이면 퇴근을 하는 것이 아니다. 저녁에는 각종 위원회가 열리기 때문에 그곳에 참여도 해야 하고, 각 지역에서 개최되는 간담회 등에도 참여하는 등 보통 10시가 넘어야 일을 마칠 수 있고 집에 돌아와 지친 몸을 닦고 나면 11시가 훨씬 넘어 있다.

그렇다고 주말이나 일요일은 쉬는 날이 아니다.

주말에는 지역단위로 이루어지는 생활체육 행사 등의 지역행사와 지역 주민들의 애경사는 물론 각 동이나 단체에서 주관하는 행사 등에 참여 하다보면 평일보다 몸은 더 바쁘게 이동거리가 많은 날들이 대부분이다.

내가 글로벌기업인 코리아제록스에서 일할 때에 이 회사가 바로 내 회사라는 신념으로 열심히 일해서, 공채로 입사한 신입사원이 단계를 거친 10단계 승진을 통한 대표이사가 되었던 사람이다. 그 때에도 휴일을 거의 반납하면서 최선을 다해 열심히 일했다. 그런데 그렇게도 염원하던 공직자가 되었으니 더 열심히 일하는 것은 당연한 것이라고 생각하고 최선을 다해서 일했다.

목표를 정하고 실천방향을 기업처럼 정해서 목표를 향해 실천방향을 수립한 그대로 밀고 나감으로써 반드시 목표를 이룩하도록 했다. 내가 임기를 마친 후에 아니 그 이후로 여러 명의 구청장이 탄생하더라도 가장 일을 많이 하고 가장 청렴하게 구민들을 위해서 열심히 일한 1등 구청장으로 남고 싶었기에 그렇게 실천했다.

그렇게 열심히 일하는 나를 주민들은 참 좋아했다. 주민들이 원하는 일을 민원으로 제기하면 타당성을 검토해서 타당하다면 즉각 결과를 얻을 수 있으니 당연히 좋아 할 수밖에 없었을 것이다. 그러나 공직자 중에서는 일을 많이 한다고 불평하는 공직자도 있었던 것 역시 사실이다. 다만 내가 공직자들에 대한 평가를 오로지 성과에 대해서 판단 기준을 갖는 것은 물론 승진, 보직, 포상 등에 관해서는 나 스스로는 물론 그 누구에게도 부끄럽지 않게 청렴하게 일을 처리하자 불평하던 공직자들도 나를 이해하고 따르는 사람들로 점점 변해가고 있었다. 일에 관해서만은 기업처럼 생산성과 효율성을 앞세우는 TQC(Total Quality Control) 방식을 앞세워 설계, 제조, 판매, 고객관리 혹은 고객만족 즉 주민만족의 정신으로 처리해 나갔다. PDCA[Plan(계획) - Do(실행) - Check(평가) - Act(개선)] 사이클을 지속적으로 실행하여 문제점을 찾아 해결하였다. 주민이 최고라는 생각으로 모든 일을 처리한 것이다.

그렇게 일을 하면서 나는 오로지 일만 생각했지 민선5기 구청장 공천을 받기 위해서 별도의 다른 무엇도 하지 않았다. 그저 열심히 주민들과 함께 호흡하면서 일을 하다보면 일 잘하는 구청장이 되어 당연히 공천을 받을 것이라는 생각에서였다. 그런데 막상 공천을 발표하는데 내가 아니라 다른 사람이 공천을 받았다. 처음에는 믿기지 않을 정도였지만 차츰 그 내막을 알게 되었다. 그리고 내가 공천을 못 받은 내막이 금방 여러 사람들에게 알려지게 되자 당시 민주당에서 특사가 나를 찾아왔다.

민주당(갑)(을)을 대신한 지역유지가 나를 찾아온 것이다. 당연히 나와 친분이 있으면서 당시 한나라당과도 긴밀한 관계를 유지하던 J씨를 보낸 것이다. 하루 이틀이 아니라 7일 내내 사무실로 찾아 왔다.

"공천 내막은 다 들었습니다. 왜 그런 억울한 일을 당하고 가만히 계십니까? 일 잘하고 억울하게 당하지 말고 민주당에서 부를 때 가십시오. 민주당에 입당만 하면 공천을 준다는데 무얼 망설입니까? 공천만 받으면 그동안 일을 잘해서 주민들은 당연히 당선시켜 줄 것이니 결단만 내리면 됩니다."

그 제안을 듣던 많은 참모들은 내가 민주당으로 당적을 옮길 것을 희망했다. 그러나 나는 그 특사가 내게 제시한 민주당 입당을 나는 단호히 거절했다. '생각해 보마'처럼 애매모호한 대답을 한 것이 아니라 한마디로 거절했다.

"안 갑니다. 쓸데없는 일 그만하십시오."


당시 내가 단호히 거절한 이유는 크게 세 가지로 볼 수 있다.

첫째는 무엇보다 정치생활이 신뢰가 기본이 되어야 한다는, 내가 인생을 살아 온 신념 때문이었다. 물론 단지 정치생활뿐만이 아니라 사람의 모든 삶이 신뢰가 기본이 되어야 하지만 지금은 정치 이야기를 하는 중이라 그리 표현한 것이다. 어릴 때 할아버지로부터 늘 듣고 자란 10조 훈육이 결국 한마디로 표현하면 '인간의 신뢰를 지키고 어려운 사람들을 위하는 인간다운 삶을 살라'는 것이었다.

1) 정직하라.(거짓말하지 말라)
2) 도둑질하지 마라.
3) 거지가 오면 쌀은 못 줘도 보리쌀이라도 줘라.

4) 어느 구름에서 비올지 모르니 모두에게 잘 해라.

5) 원수는 외나무다리에서 만난다. 원수지지 마라.

6) 열길 물속은 알아도 한길 사람속은 모른다.

7) 접시는 밖으로 내 돌리면 깨진다.

8) 이 우물 다시는 안 먹는다고 우물에 침 뱉지 마라. 언제 또 먹을지 모르는 게 인생이다.

9) 비단이 곱다 해도 사람의 말처럼 고울 수는 없다.

10) 애비 없는 호래자식 소리 듣지 마라.

아버님께서 일찍 돌아가셨기에 첨가된 10)번을 제외하면 결국 사람의 도리를 가르쳐 주신 것이고 그것은 사람에 대한 신뢰가 바탕이 되지 않으면 되지 않는 일이었다. 그 교육이 몸에 배인 나에게는 당연히 한 번 이런 일을 겪었다고 당을 옮겨서, 그것도 완전히 걷는 노선이 다른 반대당으로 적을 옮겨서 출마하는 짓은 하고 싶지 않았다.

아내를 만난 것도 군 3년을 기다려 달라는 내 말을 믿고 기다린 신뢰에 대한 보답으로 제대를 하자마자 결혼을 한 나다. 첫 직장에 입사한 후 여러 번 일본 기업들로부터 스카우트 요청이 있었지만, 오직 제록스에만 28년을 근무한 나다. 공천을 주지 않고 중간에 묘하게 일을 만든 그 사람은 미워할 수 있을지 모르지만, 신뢰가 삶의 전부라고 생각하며 살아온 내 철학을 하루아침에 뒤집고 당을 옮길 수는 없었다.

둘째는 나를 한나라당으로 이끌어 주고 나를 정치에 입문시켜준 정치 선배를 배신할 수 없었다. 이번 공천에서 그분이 힘을 발휘하지 못하는 입장이라 어쩔 수 없이 지켜만 보았지만 그렇다고 그분을 나 몰라라 배신하고 당을 옮길 수는 없었던 것이다.

셋째는 경력도 경륜도 없는 사람이 잘 할 수 있겠냐고 우려하며 음으로 양으로 지원하고 격려해주던 고향 선·후배들을 배신할 수 없었다. 그분들의 염려가 그동안 큰 위안과 힘이 되었는데 다른 당으로 가서 그분들을 욕 먹이고 싶지 않았다. 고향이 어디라고 하더니 그 고향 구청장이 공천 받았던 당을 버리고 다른 당으로, 그것도 반대당으로 가서 당선 됐다고 손가락질 받는 꼴을 보고 싶지도 않았고 그런 식으로 내 고향의 명예가 훼손되는 것이 정말 싫었다.

결국 나는 당선이 되면 반드시 다시 찾아오겠노라는 말을 국회의원에게 하고 한나라당을 탈당해서 무소속으로 출마하는 길을 택했다. 당선 가능성이 아주 어렵다는 것을 알았지만 기꺼이 그 길을 택했다.

그런 내 사정을 알았는지 모르겠지만, 당시 중앙당 J사무총장이 공천이 잘 못 된 것을 시인한다고 나에게 사과를 했었다.

"청장님께서는 국회의원도 장관도 할 사람이라 우리가 영입케이스로 모셨었는데, 구청장공천에서 탈락한 것이 정말 잘못되었다는 것을 인정합니다. 무소속 출마를 결심하셨다면서요?"

"예. 그렇게 결심했습니다. 민주당에서 손짓을 했지만 거절했습니다."

"정말 대단하십니다. 민주당 손짓을 거절하실 정도의 심지가 굳은 분인데 정말 당을 대신해서 제가 죄송합니다. 그리고 이건 염치없는 질문이기는 합니다만, 민주당 제안을 거절하셨다면 당선이 되면 한나라당으로 재입당을 해 주실 것입니까?"

"당연하지요."

나는 한 치의 망설임도 없이 당연하다는 한마디를 남긴 채 저녁식사도 하지 않고 지역으로 돌아왔다. 그리고 그 선거에서 무소속인 나는 결국 낙선의 고배를 마셨다. 그러나 민주당으로 출마하지 않은 것을 결코 후회하지 않는다.

정치도 사람의 삶이다.

삶이 무엇인가? 아니 사람이라는 것이 무엇인가?

흔히 사람인(人)자의 모습은 두 사람이 서로 기대어 의지하는 모습이라고 한다. 서로가 서로를 믿고 의지하며 살아가는 것이 사람이고, 사람이 이루는 것이 삶이요 세상이니 그것이 곧 삶이며 세상이다. 만일 서로 의지한 둘 중 하나가 아무런 이유도 없이 서로 기댄 모습에서 이탈해 버린다면 사람인의 모습은 존재할 수 없는 것이고 사람이 존재하지 않으니 삶도 없고 세상도 없는 것이다.

정치 역시 마찬가지다.

흔히 정치를 신념에 의해 움직이는 행위라고 한다. 그렇다면 신념이 무엇인가? 신념은 어떤 생각이나 사상을 굳게 믿으며 실천하려는 의지다. 결국 자신이 믿는 것을 행동으로 옮기는 것이다.

그렇다면 신뢰는 무엇인가? 간단히 말하면 믿고 의지하는 것이다.

결국 신뢰하기에 신념이 생기는 것이고 신뢰라는 믿음이 없으면 그 어떤 것도 이룰 수 없는 것이 인간의 삶이다.

그것이 정치든 평범한 인간의 삶이든 사람의 신뢰는 곧바로 신념으로 이어지는 것이다.

그렇기에 나는 감히 확언한다.

서로에 대한 믿음이 바탕이 되지 않는 정치는 물론 인간의 그 어떤 삶도 아무런 의미가 없는 것이다.

# 6

# 4차 산업혁명과
# 우리의 대처방안을 위한 제언

    요즈음 어디를 가나 산업이야기가 나오면 의례히 4차 산업혁명 시대라는 말이 화두로 떠오른다. 마치 4차 산업혁명을 모르면 당장 세상을 살아나가기 힘들지도 모른다는 불안감마저 생길 정도다. 그러나 인류는 이미 세 차례의 산업혁명을 겪었고, 그 때마다 큰 문제없이 잘 대처해 나갔다. 다만 아쉬운 것이 있다면 각각의 산업혁명 때문에 생겨난 잉여자원에 대한 마땅한 조치가 없었고, 그 잉여자원 때문에 인류는 빈부의 격차를 안거나 아니면 전쟁을 겪어야 하는 아픔을 간직해왔다. 따라서 이번 4차 산업혁명 역시 인류에게 반드시 어떤 잉여재화를 안겨줄 것이라는 점을 잊어서는 안 되고, 그에 대한 대처를 미리 준비해야 한다. 그러기 위해서는 당연히 4차 산업혁명에 대해서 먼저 알아야 할 필요가 있다.

    2016년 1월 열린 다보스포럼에서 4차 산업혁명이라는 용어를 정의했다. 그 의미는 '디지털 혁명을 기반으로 디지털을 이용하거나 아니면 물리적인 공간 및 생물학적 공간의 경계가 희석되는 융합의 시대'라는 것이다. 4차 산업혁명은 제품이나 서비스가 네트워크와 연결되는 것과 사물이 지능화되는 것이 특징이며, 인공지능기술과 정보통신기술이 운송수단이나 로봇, 혹은 바이오산업 등의 첨단 기술들과 융합함으로써 보다 더 넓은 범위에서 보다 더 효율적이고 보다 더 빠른 속도로 변화를 초래하게 만드는 것이다. 그러나 4차 산업혁명이 컴퓨터, 인터넷으로 대표되는 3차 산업혁명이라 일컬어지는 정보화 혁명의 연장선상 이라는 점에서 일부 학자들은 아직도 3차 산업혁명에 머무르고 있다고 주장하기도 한다. 하지만 이미 인류는 4차 산업혁명을 인정한 터이므로 대부분의 사람들은 '융합'과 '인공지능'이라는 단어가 제공하는 효율적인 운용으로 한걸음 나간 산업임에는 틀림이 없음으로 3차 산업혁명에서는 한 걸음 더 진화한 혁명이므로 4차 산업혁명이라고 부르는 것이 옳다는 견해다. 그러나 그 견해의 옳고 그름을 떠나서 산업혁명 뒤에는 사람의 노동력이 잉여의 대상이 될 수 있다는 것이다. 그리고 과연 이번 4차 산업혁명에도 그런 부작용이 뒤따르는 것은 아닌지 하는데 대한 우려다. 그러나 4차 산업혁명을 올바르게 이해한다면 결코 걱정만 할 일은 아닌 것도 같다.

앞서 말한 바와 같이 우리는 여러 번의 산업혁명을 거쳤다. 그리고 그 산업혁명을 거칠 때마다 사람은 기계에 의해 '잉여'의 대상으로 밀려나게 되었다.

우선 제일 먼저 겪은 것은 제1차 산업혁명이다. 제1차 산업혁명은 1760~1840년 사이에 겪은 것으로 철도와 증기기관을 발명한 이후 사람의 손으로 생산하던 수공업을 기계에 의한 생산으로 바꿈으로써 생산의 수량을 늘린 일이다. 하지만 이 혁명은 장인정신을 훼손하는 결과를 낳게 된다. 뿐만 아니라 잉여 노동력이 생겨나게 되자 신대륙 이전이라는 방법으로 유럽에서 아메리카 대륙으로의 이민을 추진하고 적극 지원하는 정책을 쓰게 된다.

제2차 산업혁명은 19세기 말에서 20세기 초에 벌어지는 현상으로 전기의 발명에 의해 생산라인을 만들고 그에 의한 대량생산에 돌입하게 된다는 것이다. 생산라인에 의한 대량생산은 사람의 노동력에 대한 수요를 줄이게 됨으로써 대량 실업 사태를 야기하기도 했다. 그러나 무엇보다 중요한 것은 대량생산이라는 풍부한 생산을 하게 되자 소비시장을 개척해야 했고, 소비시장을 개척하기 위한 과정에서 발달한 제국주의가 팽창하여 결국 두 차례의 세계대전을 치러야 하는 아픔을 겪게 된다.

그리고 지금 우리가 겪고 있는 4차 산업혁명 직전에는 컴퓨터와 인터넷의 발전에 의한 정보기술시대인 3차 산업혁명을 겪었다. 그리고 그 3차 산업혁명은 지금도 4차 산업혁명과 함께 진행 중이다. 하지만 3차 산업혁명이 노동력을 잉여산물로 만들어 대 혼란을 야기하지는 않았다.

사람이 하던 일들을 컴퓨터가 많은 부분 더 손쉽게 해결하고 일일이 사람의 손을 거쳐야 했던 산술적 계산 역시 컴퓨터가 더 손쉽게 하는 등 인간만이 할 수 있는 일을 해내기 시작한 것은 사실이다. 그러나 그런 모든 것을 하기 위한 컴퓨터라는 것을 만들기 위해서 쓰이는 갖가지 부품을 시작으로 완성된 기계를 생산하기 위한 산업은 물론이고, 사람이 하는 일을 대신하게 만들기 위해서 반드시 필요한 프로그램을 만드는 일까지 다양하게 사람의 힘을 필요로 함으로써 이른바 IT산업이라는 신종 산업의 발달을 가져왔고 수많은 인력이 그 안에 흡수되었다. 1차 산업혁명이나 2차 산업혁명처럼 사람의 노동력이 잉여의 대상이 되거나 잉여 생산물을 소비해야 하는 시장으로 전락하지는 않았다는 것이다. 물론 이미 말한 바와 같이 3차 산업혁명은 아직도 진행 중이고 그것은 4차 산업혁명과 맞물려 어떤 결과로 끝맺음을 할지는 시간이 더 지나 봐야 알 수 있지만 많은 학자들은 일자리 감소를 예상하면서도 사람만이 할 수 있는 일이 있다는 것을 강조하고 있다. 인공지능을 융합하는 것 자체도 사람만이 할 수 있는 일이다. 기계가 스스로 자신의 지능을 가지고 전원에 스스로를 연결해서 일을 한다고 할지라도 사고하는 능력을 가져서가 아니라 사람이 그렇게 하도록 프로그램화 시켜놓았기에 가능한 일이라는 것을 잊어서는 안 된다.

우리는 사람이 행하는 경제행위에 대해서 학문적으로 논하거나 이해하기 쉽도록 일반적으로 산업을 분류해 놓고 있다.

가장 고전적인 분류방법은 콜린 클라크에 의한 산업분류다.

그의 분류에 의하면 제1차 산업은 주로 생필품 중에서도 가장 기초적인 먹는 것을 충족해 주고 약간의 입을 거리와 기거할 곳을 충족해줄 수 있는 농업, 임업, 수산업, 목축업, 수렵 등이 포함되며, 제2차 산업은 생존을 위한 기본적인 의식주의 문제에서는 한 걸음 더 나가 인간의 삶의 질을 향상시킴으로써 편안하고 안락한 삶을 위한 제조업, 광업, 전기, 수도 사업 등을 포함하고 있다. 그리고 1차 산업과 2차 산업에서 형성된 제품들을 상품화 시켜서 소비자에게 판매하기 위한 상업, 운수업, 통신업, 금융업 등의 서비스업을 제3차 산업에 포함시키는 한편 그에 따른 전문적인 직업이 3차 산업에 포함하고 있는 것이다.

그러나 이런 고전적인 분류는 산업의 중심이 이미 2차 산업에서 3차 산업으로 넘어가 있고, 3차 산업이 나날이 발달함에 따라 서비스업 자체가 다양하게 발달함으로써 서비스업을 단순히 제3차 산업만으로 분류하는 데에는 한계가 있기 때문에 3차 산업을 상업, 금융, 보험, 수송 등에 국한시키고, 4차와 5차 산업의 개념을 확대 도입하여 분류하여야 한다는 이론이 우세하다.

이 경우에 있어서 4차 산업은 지식을 기반으로 하는 서비스 산업으로 정보와 지식 산업의 발달로 인해서 도입된 개념이다. 즉 정보의 수집이나 전달, 의료산업, 교육산업, 연구·개발 산업, 금융설계 산업 등 지식 집약적 산업을 총칭한다.

그리고 제5차 산업은 인간의 취향을 극대화 시키는 생활용품의 설계나 취미, 여가 생활을 즐기기 위한 개발을 집중적으로 하는 패션, 오락 및 레저산업 등을 가리킨다.

이렇게 산업을 분류하고 보면 지금 우리가 당면하고 있는 4차 산업혁명이 결코 낯설게 느껴지지 않는다.

왜냐하면 우리는 이미 3차 산업혁명을 통해서 컴퓨터라는 낯선 시스템을 도입하였음에도 잘 적응하고 그에 대처했다. 대한민국을 IT강국이라는 기반위에 올려놓은 것이다. 그에 따라 단순히 서비스업으로 분류되던 산업 중 지식전달을 위해서 최우선적으로 필요한 통신업은 물론 사람의 목숨을 좌지우지하는 의료기기 산업 등의 발달 등은 세계 제1의 수준이다. 그리고 그에 준하는 산업들, 예를 들자면 통신업인 휴대폰을 사용하기 위한 앱을 개발하는 산업 등에서 아주 우수한 저력을 보여주고 있다. 뿐만 아니라 컴퓨터에 해당하는 모든 기기들, 예를 들면 휴대폰이나 등등의 모든 기기에 반드시 필요한 반도체 생산은 전 세계 1위로 전 세계의 반도체 시장을 석권하고 있다는 것은 우리 모두가 아는 사실이다. 하드웨어와 소프트웨어의 기술개발과 적용이 상당히 앞서가고 있는 것이다.

그런데 4차 산업혁명이라는 것은 컴퓨터로 대변할 수 있는 3차 산업혁명이 초 지능화되고 서로 연결됨으로써 빅데이터와 인공지능을 이용하여 인간과 전자기기, 혹은 인공지능을 탑재한 기계가 대화하고 소통함으로써 보다 지능화된 사회로 변화하여 편안하고 안락한 생활을 추구하기 위한 것이다. 마치 3차 산업의 서비스업이 너무 비대하게 성장하다 보니 4차 산업과 5차 산업으로 나뉘어야 하는 경우와 그 본질은 다를지 모르지만 경우는 유사한 것이다.

결국 4차 산업혁명이라는 것은 이미 우리가 경험한 컴퓨터 산업에 인공지능을 융합한 것에 지나지 않는 것으로 우리는 얼마든지 헤쳐나갈 수 있는 산업일 뿐만 아니라 우리 대한민국이 가장 우수한 나라가 될 수 있는 산업이다. 다만 우리는 어떤 산업에 어떤 목적을 가지고 전념할 것인가 하는 문제는 고민해 봐야 할 필요가 있다.

독일은 전통적으로 제조업 강국이다. 하지만 점차 중국이나 인도의 저

비용 생산에 그 지위를 잃어가는 것은 물론 노동자들의 평균 연령이 높아지는 등의 문제에 봉착하여 제조업 강국의 자리를 내어줄 위기를 맞고 있다. 그러나 독일 정부는 '융합 산업'인 4차 산업혁명을 계기로 자국의 제조업 효율을 극대화하기 위해서 '제조업과 정보통신의 융합'을 기치로 내걸었다. 완전한 자동화 생산체계를 도입하고, 국내 제조업체들을 거대 단일 가상공장으로 연결하여 전 세계 시장 환경을 실시간으로 파악하는 맞춤형 생산을 할 수 있도록 지원하겠다는 방침이다. 그야말로 국가가 주도하는 제조업 강국으로 다시 태어나겠다는 각오인 것이다.

미국은 데이터를 인터넷과 연결된 중앙컴퓨터에 저장해서 인터넷에 접속하기만 하면 언제 어디서든 데이터를 이용할 수 있는 클라우드 서비스를 우선적으로 내세우고 있다. 나름대로 IT산업은 물론 제조업에서도 대단한 노하우를 갖고 있는 미국으로서는 당연히 그럴 수 있는 일이다. 제조업과 인터넷 기업에서 축적된 빅데이터를 바탕으로 시스템을 개방하여 개인, 기업 할 것 없이 모두가 참여하여 원하는 일을 자유롭게 할 수 있도록 환경을 구축하여 참여자들 모두에게 새로운 가치와 혜택을 제공해줄 수 있는 플랫폼을 만들고 부가가치를 창출한다는 계획이다.

일본은 경쟁 우위에 있는 로봇 기술을 중점으로 두고 있다. 로봇 산업이야 말로 4차 산업혁명의 극치에 달하는 산업 중 하나임에 틀림이 없다. 우선 그 제작을 위한 소재가 일반적인 소재로는 어려운 점이 많기 때문에 소재를 개발해야 한다. 그리고 로봇이 활동하기 위해서는 인공지능이 더해져야 하는데 인공지능이라는 기기의 단순한 탑재가 아니라 빅데이터를 보유함으로써 상황에 대처할 수 있는 인공지능을 탑재해야 로봇이 다양한 서비스에 임할 수 있기 때문이다. 물론 청소로봇처럼 단순한 업무를 처리하는 로봇이 아니라 마치 사람처럼 행동하는 로봇을 말하는 것이다.

중국은 현재의 노동 집약적인 제조방식에 IT를 더해 지능형 생산시스템을 실현하고 제조 강국 대열에 진입하겠다는 목표를 밝혔다. 중국인들이 말하는 노동집약적인 생산도 이제 그렇게 긴 세월을 갈 수 없다는 것을 스스로 깨닫고 있는 것이다. 전 세계가 모두 겪는 일 중 하나로 출산율이 감소해서 고령화 사회가 되어가고 있는데 중국은 이제까지 한자녀 정책을 펴왔고, 그 결과물로 나타날 고령화 사회가 엄청나게 큰 노동시장의 위기에 봉착함으로써 경제적 위기를 가져올 것임을 잘 알고 있는 것이다. 그렇기에 제조 강국으로 거듭나기 위한 노력을 내걸고 있는 것이다.

그렇다면 우리 대한민국은 어떤 산업에 어떻게 전념할 것인지를 심각하게 고민해 볼 필요가 있는 것이다. 대한민국만이 할 수 있는 일을 만들자는 것이 아니라 대한민국의 특성을 만들자는 것이다.

IT강국으로 가지고 있는 소프트웨어의 힘과 반도체 최고 생산국으로 지니고 있는 강점을 융합해서 다른 나라에서는 할 수 없는 새로운 융합 산업에 도전해 볼 필요가 있다고 생각한다.

앞서 말한 바와 같이 산업혁명은 항상 사람에게 잉여 노동력이라는 불안함을 조성하고는 했다. 이번에 4차 산업혁명 역시 마찬가지다. 따라서 우리들은 우리들의 다음 세대가 혹시나 그 불안함의 대상이 되지 않을까 하는 마음을 가질 수도 있다. 그러나 올바른 교육을 할 수만 있다면 그런 불안감은 갖지 않아도 된다.

4차 산업혁명에 따라서 인공지능이 대처할 수 있는 직업군을 조사한 발표에 따르면 단순한 일을 하는 근로자들에 비하면 화가나 사진작가, 작가 등 감성에 기초한 예술 관련 직업과 대학교수나 교사처럼 교육에 종사하는 사람과 요리사, 출판물이나 광고기획전문가, 패션디자이너, 귀금속 등의 보석 세공사, 금융전문가, 의료계 종사자 등 창의성과 전문성을 필요로 하는 직업들이 인공지능이 대처하기 힘든 직업군으로 분류되기도 했다.

그러나 이것은 어디까지나 분류일 뿐이다. 예를 들면 단순한 일이라고 하기에는 어폐가 있을지 모르지만 풍력발전을 위해서 반드시 필요한 풍력터빈을 수리하는 기술자라고 해보자. 얼핏 생각하기에는 풍력 터빈이라는 높은 곳에 있는 시설을 수리하러 올라가서 일을 하기에는 로봇이 사람에 비해 고소공포증 같은 것도 덜할 것이고 위험성도 감수할 수 있으니 쉬울 것 같이 느껴질 수도 있다. 하지만 기본적으로 로봇에게 장착된 인공지능이라는 것은 사람이 만들어 낸 경우의 수에 의한 것임으로 그 외의 경우가 발생해서 생긴 고장이라면 로봇은 해결이 불가능하게 된다. 물론 원격조정이라는 새로운 기술이 탑재되었더라도 사람만이 판단할 수 있는 것이다. 로봇은 판단을 하는 것이 아니라 여러 가지 경우의 수를 조합하여 그에 합당한 경우를 도출해 내는 단순한 지능을 탑재한 것이지 판단할 수 있는 능력을 탑재한 것이 아니기 때문이다.

마찬가지로 무인자동차를 예로 들어보자. 여기서 말하는 무인자동차는 스스로 운전하는 시스템을 갖춘 자동차를 말하는 것이다.

앞에 장애물이 있으면 가지 못한다. 그 장애물을 돌아가면 될 수 있는

지 아닌지에 대한 판단은 사람이 하는 것이다. 물론 그런 경우에 대비해서 인공지능을 설계한다고 하지만 어디까지나 한계가 있을 것임에는 의심할 여지가 없다.

따라서 우리는 4차 산업혁명을 두려워하거나 어려워 할 것 없이 정면으로 마주하면 된다. 그에 대한 대응 방안으로 인간의 창의성을 최대한 발휘할 수 있는 교육에 중점을 두는 것이 중요하다는 것이다.

유대인들은 자녀들을 교육할 때 무엇을 암기하고 어떻게 해야 한다가 아니라, 이것에 대해서 어떻게 생각하느냐는 창의성 교육에 중점을 둔다고 한다. 그렇다고 우리 교육이 창의성을 멀리하는 잘 못 된 교육이라는 것이 아니다. 다만 아직은 입시교육이라는 오명을 벗지 못하는 현실이다 보니 창의성보다는 암기와 정해진 방법을 익히는 교육에 치중하고 있는 것이 사실이다. 그러나 4차 산업혁명 시대를 마주하고 있는 지금의 우리는 보다 넓은 눈으로 세상을 바라볼 수 있는 교육으로 눈을 돌려야 할 때가 아닌가 싶다.

# 7

# 미국과 중국 사이에서
# 우리가 가야 할 길


어떤 나라가 스스로 나갈 길을 선택하는데 어려움이 생길 경우에는 자신들의 역사를 살펴보면 그 갈 길을 정하는 방편을 구할 수 있다고 한다. 역사는 그냥 과거로 사라지는 것이 아니라 비록 그 시대와 겪어야 하는 사람들은 다를지라도 반복되기 때문이라는 것이다. 그런 의미에서 우리는 지금 우리가 처한 외교적 현실을 직시해볼 필요가 있다.

특히 북한이 핵을 보유한 것이 기정사실화 되어있고, 이미 미사일을 개발하여 탄도미사일을 보유한 것은 물론 발사준비에 걸리는 시간이 짧고 위력적이며 사거리가 5,500km 이상으로 알려져 있는 대륙간탄도미사일(ICBM, Intercontinental Ballistic Missile) 개발에 총력을 기울이고 잠수함에 탑재되는 탄도미사일로서 사전탐지가 어렵고 이동성이 뛰어나 최고의 전략핵무기로 꼽히는 잠수함발사탄도미사일(SLBM, Submarine-Launched Ballistic Missile)마저 개발을 넘어 이미 보유하고 있다는 설이 있을 정도로, 북한의 핵무기와 미사일에 대해 관심을 갖지 않을 수 없는 지금의 시점에서는 더더욱 그렇다.

먼저 중국과의 관계를 살펴본다면, 전통적으로 중국과 우리민족은 고조선 시대인 기원전 24세기부터 인연을 맺은 것으로 기록에 남아 있다. 그리고 중국의 한족은 절대로 우리민족을 홀대하지 못했다.

중국이라는 넓은 대륙에서 나라가 존재하기 위해서는 앞과 뒤의 방어선을 확실하게 해야 하는데 중국을 통일할 야망을 가지고 있거나 통일을 한 나라는 항상 우리민족을 후방의 나라라고 생각했다. 그래서 자신들이 통일전쟁을 하는 동안 우리 선조들이 자신들을 침략하는 것을 사전에 막기 위해서 동맹을 맺기를 원했고, 그 동맹을 맺는 것이 원활하지 않거나 자신들이 당할 수도 있다는 생각이 들 경우에는 침략해 왔다. 바로 고구려 시대의 수나라와 당나라의 침략이 그런 예이다. 그러나 수나라나 당나라 때 고구려를 수차 침입하고도 고구려와의 전쟁에서 승리한 적이 없었다. 물론 훗날 당 고종 때 신라와 연합하여 고구려를 공격하여 승리하기는 했지만 독자적인 전쟁에서는 승리한 적이 없었다는 것이다. 따라서 한족(漢族)의 중국에게 우리민족은 만만하게 볼 대상이 아니었던 것이다.

그리고 그런 일은 비단 중국의 한족(漢族)에 국한된 일은 아니었다. 주변의 족속들이 부강해지면서 중국 본토를 침략하여 지배하고자 할 때에도 변함없이 우리에게 동맹을 청하고 그것이 원활하지 않으면 침략해 왔다. 그 대표적인 예가 바로 고려시대의 몽골의 침입과 조선시대 청나라가 명나라와의 전쟁을 앞두고 강화조약을 맺기를 청하면서 침입해온 병자호란이다. 몽골이나 청나라의 여진족은 모두 중국 한족이 보기에는 이

민족으로 한족을 지배한 역사다. 그리고 그들이 중국을 지배할 때는 한족을 3등 국민으로 취급하고 몽골족은 물론 청나라의 여진족, 즉 만주족은 한족과의 전쟁을 금할 정도로 차별시 했다. 하지만 우리민족에 대해서는 오히려 공주를 시집보내서 인척관계를 맺는 등 우호적인 전략을 폈다. 그것은 자신들이 한족과 싸우는 동안 후방의 우리민족이 적으로 변하지 않아야 한다는 기본 전략에서 기인했던 것이다.

이런 현상이 일어나는 것은 무엇보다 중국과 지리적으로 인접해 있다는 것이 가장 큰 원인이다. 그리고 이미 언급한 바와 같이 중국의 입장에서 보는 우리는 후방에서 항상 자신들을 위협할 존재로 보여 왔던 것이다.

그리고 그러한 인식은 지금도 마찬가지다. 지금 현재는 북한이라는 자신들의 우방이 국경을 마주하고 있음에도 불구하고 미국이라는 먼 곳의 나라가 대한민국과 같이 움직이는 것에 더 많은 촉각을 곤두세우지 않을 수 없는 현실이기 때문이다.

반면에 미국의 경우에는 이와는 상당한 차이를 보인다.

무엇보다 미국은 먼 거리에 있었다. 비행기가 보편적으로 운항하기 전에는 너무 먼 거리에 있던 나라다.

그뿐만이 아니라 미국이라는 나라가 우리나라와 서로 알게 된 역사 자체가 1882년 조미수호통상조약의 체결로 공식적인 외교관계를 수립하고 부터이다. 이제 불과 140년도 채 안 되는 것이다.

물론 그 이전에 미국의 통상요구가 있었던 것은 사실이다. 그러나 그 사건들은 서로를 알았다고 하기 보다는 서로에게 상처만 안겨주는 일들이었다.

1866년 7월에 미국 상선 제너럴셔면호가 대동강을 거슬러 평양에 상륙한 후 상품교역을 시도한 일이 있었는데 평양사람들의 분노를 사서 선원 24명이 모두 살해되고 선체는 불타버리는 사건이 발생했다. 그러자 미국은 1866년 초에 프랑스 신부들이 조선정부에 의해 처형된 사건을 계기로 조선을 응징하려고 하는 프랑스와 손잡고 제너럴셔면호 피습 사건에 관해 항의하고자 했으나 당시 미국이 프랑스와 외교적인 문제가 있던 터인지라 물거품이 되고 말았다.

그러나 미국은 여기서 포기하지 않았다. 미국은 자신들이 일본의 문호를 개방시킬 때처럼 조선에게도 함포를 이용하기로 했다. 1871년 5월 30일에 아시아 함대 총사령관인 로저스 제독을 원정군 사령관으로 조선에 파견하였다. 로저스 함대는 강화도의 광성진과 초지진, 덕진진을 점령했다. 그러나 계속된 치열한 전투에서 로저스 함대는 조선군의 목숨을 걸고 싸우는 강력한 저항에 부딪히자 도저히 승산이 없다는 것을 인정하고 스스로 중국으로 회군했다. 당시 중국은 미국과 교역을 하고 있을 때였다.

이후 1880년 미국은 슈펠트 제독으로 하여금 일본의 도움을 얻어 조선과 개항교섭을 추진하려했으나 거절당했다. 그러자 청나라의 이홍장(李鴻章)이 자신이 조선개항협상을 주선하겠다고 나섰다. 그 결과 1882년 5월 22일에 미국을 대표한 슈펠트 제독과 조선조를 대표한 전권대신 신헌의 서명으로 한미수호조약이 맺어진 것이다.

처음 수교할 때부터 그 기억은 좋지 않았다. 그러나 미국과 수교조약을 맺자 1884년 선교사이자 의사인 앨런이 서울에 와서 우리나라 최초의 근대식 병원인 광혜원을 1885년에 개원했다. 또한 1885년 아펜젤러가 배재학당 수업을 시작 하는가 하면, 1887년에는 경복궁에 전기를 밝히기도 했다. 우리나라 근대화에 앞장선 것은 사실이다.

그러나 이런 양국의 관계는 필리핀의 초대 총독을 역임한 육군장관 윌리엄 하워드 태프트와 가쓰라 다로 일본 수상 사이에 맺어지는 소위 가쓰라-태프트 밀약으로 인해서 일단 멈추게 된다. 가쓰라-태프트 밀약은 기어도어 루스벨트 대통령이 자신들의 필리핀 지배를 위해서 일본이 조선을 지배하는 것을 상호 눈감아 주기로 한 밀약이다. 이 밀약 때문에 1905년 을사늑약의 체결과 함께 실질적으로 일본의 대한제국 지배를 찬성했던 미국은 주한미국공사관을 철수시켰고 한일강제병합조약을 정당화하는 등 한국과의 관계에 소극적이었다. 심지어 러일전쟁 당시에는 영국과 미국이 일본의 전비 1/2을 차관 형식을 빌어서 지원해 주기도 했던 것이다.

그러나 처음 만날 때의 이런 악연은 그 당시 국제 정세가 제국주의 일변도로 서로 자신들의 영역을 넓히기 위해서 식민지 개척에 주력했던 상황이라는 점을 감안한다면 이해될 수도 있는 일이다. 어쨌든 한국과 미국은 처음 만남의 악연을 뒤로 한 채 미국은 제2차 세계대전의 종전 시 대한제국을 독립시켜야 한다는 데 앞장섰다. 그리고 38선 이북에 소련의 진주로 인해서 남한에서만 단독정부로 대한민국정부 수립을 할 수 있는 기틀을 마련해 주었다.

또한 북한의 6·25 동족상잔 난동 때에는 UN군의 선봉에서 가장 많은 병력과 가장 많은 물적 자원을 투자하여 대한민국의 자유를 수호하는 데 도움을 준 것 역시 사실이다.

그리고 6·25 동족상잔의 비극이 휴전되고 나자 1953년 10월 한미상호방위조약이 체결된 이래 군사원조를 제공함으로써 한국군이 현대화할 수 있도록 도와주었으며, 주한 미군을 통해서 최신예전투기를 한국에 배치하는 등 대한민국의 방어력을 강화하는 데 힘써왔던 것 역시 사실이다. 그리고 최근에는 미국의 트럼프 대통령이 북한의 비핵화를 위해서 나름대로 노력하고 있는 것 역시 현실이다.

미국이야 말로 대한민국에게는 가장 가깝고 믿음직한 우방이라는 것은 지울 수 없는 사실이 된 것이다.

이런 역사적인 배경을 가진 두 나라가 대한민국을 주시하고 있다. 지정학적 특징은 물론 수출로 국력을 키워나가는 우리나라로서는 두 나라 모두 귀한 존재인 것은 사실이다. 특히 중국이 경제성장으로 인해서 국방력을 강화시키고 강대국으로 우뚝 선 지금의 시점에서는 더더욱 그렇다.

중국은 2007년 독일을 제치고 세계 3위 경제 대국으로 우뚝 섰고, 2010년에는 일본을 추월해서 명실상부한 세계 2위의 경제대국으로 자리매김을 했다. 2000년에 미국 경제의 10%에 그쳤던 중국의 경제규모는 어느새 미국 경제의 70%에 이르는 규모로 성장했다. 그뿐만이 아니다. 세계의 공장이라고 불리던 중국이다. 우리나라는 물론 일본 등의 나라들이 생산 공장으로 여기고 값싼 노동력을 이용해서 제품을 만들어오던 곳이다. 그런데 어느새 그 공장은 단순한 공장이 아니라 자체 기술력을 갖춘 공장으로 탈바꿈해서 이제는 전자제품은 물론 IT산업용품까지 스스로 제품을 개발하고 생산하여 판매하는 명실상부한 국제적인 기업들이 즐비하다.

냉전 당시에는 소련과 마주하고 있었지만 소련이 붕괴된 후 자타가 공인하는 유일한 세계 제1의 초 강대국지위를 누리면서 희희낙락하던 미국으로서는 중국이 아시아 패권을 차지하는 것을 좌시하고 있을 수만은 없는 노릇이었다.

그런데 그런 미국의 걱정에는 아랑곳 하지 않고 중국이 일대일로(一帶一路, One Belt One Road) 정책을 꺼내들었다.

일대일로를 한마디로 정의하자면 중국이 추진 중인 새로운 실크로드 전략이다. 새로운 실크로드를 통해서 중국을 중심으로 하는 거대한 경제권을 형성하겠다는 것이다.

'일대'(一帶)는 여러지역들이 통합된 '하나의 지대'(one belt)를 가리키는 것으로 중앙아시아와 유럽을 잇는 육상 실크로드를 뜻한다. 낙타가 교통수단으로 활용되던 그 길을 철도로 연결하는 구상을 하고 있는 것이다. 또한 '일로'(一路)는 '하나의 길'(one road)을 가리키는 것으로 동남아시아와 유럽, 아프리카를 연결하는 해상 실크로드를 뜻한다. 600년 전 명나라 원정대가 개척했던 남중국해-동남아시아-남아시아-인도양-아프리카를 잇는 바닷길을 다시금 장악하여 중국을 중심으로 바닷길마저 열겠다는 목표다. 2100년 전 실크로드를 개척해 비단과 향신료 등의 무역을 통해 거대한 부를 축적했던 중국은 이제는 육지는 물론 바다마저 이용해서 더 많은 경제적 부를 축적함으로써 보다 높은 위상의 중국을 건설하겠다는 것이다. 그리고 2100년 전의 주요 무기였던 비단과 향신료 등을 대신해서 '금융'을 무기로 선택한 것이다. 중국이 설립을 주도하는 아시아인프라투자은행(AIIB)과 400억 달러 규모의 펀드 등이 일대일로의 자금원이 될 것으로 보인다.

일대일로 프로젝트는 시진핑 중국 국가주석이 2013년 9월부터 10월 사이에 중앙아시아 및 동남아시아 순방에서 처음 제시한 전략으로, 2013년 9월 처음으로 '실크로드 경제벨트'(일대)를 공식적으로 언급하고 10월에 아세안 국가와의 해상 협력을 강조하며 '21세기 해상 실크로드'(일로) 건설을 언급했다. 그리고 2015년 3월 하이난성 보아오 포럼에서, 일대일로는 가시적인 계획이 될 것이고 동참하는 국가에 실질적인 이익을 가져다줄 것임을 강조하면서 아시아는 운명공동체를 향해 나가야 한다고 역설했다.

중국은 일대일로가 성공적인 사업이 되기 위해서는 국가 간 발전전략을 협의하면서 이견을 조정하고, 철도, 도로, 가스, 전력, 통신 연결하며, 무역과 투자 장벽을 낮추고 필요한 자금은 AIIB와 실크로드 기금운용 등을 통해 조달하고 중국 내 위안화 채권 발행을 허용하며, 비자 간소화 정책 등을 실시하는 등의 소통방안을 제시했다. 중국은 이렇게 함으로써 중국과의 교역을 늘려 중국내 과잉 설비에 대한 수요를 증가시킬 뿐만 아니라, 중앙아시아와 유럽지역과 중국 사이의 무역이 크게 늘어날 가능성이 있음으로 주변국들에 대한 중국의 투자도 늘어날 것이라는 전망에서 실시하고자 한 것이다.

하지만 중국의 가장 큰 목적은 다른 곳에 있다. 바로 위안화를 국제화시키는데 일대일로가 촉매가 되어주기를 희망한 것이다. 위안화의 국제화는 위안화가 중국 이외 나라에서 많이 쓰여 중국을 벗어나서도 위안화로 교역이 이루어지는 것을 의미한다. 우선 일대일로 경제권역 내 국가와 중국과의 교역이 위안화로 활성화되면 위안화 결제는 동반 증가할 것이며 위안화 국제화를 시작하는 첫 단계가 될 것이라는 기대였다.

성급한 결론이라고 할 수도 있지만, 결국 중국이 노리는 초점은 단순한 아시아의 맹주자리에서 벗어나 세계 제1의 국가로 거듭나고 싶다는 의지의 표현이라고 할 수도 있는 것이다. 그러니 미국으로서는 앞서서 당할 수만은 없기에 아시아 문제에 더 적극적으로 개입하게 되는 것이고, 특히 중국에게 경제 2위 자리를 내주고 못마땅해 하며 그 지위를 재탈환하기 위해서라도 미국을 등에 업어야 하는 일본을 동반자로 가깝게 하면서 당장 중국과 국경을 마주하고 있는 북한의 핵문제에도 아주 적극적으로 개입할 수밖에 없는 것이다. 그것은 곧바로 한반도의 평화에도 영향을 주지만 전 세계의 평화에 영향을 준다는 대의명분도 뚜렷하게 할 수 있기 때문이다. 그러한 명분은 만일 북한을 비핵화 한다는 정책을 펴는 동안 중국이 자신들의 경제적 이익을 위해서 북한을 두둔하고 나서면, 미국은 평화를 추구하지 않고 이익만 추구하는 국가로 중국을 몰아버리는 정책을 폄으로써 중국의 꿈을 무산시키는 도구로 사용할 수도 있기 때문이다.

우리는 이미 역사 안에서 중국이 항상 우리를 불안한 후방으로 여김으로써 우리에게 동맹을 맺기를 원했다는 사실을 알고 있다. 또한 미국과 일본이 손을 잡고 우리를 곤경에 빠트렸던 경험을 가지고 있다.

  어쩌면 우리는 지금 시대만 달리했을 뿐, 그 자리에 다시 서 있는지도 모른다.

  미국은 중국을 견제하기 위한 첫 번째 파트너로 일본을 선택했고, 일본 역시 중국을 이기기 위해서라면 미국과 함께 호흡해야 한다는 것을 잘 알고 있기에 그 어느 때 보다도 두 나라가 호흡을 잘 맞추고 있다. 또한 그런 분위기에 따라서 미국은 일본을 주축으로 인도와 호주 등과 협력해 인도-태평양 전략을 구사하며 아시아에서의 중국 패권을 방지함으로써 중국에 대한 불안을 애초에 제거하려 한다. 트럼프 대통령이 방한했을 때 우리나라의 지원을 본격적으로 요청하기도 했었다.

  바로 그 점이 문제가 되는 것이다.

  우리나라는 미국의 인도-태평양 전략과 중국의 일대일로 구상이 충돌하는 그 접점에 있다는 것이다. 그리고 북한과 함께 하는데 북한은 핵을 가지고 있다. 미국은 비핵화를 이야기하는 우리의 우방이지만 중국은 북한의 우방으로 우리를 불안한 후방으로 생각하고 있다.

  정치적이든 경제적인 면에서든 우리나라에게는 미국과 중국 모두 함께 가야 할 나라들이다. 미국이 우방이라고 중국에게 등을 돌릴 수는 없는 것이 현실이다. 물론 두 나라 모두 우리에게 어느 나라를 선택할 것이냐고 질문을 하는 등의 어리석은 짓을 하지는 않을 것이다. 하지만 언젠가 두 나라가 모두 스스로 선택을 해야 할 기로에 선다면 그들은 직접 묻는 대신 우리에게 어떤 방법으로든 간에 선택을 요구할 수도 있다. 그리고 배척을 당했다고 생각하는 나라는 우리나라에게 무역 등의 불이익 등을 통한 보복을 가해 올 수도 있다. 바로 이점이 우리에게는 가장 큰 딜레마다. 그리고 그런 경우를 당했을 경우 어떻게 일에 대처하여 아무런 제재 없이 손해 보지 않고 해결할 것인지를 풀어내는 것이 바로 외교의 숙제인 것이다.

지금 우리는 미국과 중국 사이에서 앞이 선명하게 보이지 않지만 아직은 불편하지 않다는 이유 하나만으로 아무 생각도 없이 걷고 있는 지도 모르는 일이다. 그러나 지금 그럴 시기가 아니다. 우리가 확고한 방향을 정하지 못한다면 언제 어떤 딜레마를 만날지 모르는 시점이므로 적어도 우리의 나아갈 방향만이라도 확고하게 정해야 한다. 문재인 정부의 친 사회주의적인 정책의 산물인 복지정책, 신 국수주의 정책으로 인한 한·미·일 3국의 불신이 고조되고, 미국과 중국의 무역마찰로 빚어지는 소용돌이 속에서 과연 우리의 나아갈 길이 무엇인지 생각해 볼 필요가 있다는 것이다.

우선은 격동하는 세계 경제에 현명하게 대처하기 위해서라도 한·미·일 3국의 자유민주주의 시장경제를 기반으로 4차 산업혁명에 현명하게 대처할 수 있는 방법을 모색해 나가야 한다. 다음은 북핵문제에 대처함에 있어서 무조건 비핵화를 이룰 수 있다는 생각이 아니라, 유연하게 대처하면서 일본과의 지소미아협정 등에도 감정적이 아니라 탄력적으로 대처하는 것이 필요하다. 그렇게 함으로써 한·미·일 3국의 정상들이 하나의 힘을 과시함으로써, 동아시아에서의 전쟁을 억제하고 자유민주주의 시장체제의 번영을 위해서는 중국도 같은 테이블에 앉을 수 없다는 생각을 하도록 만들어야 한다. 결국 남북의 평화만이 동아시아의 평화를 누릴 수 있는 유일한 방법이라는 것을 미국은 물론 중국도 스스로 깨달아 미국의 적극적인 참여아래 한·미·일 3국과 함께 중국도 공조하도록 유도해야 한다는 것이다.

그 길만이 우리 대한민국이 딜레마를 벗어버리고 우뚝 설 수 있는 방법이라고 생각한다.

# 8

# 우리 경제의
# 미래성장을 위한 해결 방안

6·25 동족상잔의 비극으로 폐허가 된 대한민국은 그 재건의 기미가 전혀 보이지 않는 나라 중 하나였다. 그렇다고 6·25 동족상잔의 비극 이전이라고 이러한 산업이 있다고 할 수도 없는 나라였다.

조선시대부터 뿌리깊이 내려온 사상 중 하나가 바로 사농공상의 신분제도였다. 그 신분제도로 얽매여 살다가 일제 강점기를 맞아 일제가 병탄하고 난 후로는 일제에 의해 모든 산업의 주도권을 빼앗기고 조국이 광복을 맞으면서 껍데기만 남은 조국이 되고 만 것이다.

조국의 광복 역시 우리 스스로의 힘으로 맞은 것도 아니다. 미·영·소·중 4개국의 회담에 의해 독립을 약속받고 일제의 무장해제를 위해서 38선 이북에서는 소련이, 그리고 38선 이남에서는 미국이 주둔하는 바람에 작은 반도 국가마저 두 동강이 나고 말았다.

그리고 3년이라는 미군정 시절에 우리는 미국을 비롯한 우방의 원조로 생활을 이어나가다가 1948년 8월 15일 남한이라도 먼저 정부수립을 하겠다고 하는 이승만 대통령을 비롯한 1공화국의 주도권 인사들에 의해서 남한은 정부수립을 했지만 불과 2년이 되지 않아 6·25 동족상잔의 비극을 맞았고 3년이라는 긴 세월의 전쟁을 겪으면서 조국은 폐허가 된 것이다.

그러나 1960년대 초 박정희 대통령의 경제개발 5개년 계획을 필두로 한 경제정책은 우리나라를 세계 경제의 반열에 올려놓는 초석이 되었다.

박정희 대통령의 공과에 대한 평은 여러 가지일 수 있다. 하지만 분명한 것은 그 시대, 그 상황에서의 경제에 관한 것만은 그 누구라도 인정해주어야 한다는 것이다. 일각에서는 정치적인 독재 문제를 이야기하고 일각에서는 환경을 무시한 개발 등등을 이야기하지만, 정치적인 독재 문제는 경제부흥을 일으킨 문제와는 별도로 공과를 논해야 할 것이다. 또한 환경을 무시한 개발 운운하는 것에 대해서는 그 시대에는 우리나라는 물론 그 어느 선진국도 개발을 하면서 환경문제를 앞세운 나라들이 없다는 것이다. 솔직히 환경을 무시한 것이 잘했다는 것은 아니지만 그 시절에는 환경보다는 세계 경제가 잘사는 나라를 지향하는 것에 매진하고 있었고, 그것은 선진국일수록 더 심했다고 해도 과언이 아니다. 솔직히 오늘날 환경을 파괴한 것이 소위 선진국이라는 나라들이 한 일이지 개발이 무언지도 모르는 나라들이 저지른 일은 결코 아니다. 지금처럼 미디어가 발달하고 전자, 통신 등의 컴퓨터를 비롯한 최첨단 산업이 3차 산업혁명을 넘어 4차 산업혁명에 이르는 시대가 되다 보니 그런 모든 이야기들이 나오는 것이지 솔직히 그 시절에는 지구의 반대편은 물론 남극이나 북극에서 무슨 일이 벌어지고 있는지를 안다는 것 자체가 거의 불가능했다고 본다. 또한 지금 이곳을 개발하면 얼마 후에 어떤 부작용이 일어날 것이라는 것 역시 판단하기도 힘든 시대였다. 지금은 환경에 신경을 쓰다 보니 그런 모든 것을 예측하는 시스템이 갖춰져 있지만, 그 시절에는 환경 운운할 일이 아니었다는 것이다.

어쨌든 박정희 대통령의 경제개발 5개년 계획을 추진한 결과 대한민국은 적어도 배고픈 나라는 면했다. 100억불 수출과 국민 소득 1,000불을 목표로 허리띠를 졸라매던 그 시절이었다. 온 국민이 새마을운동에 동참해서 자신이 맡은 일에 최선을 다하는 부지런한 삶을 살았다. 경공업에서 시작한 국가 재건은 중공업을 넘어서 3차 산업혁명인 정보화 시대에는 전 세계 선진국들과 어깨를 나란히 하면서 성장했다. 그 결과 수출은 6,000억 달러가 넘고 1인당 국민소득은 30,000불을 넘는다고 한다. 그야말로 사람이 이루었다고 하기 에는 너무나도 경이로워서 흔히 '한강의 기적'이라는 말로 대변되는 경제성장을 이룬 나라가 된 것이다.

이렇게 성장해오던 대한민국의 경제가 어느 날인가부터 제자리걸음을 걷는가 하더니 이제는 뒷걸음치려는 것이 아닌가 하는 불안감마저 감지되고 있다. 이미 고용은 감소되고 실업률은 나날이 커지고 있다. 임시방편으로 정부가 예산을 투입해서 실업률을 억지로 낮추고는 있지만 언제 그런 임시방편은 중단되고 경제지표의 실업률에 빨간불이 켜질지 모르는 상황인지라 가슴을 조마조마하게 하고 있다.

문재인 정부를 탄생시킨 더불어민주당의 19대 대선공약집의 정책들을 나열하면 실로 이상처럼 보인다. 비정규직의 정규직화, 공무원 증원,

최저임금 인상, 연장수당 의무화, 아동수당 신설, 기초연금 증액문제, 군복무 기간 축소, 중소기업 취업 청년보조금 지급 등등 실로 노동에 종사하는 국민들을 천국에서 살게 할 것처럼 보인다. 그러나 문제는 이런 정책을 실행하기 위해서 필요한 예산이 연 평균 35.6조 원, 5년간 총 178조 원에 달하는데 그 재원을 마련하기 위한 구체적인 근거는 제시하지 못하고 있다는 것이다.

그렇다면 그것은 해외에서 차관을 들여와 국가 채무를 확대하든지 아니면 세수증대밖에 없다. 얼핏 보기에도 막대한 예산을 소요하는 것이니 어느 한 가지를 통해서 해결한다기 보다는 결국 두 가지를 병행할 것이라는 것은 누구라도 알 수 있는 일이다.

나라의 현재와 미래를 진단하지 않고 내세운 공약을 위한 기업의 법인세 인상 이야기가 대두된 원인이라고 하지 않을 수 없는 것이다. 그리고 복지를 내세운 기업의 임금인상을 무조건 최저임금으로 선을 긋고 그에 따르도록 하고 있다. 경우에 따라서는 이익을 많이 내면서도 임금을 적게 지불하는 기업도 있겠지만 이렇다 할 이유 없이 소득주도성장이라는 부적합한 경제적 이론을 들먹이며 임금인상에 부채질을 하고 있는 것이다.

우리보다 복지정책이 훨씬 앞서고 있는 스웨덴을 예로 보면 적어도 임금정책에 대한 해답을 구할 수 있다. 스웨덴의 경우에는 높은 국가 청렴도를 가져온 신뢰와 투명성을 기반으로 국민적 합의를 통한 고부담·고복지 정책을 적용한 것이다. 즉 양보와 희생, 균등한 기회의 제공, 기부와 나눔이라는 사회적 공감대를 형성함으로써 노사간 교섭을 통해서 고

임금 기업의 임금상승을 억제하고 저임금 기업의 임금은 높이는 사회구조를 이끌어 낸 것이다. 연대임금제를 통하여 동일노동-동일임금이라는 기준을 적용함으로써 동일한 노동을 하면서 받는 직장에 따른 임금차별이나 같은 직장 내에서 동일한 노동을 하면서 받는 임금차별을 없애는 것이다. 얼핏 보기에는 간단한 내용 같이 보이기도 하겠지만 실제 이러한 이해를 구하고 성사시킨다는 것은 여간한 노력이 드는 일이 아니다.

스웨덴 정부는 이런 정책을 실행하기 위해서 무엇보다 먼저 국민들이 정부를 신뢰할 수 있도록 투명하고 공정한 제도를 정비하고 그 운용 역시 국민들이 납득하고 인정할 수 있도록 투명하고 공정하게 함으로써 국민들의 신뢰를 받았다. 그리고 누군가가 희생을 하는 것이 아니라 공존하기 위한 방법이라는 것을 국민들에게 납득하도록 이해시키고 그 이해를 통해 상호 공존하는 사회로 만들어 나간 것이다. 결국 임금의 격차는 해소되었고 무조건 임금을 인상해야 한다는 식의 투쟁의식은 사라진 것이다.

그에 비하면 우리나라 노동조합의 현실은 어떤지 생각해 볼 필요가 있다.

우리나라 노조에는 귀족노조라는 별칭이 붙는 노조까지 있다. 귀족노조라는 것은 노동자들이 이미 높은 수준의 봉급과 복지 혜택을 받으면서도, 지나친 욕심으로 인해 자신의 혜택만을 챙기기 위해서 자신들과 연관된 다른 협력회사의 노동자들에 대한 배려는 없이 제대로 대화도 하지 않고 파업을 통해서 일을 해결하려는 노조를 일컫는 말이다. 문제는 그들의 급여 수준이 일반 노동자들의 평균급여를 상회하는데도 불구하고 무리한 요구를 내세움으로써 연관 부품업체나 관련된 협력업체들의 노동자들은 그들의 파업으로 파생된 생산중단이나 노동중단으로 인해서 임금이 오히려 줄어드는 노동자에 의한 노동자의 손실을 일으키는 노동조합을 말하는 것이다. 굳이 이 지면을 통해서 어느 직종의 노동조합이라거나 아니면 구체적인 노조의 이름을 밝히지 않더라도 많은 분들이 공감하는 일이다. 오죽하면 금년에 모 회사의 노사협약 서명을 보도하는 기사의 앞머리에 파업 없이 서명했음을 크게 보도했는지 짐작이 가는 일이다.

이미 말한 바와 같이 대화는 없고 오로지 총파업으로만 노사 간의 문제를 해결하려고 한다면 부품을 납품하는 회사는 물론 그 노동자들과 기타 용역을 제공하는 협력업체와 그 노동자들에게 파급효과를 끼치게 되어 부작용을 속출하는 것을 물론 그것은 결국 국가 경제에 악영향을 끼치게 되는 것이다.

우리나라 노동조합도 점차 개별 기업의 범위에서 벗어나 한국노총과 민주노총이라는 양대 세력을 형성함으로써 하나의 정치 세력으로 성장하면서 산업별 노조를 기반으로 계급 지향적으로 변모하고 있다. 그런 상황에서 소위 귀족노조라고 불리는 노조들은 막강한 권한을 소유하고 있으며 그 권한을 특권의식으로 생각하는 경우조차 종종 보게 된다. 하지만 어떤 집단이건 특권의식을 가지고 자신들이 소유하고 있다고 생각하는 권한을 남용함으로써 주변에 해를 끼치기 시작하면 모든 폐단은 거기를 시발점으로 발생하게 된다. 그리고 그 끝은 누구도 장담할 수 없게 된다.

이제 우리나라 정부도 굳이 스웨덴 정부의 방식이 아니라 더 좋은 안이 있다면 그 안에 따라서 정부가 기업과 노동조합 사이에서 원만하게 노사 문제를 해결하기 위해 더 많은 노력을 기울여야 한다. 일개 기업의 노사 문제에 관여하는 차원을 넘어서 스웨덴처럼 사회적인 대타협을 통한 상생의 노사대타협을 이루는 차원으로 도약해야 하는 것이다.

법인세율을 낮추고 기업하기 좋도록 규제를 완화하는 것도 기업의 활성화를 위해서는 중요한 일이다. 그러나 그렇게 만들어 놓은 기업이 멈추지 않고 생산에 박차를 가하면서도 노동자들이 만족할 수 있는 세상을 만들 수만 있다면 그것이야말로 더 없이 좋은 나라다.

바야흐로 세계 경제는 저성장의 시대로 접어들었고 우리나라 역시 마찬가지다. 자칫 디플레이션 시대로 접어드는 것이 아니냐는 우려의 목소리들이 나오고 있다.

디플레이션이란 국민들의 소비지수가 낮아짐으로 인해서 통화량이 줄어들고 물가가 떨어져 경제 활동이 침체되는 현상을 말한다. 디플레이션이 진행되면 물가가 떨어짐으로 인해서 기업은 생산을 조절하거나 중단함으로써 기업 활동이 둔화된다. 기업 활동의 둔화라는 것은 기업이 고용을 감축하게 되는 것이고 기업이 고용을 감축하면 실업자는 증가하게 마련이다. 실업자가 증가하면 자연히 국민 소득은 감소하게 된다. 국민소득이 줄어들면 결국 소비가 줄고 소비가 줄어들면 생산이 줄고 생산이 줄어들면 고용이 감소하여 실업자는 증가하는 반복적인 악순환이 일어나게 된다. 이렇게 악순환이 거듭되는 동안 경제 활동의 침체를 가져오는 것이다.

정부가 국민들에게 보여주어야 할 경제의 모습은 핑크빛 무드를 보여주는 것이 아니다. 대부분의 사람은 아무리 많이 소유해도 넘친다고 생각하지 않는 특성을 가지고 있다. 그것을 알면서 무조건 요구를 충족시켜주겠다는 핑크빛 제안을 해놓고는 그것은 그저 보는 것에서 만족할 뿐 실제로 아무것도 손에 쥐어주지 않았다면 그것은 무능한 정부로 지탄받아야 마땅하다.

정부가 국민들에게 보여주어야 할 경제의 모습은 있는 그대로 투명한 모습을 보여주어야 한다. 그리고 그 내부에 있는 것을 국민들과 함께 고민하고 상의하면서 헤쳐나가는 노력을 기울여 소득을 얻어야 한다. 그리고 그 소득을 투명하게 나눔으로써 부족한 것 같으면서도 행복한 세상을 만드는 역할을 하는 것이 중요한 것이다. 사람은 제 각각의 특징을 가지고 그 특징에 맞는 일을 함으로써 많고 적음에는 차이가 있을 수 있지만 적어도 투명하게 분배받을 권한은 있기 때문이다.

# 9

# 북한의 핵문제는
# 한미공조를 통한 해결

미국의 트럼프 대통령은 북한의 비핵화를 자신하며 수차례의 실무회담을 거듭하고 두 번에 걸친 정상회담까지 했다. 그러나 그 결과는 아무런 소득도 없이 빈손으로 돌아서고 말았다. 그럼에도 불구하고 트럼프 미국 대통령은 김정은과 많은 이야기를 했고 김정은은 좋은 사람이라고 하면서 심지어는 6월 말에는 일본에서 아베수상과 회담을 마친 후 판문점으로 날아와서 김정은을 만나는 예상치 못한 행동까지 보여주었다. 그리고 트럼프 대통령이 미국으로 향하고 얼마 지나지 않아서 북한은 미사일을 쏘아대기 시작했다. 처음에는 발사체라는 묘한 표현을 쓰던 문재인 정부도 더 이상은 감내할 수 없다는 것을 알았는지 미사일이라고 공식적으로 발표하게 된 것이다. 그러나 트럼프 대통령은 단거리 미사일임으로 아무런 영향이 없고 김정은이 약속을 위반했다고 할 수 없다는 식으로 자신이 두 번이나 만난 김정은을 신뢰하듯이 말해왔다. 자신이 들인 업적을 물거품으로 만들 수 없다는 애틋함이 묻어 나오는 것을 다 알고 있는데도 태연한 척, 그리고 마치 김정은을 믿기라도 한다는 듯이 대해 온 것이다.

그 이후로도 북한은 여러 번에 걸쳐 미사일을 쏘아대었다. 그러나 미국은 정말로 단거리 미사일임으로 관여하지 않겠다는 태도로 일관했다. 솔직히 미국과 북한의 비핵화 협상에서 문재인 정권이 소외당한 것은 사실인데 이러다가 한반도의 평화자체가 문제가 되는 것 아닌가 하는 의심마저 들게 했다. 북한이 스스로 우리에게 들으라고 경고를 보내기도 하면서 우리를 직접적으로 겁박하기도 했다. 그래도 미국은 그런 북한의 태도에 반응하지 않고 실무회담을 추진해왔던 것이다. 심지어는 10월 2일 시험 발사한 미사일이 신형 잠수함발사탄도미사일(SLBM) 북극성-3형이라고 조선중앙통신을 통해 밝혔다. 잠수함발사탄도미사일(SLBM; Submarine-Launched Ballistic Missile)은 대륙간탄도미사일(ICBM; Intercontinental Ballistic Missile), 전략폭격기(B-52, B-1B, B-2)와 함께 3대 핵 전략무기다. 잠수함으로 바다 속에서 은밀하게 움직여 탄도미사일을 쏘기 때문에 탐지하기가 어려울 뿐만 아니라 요격하기도 쉽지 않은 무기다. 현재 SLBM을 보유한 국가 역시 미국과 영국, 중국, 러시아, 프랑스, 인도 등 6개국에 불과할 정도로 고도의 기술과 핵무기에 대한 노하우가 필요한 무기다. 말 그대로 핵 잠수함이니 미국으로서는 가히 대륙간탄도미사일(ICBM) 이상으로 경계의 대상으로 삼아야 할 무기인 셈이다. 상식적으로 생각을 해도 잠수함에서 탄도미사일을 쏜다는 것은 자국의 방어보다는 이동 후 공격에 초점을 두었다는 것은 당연한 일이다. 그리고 북한은 4일 노동신문 기사를 통해 김정은 위원장이 SLBM 발사를 참관했다고 밝혔다. 그럼에도 불구하고 트럼프 대통령은 10월 5일의 실무회담을 약속대로 이행했다.

그러나 매번 혹시나 하는 기대를 걸게 했던 2019년 10월 5일의 북미 실무회담은 역시나 하는 성과 없는 결론으로 마무리 되었다. 그리고 북측 수석대표 김명길 외무성 순회대사가 발표한 입장문은 온통 미국의 무성의 때문에 회담이 결렬되었다고 한다.

먼저 그 전문을 인용해 보겠다.

## [전문]

"이번 조미 실무협상은 지난 6월 판문점 수뇌 상봉의 합의에 따라 구상되고 여러 난관을 극복하며 마련된 쉽지 않은 만남이었다. 이번 협상이 조선반도 정세가 대화냐 대결이냐 하는 기로에 선 시기에 진행된 만큼 우리는 이번에 조미 관계 발전을 추동하기 위한 결과물을 이뤄내야 한다는 책임감, 미국이 옳은 계산법을 가져 나올 것이라는 기대감을 갖고 협상에 임했다. 그러나 협상은 우리 기대에 부응하지 못하고 결렬됐다. 나는 이래서 매우 불쾌하게 생각한다.

이번 협상이 아무런 결과 도출 못 하고 결렬된 것은 전적으로 미국이 구태의연한 입장과 태도를 버리지 못한 데 있다. 미국은 그동안 유연한 접근과 새로운 방법을 시사하면서 기대감을 부풀게 했지만 아무 것도 들고 나오지 않았고, 우리를 크게 실망시키고 협상 의욕을 떨어뜨렸다.

우리가 이미 미국 측에 어떤 계산법이 필요한가 명백히 설명하고 시간을 충분히 줬지만 미국이 빈손으로 협상에 나온 것은 문제를 풀 생각이 없다는 것을 보여준다. 우리는 이번 협상에서 미국의 잘못된 접근으로 초래된 조미 대화의 교착 상태를 깨고 문제의 돌파구를 열 수 있는 현실적인 방법 제시했다.

핵 실험과 대륙간탄도미사일 (ICBM) 발사 중지 등 우리가 선제적으로 취한 비핵화 조치에 미국이 성의 있게 화답하면 다음 비핵화 조치에 들어갈 수 있다는 것을 명백히 했다. 이것은 미국이 일방적으로 파괴한 신뢰를 회복하고 문제 해결에 좋은 분위기를 마련하기 위한 현실적이고 타당한 제안이다.

싱가포르 조미 수뇌회담 이후에만해도 미국은 15차례에 걸쳐 제재 조치를 발동하고 합동군사훈련도 재기했으며 조선반도 주변에 첨단 전쟁 장비를 끌어들여 우리의 생존권과 발전을 위협했다. 우리의 입장은 명백하다. 조선반도의 완전한 비핵화는 우리의 안전과 발전을 위협하는 모든 장애물이 깨끗이 제거될 때만 가능하다는 것이다.

조선 반도 핵 문제를 만들고 해결 어렵게 하는 미국의 위협을 그대로 두고 우리가 먼저 핵 억제력을 포기해야 생존권과 발전권이 보장된다는 주장은 말 앞에 수레를 놓아야 한다는 소리와 마찬가지다.

우리는 미국 측이 우리와의 협상에 실제적 준비가 돼 있지 않다고 판단하고 연말까지 좀 더 숙고해볼 것을 제의했다. 이번 조미 실무협상이 실패한 원인을 대담하게 인정하고 시정함으로써 대화의 불씨를 되살리는가, 대화의 문을 영원히 닫아버리느냐는 미국에 달려 있다.

우리가 협상 진행 과정의 토론 내용을 구체적으로 여기서 다 말할 순 없다. 하지만 한 가지 명백한 것은 미국이 우리가 요구한 계산법을 하나도 들고 나오지 않았다는 것이다. 우리가 요구한 계산법은 미국이 우리의 안전을 위협하고 발전을 저해하는 모든 제도적 장치를 완전무결하게 제거하려는 조치를 취할 때만이, 그리고 그것을 실천으로 증명해야 한다는 것이다.

우리는 미국이 새로운 계산법과 인연이 없는 낡은 각본을 만지작거리면 그것으로 조미 사이의 거래가 막을 내릴 수 있다는 것을 이미 명백히 밝혔다. 우리의 핵 실험과 ICBM 시험 발사 중지가 계속 유지되는가, 되살리는가는 전적으로 미국에 달려 있다.

조선 반도 문제를 대화와 협상을 통해 해결하려는 우리의 입장은 불변하다. 다만 미국이 독선적이고 일방적이고 구태의연한 입장에 매달린다면 백번이고 천 번이고 마주 앉아도 대화가 의미가 없다. 그래서 협상을 위한 협상을 하면서 시간을 낭비하는 게 미국에게는 필요할지 모르지만 우리에게는 전혀 필요가 없다."

— 이상.

솔직히 왜 북미 실무회담이 실패를 했는지는, 우리나라가 이미 북미 협상의 테이블에서 아웃되고 당사자이면서도 아웃사이더가 된 묘한 관계로 그 내용을 들여다보지 못해서 알 길이 없다. 그러나 실무협상이 결렬되리라는 것은 이미 예감하는 사람들이 많았고 북한은 그 예상대로 결렬을 택하면서 그 책임을 미국에게 돌린 것이다.

실무회담의 결렬을 예감하는 사람들의 견해는, 두 번의 정상회담에서 아무런 성과를 내지 못했는데 또 다시 실무회담을 한다고 무슨 성과가 있겠냐는 식의 막무가내성 추측이 아니다. 하노이 회담의 결렬 후 트럼프 대통령이 판문점까지 와서 김정은을 만났을 때 다분히 보여주기 식의 행사로 비친 것을 배제할 수 없다는 것이 첫 번째 이유다. 판문점 회담이라고는 하지만 어떤 사전 준비보다는 그저 회담을 잘 해 나갈 것이라는 기대감을 주기위한 쇼 같은 인상을 지울 수 없었다는 것이다. 거기다가 판문점이라는 상징성과 남북 경계선을 잠시 넘어서는 트럼프 대통령의 모습 등을 담아서 트럼프 대통령이 그렇게도 갈망한다는 노벨 평화상에 대한 사전 포석용이라는 이미지를 지울 수 없었던 것이다.

그리고 그런 트럼프 대통령과는 다르게 혹시라도 경제제재로 신음하는 북한의 입장에서는 경제제재 완화를 위한 작은, 그야말로 아주 작은 선물이라도 하나 들고 오지 않을까 하는 기대를 잔뜩 했던 것이 사실이다. 그런데 막상 테이블에 앉으니 나온 것은 아무것도 없고 트럼프 대통령이 판문점에 와서 자신의 재선과 노벨 평화상의 전주곡만 울렸다는 것을 알게 된 김정은은 참을 수 없게 된 것이다.

정말이지 별의 별 핑계를 다 붙여가며 미사일을 쏘아댔다. 7월 25일부터 8월 24일 한 달에 걸쳐서 무려 7번이나 쏘아대는 경이로운 기록을 세운 것이다. 그럼에도 불구하고 트럼프 대통령은 자신의 이제까지의 수고를 그저 헛걸음으로 만들기 싫어서 단거리는 괜찮다고 해왔다.

트럼프 대통령이 괜찮다는데 중국이 안 된다고 할리는 만무하다. 그렇지 않아도 북한을 2중대로 만들기 위해 감싸고 있는 터인데 중국으로서는 오히려 잘 된 일이라고 할 수도 있는 일이다.

문제는 우리 대한민국이다.

북한이 조선중앙TV를 통해서 '남조선 군부 호전세력들에게 엄중한 경고를 보내기 위한 무력시위의 일환으로 김정은 위원장이 신형전술유도무기 사격을 조직하시고 직접 지도하셨다.'고 직접 우리를 겨냥한 경고라고 으름장을 놓으면서 마치 우리를 조롱하기라도 하는데 우리는 대통령이 주재하는 국가안전보장회의(NSC; National Security Council) 한 번 제대로 개최하지 못하고 있는 형편이다. 정말 북한의 핵이 무서워서인지 아니면 김정은이 그래도 같은 민족인 우리에게 핵을 쏘겠냐는 막연한 기대 때문인지 도저히 납득하기 어려운 일이 벌어지고 있는 것이다.

미국이 북한과 비핵화 협상을 벌인다고 하지만 막상 코앞에 핵을 마주하고 있는 것은 우리 대한민국이다. 그리고 트럼프 대통령은 단거리 미사일에 대한 실험은 상관없다고 할 정도로 자신들이 공격권에 드느냐 아니냐, 다시 말하자면 북한이 장거리 미사일을 보유할 것이냐 아니냐에만 관심이 있다. 이미 문재인 정부가 핵 문제에 대한 회담에서 패싱을 당하고 아무런 역할을 못하고 있다는 것은 모두가 아는 일이지만 적어도 미국의 핵을 가져다 놓는 우산을 설치하든가 아니면 우리도 핵을 개발하는 그야말로 극단적인 선택이라도 하는 조치가 필요하다. 그렇지 않으면 우리는 미국과 북한의 비핵화 놀음을 바라보면서 비상시국에는 앉아서 가장 큰 피해를 보는 피해 당사자가 될 수밖에 없을 것이다.

핵 확산금지조약에 서명한 우리나라는 핵무기 자체 개발을 할 수 없는 것으로 인식할 수 있지만 현재 인도·이스라엘·북한·파키스탄·남수단은 탈퇴했거나 가입하지 않았음에도 불구하고 북한을 제외하고는 국제적으로 어떤 경제제재를 받지 않고 있다. 그것은 이들 나라가 처한 특수성 때문이라고 생각한다. 우리나라 같은 경우에는 북한과 대치한 상황에서 북한이 이미 핵을 보유하고 있음에도 불구하고 앉아서 당할 수만은 없다는 것을 인지해 주어야 한다는 취지에서라도 핵 개발을 추진할 수 있는 입장이라고 생각한다.

한 발자국 더 나가서 생각한다면 이미 핵무기를 가진 나라들이 자신들 이상으로 핵을 갖지 말자는 것이 핵 확산 금지조약이다. 가진 자가 갖지 못한 자를 억누르는 정책인 것이다. 만일 그런 정책을 정당화 시키고자 한다면, 핵으로 무장한 그들이 북한과 마주하고 있는 우리를 지켜 주든가 그렇지 않으면 우리 스스로 개발하는 것을 막으면 안 되는 것이다. 그리고 이런 경우는 설령 우리나라가 아니라고 해도 핵이 없는 나라가 핵을 보유한 나라에게 위협당할 경우에는 핵을 보유한 나라들이 당연히 보호해줄 의무를 져야 하는 것이다. 그렇지 않으면 핵이 없는 나라들은 그냥 당하라는 이야기 밖에 안 되는 것으로 국제적인 조약으로서 존재의 가치를 잃어버리는 것이다.

이야기가 잠시 다른 곳으로 흐른 것 같지만, 어쨌든 북핵문제는 지금 이 시각으로 보아서도 안 되고 지금 이대로 대처해서도 안 된다. 트럼프 대통령이 생각하는 것처럼 북한의 비핵화는 결코 이루어질 수 없는 그저 몽상 중 하나일 뿐일 것이다. 행여 일시적으로라도 진전이 있는 것처럼 무언가 할 것 같다가도 도로 제자리걸음을 할 것이 뻔하다. 서로 바라보는 출구가 완전히 다른데 끝까지 같이 갈 수는 없는 것이다. 미국은 북한으로 하여금 경제제재를 못 버팀으로써 백기 항복을 하게 하려는 것이고, 북한은 일단 자신들은 핵보유국이라는 사실을 인정받으면서 핵 확산금지조약에 따라 더 이상 확산이나 증산을 하지 않고 점차 핵을 없앤다는 조건하에 경제제재의 완화나 혹은 완전히 해제해 주기를 바라는 타이므로 궁극적인 접점을 찾을 수는 없는 것이다. 다만 서로가 일시적인 양보를 통해서 조금의 진전이 있는 것처럼 보일 수 있을 뿐이다. 예를 들자면 미국이 경제제재 조치의 일부를 완화하는 대신 북한은 핵 저장시설 혹은 핵 실험시설의 일부나 혹은 전체를 없앤다든가 아니면 미국이 경제제재를 완화해 주는 대가로 북한이 핵무기의 일부를 폐기하는 것을 공식적으로 한다는 등의 일시적인 조치에 의해서 두 나라가 서로 양보하며 무언가 이루어지는 것처럼 보일 수는 있다는 것이다. 하지만 이미 말한 바와 같이 서로 다른 출구를 바라보는 지금의 시점에서는 절대로 완전한 비핵화는 이루어 질 수 없을 것이다.

지금까지 살펴 본 여러 가지 관점에서 보면 우리 대한민국은 실제로 당사자다. 그럼에도 불구하고 우리나라는 어느 순간엔가 주변인으로 분류되고 있다. 문제의 실체 속에 뛰어들어 해결해야 하는 당사자임에도 불구하고 주변인처럼 아무런 역할도 못하고 마치 구경꾼처럼 주변만 어슬렁거리는 입장이다. 그렇다면 차라리 그 구경하느라고 보내는 시간에 정말 실속 있는 대책을 강구하는 것이 훨씬 더 효율적일 것이다. 이제까지의 잘못된 대북정책을 솔직히 시인하고 지금부터라도 보다 적극적인 대처를 해야 한다.

경제정책이나 기타 다른 정책보다 안보정책을 실패하는 것은 정말 무서운 것이다. 그것이야 말로 나라의 존폐가 걸린 일이다. 더 이상 머뭇거릴 시간이 없다.

# 10

# 북한과 중국의
# 한반도 질서변형 전략

　미국과 러시아가 전 세계맹주의 양대 산맥으로 군림하던 시절은 역사의 그늘로 사라지고 어느 순간에 미국과 중국이 국제 질서의 양 축으로 자리하고 있다는 사실은 부인하고 싶어도 부인할 수 없게 되고 말았다. 그런 와중에 중국은, 북한은 물론 대한민국마저 자신들이 그늘에 편입하고 자신들이 원하는 대로 움직이는 모습을 보고 싶어 한다. 우리는 과연 이런 중국의 태도를 어떻게 헤쳐 나가야 할 것인가 고민하지 않을 수 없는 일이다. 나 역시 이 문제에 대해서 수차 연구를 했고 본서에 이미 "미국과 중국 사이에서 우리가 가야 할 길"이라는 소제목 하에 나의 견해를 밝혔다. 그런데 내가 밝힌 견해와는 또 다른 방향에서 김광동 나라정책연구원장께서 아주 좋은 의견을 내주셨다. 따라서 김광동원장의 양해를 구해 독자들과 함께 공유해 보고자 일부 표현을 수정하여 게재해 본다.

먼저 한반도에 대한 중국의 기본인식을 알아보자.

첫째는 한반도에 대한 중국의 핵심 전략은 두 가지로, 성장한 중국 위상에 걸 맞는 중국 헤게모니의 지속적 확장과 공산당 정부의 항구적 권력 유지에 맞춰져 있다. 한반도관련 정책은 그 목표를 구현시키는데 맞춰져 있는 것이다.

그런 차원에서, 북핵 등 한반도 문제와 관련된 2017년 4월 트럼프와의 첫 정상회담에서 시진핑은 중국의 강화된 위상에 맞게 中-美는 '新型大國關契'의 국제질서를 만들고, 한반도는 역사적으로나 실질적으로 중국의 일부(practically a part of China)라는 것을 확인시키는데 집중했다. 결론은 한반도 문제에 대해 대국이 된 중국의 주도적 영역을 인정하고, 미국은 점차 한반도에서 손을 떼라는 것이다.

중국 공산당정부는 동아시아전역에 미군의 접근을 막기 위한 반 접근 지역거부전략(A2AD; Anti Access Area Denial)의 확립과 한반도에서의 패권 확장은 공산당 권력의 존속을 가늠하는 핵심 사안으로 판단하고 있다. 북한을 "山水가 맞닿아있는, 순망치한(脣亡齒寒)" 지역으로 규정하고, 중국 외성(外省)적 위치에 두는 것을 당연시 하는 것이다. 그에 따라서 한국경제의 세계적 수준이나 중국 2위의 한-중 무역의 규모에도 불구하고, 한국의 위상을 부정하고 북한 중심적 외교안보정책의 일관성을 확립해 왔다.

10월 1일 중국 건국 70주년 기념행사 때 외국으로부터의 축하 인사는 러시아(푸틴)-미국(트럼프)-북한(김정은) 순서였고 한국은 없었다. 시진핑은 주석이 된 이후 북한은 방문했지만, 한국 방문은 확답하지 않고 있다. 물론, 중국이 보내는 대사 서열의 명백한 차이를 두는 것이나, 혹은 한국의 방공식별구역(KADIZ) 무력화 작업도 동일한 차원에서 이루어지는 것이다.

한편 중국은 중국의 패권확장과 공산당 권력유지 전략에 따라, 한반도에서 중국의 핵심전략은 미국 위상 축소 즉 미군 철수 및 한국에 대한 중국 영향력 확대에 박차를 가해왔다. 그런 정책적 결과의 몇 가지 예로서는, 2008년 이명박대통령의 방중 때 중국정부는 공식 성명을 통해 한미동맹을 낡은 유물이라 규정짓고 군사동맹 철회를 요구하는 노골적 압박했다. 또한 2010년, 명백한 북한의 천안함 격침에 대해서도 중국은 단호히 전면 부정했고, 격침에 따른 서해의 한-미 군사훈련과 미국 항공모함 조지워싱턴호의 진입계획을 '실탄 사격훈련' 및 '살아있는 표적 간주'의 협박으로 끝내 저지시켜냈다. 뿐만 아니라 2017년 문재인대통령 국빈방문 시 미국 MD에 편입하지 않고, 한미일 군사협력으로 가지 않으며, 사드를 배치하지 않는다는 조건으로 3不합의를 관철시켜냈다. 그럼에도 불구하고 합의내용 미흡을 들어 소위 '6끼 혼밥'과 '수행 기자폭행'이라는 수모를 주고, 사드(THAAD)에 따른 제제를 해제하지 않았다.

둘째는 한반도에 대한 중국의 지정학적 인식과 대응이다.

중국 공산당정부는 조공(朝貢) 및 책봉(冊封)이라는 속방(屬邦)지역의 한반도가 1895년 淸-日전쟁 패배로 빼앗긴 것으로 보고, 일본 식민지배 이후 미국의 패권 영역에 포함된 지역으로 전환되었다는 인식아래 다시 중국의 패권 영역으로 되돌려놓아야 한다는데 초점을 두고 있다.

이에 대해서는 크게 세 번의 시도가 전개되었다.

제1차 패권확장은 6·25전쟁 지원과 동원으로 3개 핵심사단 및 110만 대군 투입하고 20만명이 사망한 것이다. 그럼에도 북한을 제외한 한국에 대해선 패권 지배영역으로 재구축하지 못하고, 한반도 남부가 중국 공산당을 견제하는 미국의 영향범위에 여전히 남아있다고 판단하는 것이다.

제2차 패권확장은 소련 견제에 대한 공조와 월남전 철수를 원했던 닉슨정부와 닉슨독트린(Nixon Doctrine 1969)을 추진함으로서, 중국은 미국과 국교수립 및 대만과 단교와 유엔 안보리 상임이사국 진출, 월남에서의 미군 철수 및 공산화, 한국에서의 미 7사단 및 2사단의 철수를 관철시키려고 했다. 그러나 닉슨의 중도 사임과 한국의 반대 등으로 제2사단 철수까지는 관철시키지 못했고, 미군 철수후의 베트남에 대한 패권 장악을 위해 중국은 1978년 베트남침략을 시도했으나, 베트남의 강한 저항과 중국을 견제하려는 소련의 베트남지원으로 실패하였다.

제3차 패권확장은 1978년 이후 경제력 강화에 주력한 중국은 세계 경제규모 G2 위상확립하고 베이징 올림픽을 성공적으로 개최하였으며, 금융위기에 놓였던 미국의 위상 저하를 확인하고 2008년 이후 힘을 감추며 키우던 도광양회에서 본격적이고 노골적인 패권확장으로 나아갔다. 중국은 남중국해 영해선을 구축하고 필리핀과 베트남 섬의 강제병합을 획책하고 센카쿠열도를 분쟁으로 몰아넣는 등 자신들의 노선 구축에 여념이 없었다. 이에 대해 미국은 '아시아 회귀전략'과 '인도-태평양전략'으로 맞서고 있다. 다음의 지도를 참조하면 쉽게 이해할 수 있다.

동펑21 미사일

동펑26 미사일

FD2000 방공미사일

**중국의 대미 방어 라인과
서태평양 주요 미군기지**

베이징

서울

평택·오산기지 · 한국
군산기지

한국

동해

·미사와기지

일본 ·요코타기지
도쿄

·이와쿠니
기지

중국

센카쿠열도

·오키나와 가데나기지

대만

**제1열도선**
중국 해군의
대미 방어 라인
제해권 확보구간

**제2열도선**
중국 해군이
항모전단전력을
확보한 후 제해권
확보목표구간

파라셀군도

·마닐라

필리핀

·앤더슨 기지

스프래틀리
군도

태평양

인도네시아

강습상륙함 아메리카호

F35C 전투기

SM3 블록2A 요격미사일

셋째는 대한민국에 대한 中-北 공세 전선이다.

중국은 헤게모니 확장 및 공산당 권력의 유지 목표에 따라 북한이 감행하는 군사도발과 핵무기개발도 일관되게 대처하고 있다. 한-미 공동군사훈련 중단을 통해서 한미동맹을 무력화 하고, 유엔사령부(USC)를 해체

하며, 주한미군 철수 및 동맹 폐기와 연계를 확고히 하고자 하는 것이다.

중국은 북한의 각종도발과 핵무기 및 대륙간탄도미사일 등을 통해 미국과 대결하게 하며, 궁극적으로는 반 접근지역거부전략(A2AD)을 통한 패권확립에 맞춰 기본전략인 쌍궤병행(雙軌竝行: 핵개발중단=군사훈련중단, 핵폐기=미군철수)의 관철을 결코 포기하지 않을 것이며, 북한의 대남대미 도발을 지원하고 엄호하는 공동 전략을 계속할 것이다. 그런 차원에서 "중국도 북한의 핵개발을 반대한다"는 논리나, "북한에 경제지원과 국토개발 등의 반대급부를 주면 핵 포기의 길을 갈 것"이라는 문재인 대통령과 트럼프 대통령의 논리는 결코 존립할 수 없다는 것이다.

중국과 북한은 분리될 수 없는 공존관계다. 중국은 속방적 위치의 북한이 중국 패권에서 벗어나 주권국가로 가는 것을 용납하지 않을 것이고, 마찬가지로 북한 김정은과 조선노동당도 항구적 지배체제 존속을 위해 중국에 협력하며 지배체제를 보호받는 길을 가는 것이다. 그 차원에서 중국은 북한과 대를 이은 협력과 혈맹을 강조하며 3대 세습체제 보장과 필수 에너지(energy)를 공급해주는 역할을 감수하는 것이다. 조선이 517년간 존속될 수 있었던 것은 국방권과 외교권 등 대외주권을 포기하고 중국과 事大冊封(=外省)관계를 받아들였기에 가능했던 구조라고 인식하는 것이다.

이에 대해 문재인정부나 진보좌파는 중국과 북한의 공동 전략에 부응하며 회색지대(gray zone)전략에 따라 그 길을 일관되게 만들어 가는 듯한 인상을 주고 있다. 따라서 필자는 중-북 전략에 대한 정치적 대응방안 관련 몇 가지 제언하고자 한다.

첫째, 국민이 DMZ로 나누어진 한반도의 〈문명 vs. 반문명〉, 〈민족 vs. 반민족〉의 전개에 대한 정확한 역사인식과 상황인식을 갖게 하는데 전력을 기울여야 한다. 특히, 우리와 동일한 민족인 북한 주민 2천 4백만 명에게 자유와 민주, 번영을 누릴 수 있도록 해야 한다는 민족적 소명의식을 갖도록 하는데 집중되어야 한다. 스탈린이나 나치군국주의보다 가혹한 전체주의에 동조하는 것을 잘못된 것이고 부끄러운 것임을 확산시켜야 한다.

둘째, 중국의 전반적 패권확장과 국제질서를 변형시키려는 한반도정책에 대해 국민의 각성적 인식을 확산시켜 나가야 한다. 6·25전쟁의 중국침략과 민족분단에 대한 책임을 상기시키고 종교의 자유도 없으며 민주주의도 없는 중국의 현실과 폐쇄사회에 대한 문제제기와 인식환기가 필요한 것이다. 개방사회와 자유민주사회의 공동 적인 중국에 대한 국제사회의 공동 대응에 참여하고, 홍콩의 자유투쟁은 물론, 대만, 베트남, 필리핀 등의 반 중국 공동대응을 함께해야한다.

셋째, 중국-북한의 종속적 특수 관계를 국제사회가 인식하도록 하고 북한의 반 문명폐쇄독재의 지지자 역할의 중국에 대한 국제사회가 책임을 묻도록 해야 한다.

넷째, 연합훈련강화와 미군주둔 등의 한-미동맹은 결코 북한 핵무기협상의 대상이 될 수 없고, 위협이 가중되면 후퇴가 아닌, 오히려 보다더 강화된다는 것을 실천적으로 보여주어야 한다. 한-미동맹이야 말로 아시아의 자유민주와 안정번영의 토대이자 자산임을 국제사회 및 국민모두에게 제고시켜 나가야 한다.